U0943550

湖州师范学院文学院

“浙江省中国语言文学一流学科建设”（项目编号：XK18053AGK）**经费资助**

中国现代左翼浪漫主义诗歌研究

韦良◎著

上海三联书店

序

骆寒超

韦良在南京师范大学高永年教授门下读博期间，曾和我有过一次通话，谈起打算以《中国现代左翼浪漫主义诗歌研究》为题撰写学位论文，这使我颇感兴趣，因为我也曾涉足这个领域——在撰写《新诗主潮论》时，但一直来新诗研究界应者寥寥，不免寂寞。韦良既有此打算，也就使我大有孤独的行旅中碰上个旅伴之感。兴奋之余，也就鼓励他投入这项研究。后来他果然以此写成学位论文，获得了博士学位。但我只读到过这篇论文的初稿片断，构不成完整印象，只觉得角度新，资料丰富，有创建但感到有些提法还值得斟酌，写法也得再体系化一点，却没有和他当面交谈过。想不到他经过几年磨炼，修订增补成现在这样一部专著，着实使我吃了一惊，大有士别三日当刮目相看的激动。我花了点时间通读了，发现眼前这部《中国现代左翼浪漫主义诗歌研究》，和当年的学位论文相比，不仅已从立足于“史”转为立足于“论”，具有一个相当严密的体系了。从中展开的学术性发挥，也洋洋洒洒，可以从中窥见韦良对这场探求充满着自信。这使我不禁有所感慨，且这样设想：这部学术专著的出版，标志着百年新诗的研究领域，又增添了一片被开垦的处女地。而韦良则是一个值得称颂的拓荒者！

这部专著对我颇有吸引力的是：韦良对中国左翼浪漫主义诗歌概念的界定所展开的一番论说极其精当，从中可以见出他阅读了大量相关的著述，综合且提升为一个完整的理论体系，可说是花大力气写成的，且对左翼权威政治话语和浪漫主义的主体性之间的复杂关系，以及由此导致的诗学意义上的正负面影响，都作了深入的剖析。犹记得“十七年文学”的前期，我还在大学念书时，曾对文学理论上一些提法，诸如世界观对创作方法的决定性意义，浪漫主义须归入现实主义范畴等，曾产生过怀疑，以致在那个不平凡的夏天被当成罪证之一而遭难，从此一提及这些问题都会使我谈虎色变。现在韦良在这本专著的《导论》中对此等问题作了深入的探讨，科学的论析，维护了文学理论上一些问题质的规定性原则，对今天的我也有很大的启示性。

左翼浪漫主义诗歌一个突出的问题是个体自我（即小我）、群体自我（即大我）如何处理好关系。韦良对这方面的关系称之为是两重抒情主体的内在变奏。为此，他用了整整一章且分作“个体集团化的左翼浪漫诗歌”和“集团个体化的左翼浪漫诗歌”两节来论述，这是十分有见地且十分必要的。他还拿殷夫的诗创作为例来对个体自我与群体自我的关系作探讨，树立殷夫这个典型，选择得很恰当，有审美目光，尤其是拿殷夫的《一九二九年的五月一日》《意识的旋律》等作为例展开，凸显出左翼浪漫主义诗歌在个体自我与群体自我关系的辩证统一性，使人感到真正成功的左翼浪漫主义诗歌，其两重抒情主体的关系是对立地统一在如下这个辩证模式中的：个体自我是向个体自我转化的群体自我，群体自我是向群体自我转化的个体自我。

也正是能按上面这个辩证模式来看待个体自我与群体自我的关系，才使韦良这本专著在专章论述蒋光慈的左翼诗歌中，显得既科学又公允。我就特别欣赏他这样的论说：“蒋光慈诗歌文本关于革命的描述基本都不是敌我双方血与火交迸的惨烈现场……（他）习惯于站在革命运动的边缘，社会活动的外沿，甚至是坐在书斋里，按照自身对于革命的固定理解来布置几近雷同的革命模式，并且又定然会将‘革命’组织进抒情主体的私人情感阈限，使得其笔下的‘革命’既是被想象的，又是为‘我’而存在的，从而失却了作为客观存在的‘革命’本身理应拥有的能指与所指”，这样的评说从左翼浪漫的角度看，无疑十分到位。

我还想特别来提一提这部书的第一章：《左翼浪漫主义诗歌的意象世界》。这是对一个诗歌流派的抒情境界所作的综合探讨，韦良采用了意象分析的方法来进行，走的可说是一种别出心裁的新诗研究路子。办法是：在拥有大量诗歌文本的基础上，选择几类典型意象，从中概括出一个意象系统——也就是一个意象世界，来进行考察。这样做就可以避免诗潮流派研究的抽象化倾向，充分达到从文本分析、审美鉴赏出发的综合考察目的。所以这种系统化研究颇具现代色彩。我自己在三十多年前也曾用意象分析来对何其芳、艾青的抒情境界作过综合考察，也用意象分析探讨过张若虚《春江花月夜》的文本艺术构成，却还未敢从意象分析入手来研究诗潮流派的，韦良却做了，不容易，很值得珍视。当然，我也认为韦良这样做还不够到位，特别是意象分析的重心在于意象组合这一点，他似乎还未能自觉地把握，有点遗憾。

韦良在专论蒋光慈那一章的结束处说：“蒋光慈左翼浪漫诗歌创作的成绩和缺陷，都将成为中国现代左翼浪漫主义诗歌史上的一份珍贵遗产。”这话说得到位。有感于此，我倒觉得可以放大开来，用来总体性评说中国现代左翼浪漫主义诗歌流派：在百年新诗发展史上，现代左翼浪漫诗潮流派的成绩和缺陷，也都将成为一份珍贵遗产。

这正是韦良这一场学术探求的价值。

2020 年 3 月 27 日

写于杭州银座公寓

目　录

导　　论

一、中国现代左翼浪漫主义文学及其相关概念的界定与梳理

1.*“左翼”与“左翼文学”*　方维保认为，“20世纪中国文化中的‘左翼’，其意义是从西方舶来的，它是现代政治学意义上的，所谓‘左翼’、‘右翼’是西方议会制度的产物。”①就政治信仰而言，“左翼”一般倾向于社会主义；而就政治目标或政治手段来说，“左翼”一般指涉激进主义。“在第一次国共合作失败之后，‘左翼’一般是指称与中国共产党有关的、同情工农革命的政治活动。在20世纪20年代末期和30年代，这个概念在上海被普遍地运用于文化的范畴，指称一些与共产主义意识形态有关或者同情共产主义意识形态的文学和文化的活动。在中国现代文化史上，‘左翼’的本质就是‘革命’，当然‘左翼’也就理所当然的成为‘革命’的代名词。”②中国现代左翼文学抑或无产阶级革命文学于20世纪20年代中后期兴起，乃至成为新文学第二个十年的重要形态，有其深广的国内外政治文化背景和历史必然性。旷新年指出，“国民党

---

①　方维保：《红色意义的生成：20世纪中国左翼文学研究》，安徽教育出版社2004年版，第1页。

②　方维保：《红色意义的生成：20世纪中国左翼文学研究》，安徽教育出版社2004年版，第5页。

的反动统治，使进步青年陷入了历史的巨大苦闷之中，恰恰‘革命’为他们提供了‘光明的出路’和‘历史的意义’，以至‘人生的价值’。‘革命’作为一种最高、最后的唯一能指，作为崇高的象征与乌托邦，为30年代追求理想而苦闷颓废的青年提供了伟大的抚慰、承诺和肯定，为迷途的灵魂提供了温暖的、辉煌的归宿。”[①]当然，这只是左翼文学得以勃兴的原因之一，此外，有如马克思主义的广泛传播，革命文学的论争，以及包括苏联“拉普”、日本“纳普”等在内的国际“红色30年代”革命激进文化思潮对于中国革命文艺界的直接影响等因素的存在，协力促成了中国现代文学从“五四”文学革命到革命文学的转变，并由此开启中国现代左翼文学的辉煌序幕。

左翼文学强调文学的社会实践功能，在无产阶级革命意识形态话语的范畴内，将自己作为政治宣传的工具乃至武器，致力于加强文学在组织民族或阶级情感、创造社会生活方面的作用，以鼓动最广泛的社会力量投身到无产阶级革命事业中去，是故，左翼文学的特殊品格及其优长与缺憾都是在它无条件甚至无原则对接、服从左翼政治话语的过程中表现出来的。左翼文学已不仅仅只是一个文学概念或一种文学活动，其内涵“又远远超越了文学范畴，从一开始它就以一种具有鲜明意识形态特征的革命话语形式出现，因此，可以说代表着另一种思想启蒙运动，即马克思主义的思想启蒙运动或革命思想启蒙运动。从这样一个角度来看左翼文学，就不能不承认，所谓左翼文学已构成现代中国思想文化史的另一条主线。”[②]刘小枫也曾指出：“一个流行的论点是：在中国现代化的过程中，救亡压倒了启蒙（施瓦茨、李泽厚）。这个

① 旷新年：《1928：革命文学》，山东教育出版社1998年版，第103—104页。

② 冯奇：《左翼文学话语的性质和功能》，《中国现代文学研究丛刊》，2002年第1期。

论点忽视了启蒙的两种不同类型;近代自由民主的启蒙观和人民民主的启蒙观。马克思主义是现代启蒙思想的转向,主张科学式社会主义启蒙,以启发阶级觉悟、民族觉悟和新道德为取向。中国的民族主义(救亡)与社会主义的亲和推进了社会主义式的启蒙,自由主义的启蒙反倒被视为蒙蔽。"[①]只因左翼文学所要处理的核心课题永远是文学与社会、文学与政治、文学与革命的关系,这就意味着左翼文学真正关心的是作品的行动能力,即如何通过审美的政治化而使文学成为一种组织生活、改造现实、推动并且变革历史的重要手段,这就需要使文学涵纳无产阶级革命的内容,同时又需要通过文学手段赋予革命以某种审美功能,从而使左翼文学成为整个无产阶级革命事业不可或缺的组成部分,并由此而彰显出此类文学鲜明、强烈的意识形态特征。文学和意识形态之间的关系,素来是学术界的一个热点议题,围绕着文学是否可以独立于各种意识形态之外存在,大家莫衷一是。显然,这里所涉及的是何为"文学本身"的话题。在蔡翔看来,"因为意识形态毕竟为人类体验世界提供了某种模式,没有这种模式人类就会失去认识世界和体验世界的可能性。正是意识形态的这种'无所不在',使得文学事实上无法非意识形态化,相反,如果真有'文学本身',那么,这种所谓的'文学本身',也正是意识形态或者意识形态冲突的一种'场合'。"[②]如此说来,左翼文学所独具的无产阶级革命意识形态特征,也正是其作为一种特殊文学样式的"本身"或"本体"所在。

2. *浪漫主义* 浪漫主义是一股流行于 18 世纪末至 19 世纪前 30 年的欧洲文艺思潮,其精髓是以个性主义为起点和归宿的

---

① 刘小枫:《现代性社会理论绪论——现代性与现代中国》,上海三联书店 1998 年版,第 388 页。

② 蔡翔:《何谓文学本身》,《当代作家评论》,2002 年第 6 期。

生命自主、个性解放和人性自由，对自我主体性的坚执、对自由精神的固守和对情感与想象力的张扬是浪漫主义文学区别于其他文艺思潮的本质特征。对于浪漫主义文学而言，创作中自我主体性的发挥是至关重要并且最具标志性的表征。如同范伟所说，“主体性是一个历史地发展着的概念，它首先是随着近代哲学自我意识的萌生、摆脱了对神的依附之后确立的。这时，它是一切感觉、思维、意识、意志的统一体，是与对象、客体对立存在的‘个人’。马克思将历史性和社会性纳入主体性的范畴，从而使主体这一概念获得了最为完备的内容，当然也有人如张汝伦则将马克思对主体性认识的深化看作是对‘主体的颠覆’。”[①]同样，又有学者指出，“启蒙现代性所诉求的主体性并不仅仅指个人主体，它也包括阶级主体和民族主体两个重要的方面。阶级主体意识的觉醒，导致了马克思主义的诞生和社会主义运动的勃兴，而民族主体意识的觉醒则导致了近现代民族国家形态的出现。”[②]尽管如此，当阶级主体或民族主体架空乃至取替个人主体而成为文学文本所要确立的主体性之际，也就在事实层面上扭曲并且异化了浪漫主义的重要特征，因为失却了个人生命体验的所谓阶级情感抑或民族情感，其真实性本身是值得怀疑的，所以说一个坚定的自我主体性存在与否始终是浪漫主义文学的内在核心。关于浪漫主义的自由精神，法国浪漫主义大师雨果早就指出，“如果只从战斗性这一个方面来考察，那末总起来讲，浪漫主义，其真正的定义不过是文学上的自由主义而已”，并且宣称“艺术创作上的自由和社会领域里的自由，是所有一切富有理性、合乎逻辑的精神都应该亦步亦趋的双重目的，是召集着今天这一代如此坚强有力而且

① 范伟：《革命浪漫主义：对真实性与主体性的双重消解》，《河北学刊》，2001年第5期。

② 张旭春：《政治的审美化与审美的政治化——现代性视野中的中英浪漫主义思潮》，人民出版社2004年版，第226—227页。

强自忍耐的青年人的两面旗帜”，据此他甚至极具前瞻性地预言“在不久的将来，文学的自由主义一定和政治的自由主义能够同样地普遍伸张。”[①]在对自由之现代内涵的理解上，以赛亚·伯林的看法比较典型，他不仅指出“自由是免于障碍的自由，自由是创造自由的自由，自由意味着你在充分发挥了创造力时免受任何事物的障碍”[②]，而且还认为“自由不是一个指称目的的词语，而是关于障碍——特别是对于实现人们可能追求的任何目的之源自人的行为的障碍——之不存在的一个术语。像为正义而斗争一样，争取自由，不是争取一种积极的目标，而是争取积极目标得以实现的条件。”[③]由此可知，自由既然主要是一个表运动的概念，那么浪漫主义者对自由精神的坚守，意味着他们必然会成为一个崇尚生命行动的群体，即为了铲除通向“文学的自由”和“政治的自由”道路上的各种“障碍”，他们将永远维续在一种没有尽头的生命创造的状态当中，只因自由正是一种没有终点的存在，而通过浪漫主义者一代又一代地实践其生命创造的行动，一方面他们不断地深入自我的心灵乃至潜意识和无意识，使自己从内面不断获得解放，并逐步争取到实现灵魂自由的各种内在条件，另一方面他们又在与各种压抑人性、限制自由的社会政治制度、风俗习惯、物质生产生活条件、传统文化和艺术生产既定原则等外部力量的长期斗争中，不断推动整个社会朝着更加有利于实现人性充分自由和文化高度繁荣的方向前进。所以，雅克·巴尊不无深刻地指出，“浪漫主义者为之奋斗的问题比一己之私大得多。那是政治的、

---

① [法]雨果：《欧那尼·序》，《欧美古典作家论现实主义和浪漫主义》(二)，中国社会科学出版社1981年版，第134—135页。

② [英]以赛亚·伯林：《浪漫主义的根源》，译林出版社2008年版，第94页。

③ [英]以赛亚·伯林：《浪漫主义时代的政治观念——它们的兴起及其对现代思想的影响》，新星出版社2011年版，第179页。

社会的以及美学的问题。”[①]关于浪漫主义情感至上的特征基本已成共识性定论，学界引述最多的往往是英国湖畔派诗人华兹华斯在《抒情歌谣集》序言中的话语，即“诗是强烈情感的自然流露”[②]。而抒情主体想象力的张扬，主要是指借助想象建构一座具有乌托邦色彩的理想世界，这也是浪漫主义文艺的重要特征，所以说浪漫主义者常常又是典型的理想主义者。当然，无论现实主义还是浪漫主义甚或现代主义，都需要创作主体想象力的灌注和发挥，只不过浪漫主义相对更加偏重想象而已，“在史蒂文斯看来，浪漫主义并不只是18世纪到19世纪的一个文学运动，而是人类的想象力的历史上不断出现的一个阶段。他认为，人的想象力总是在浪漫主义，现实主义，宿命论，感官和思想的麻木无知之间循环，而浪漫主义是想象力的最高实现。”[③]浪漫主义的想象也指向两个领域，其一是卢梭所谓的“回归自然”，以求在一个宁静天然的环境中保全一颗圣洁的灵魂，其二是基于现实又超越现实的完全符合主体审美理想的虚拟世界，显然，这两个领域都具有乌托邦性质，区别只在于前者是“后顾”而后者则是“前瞻”。因而，“浪漫主义诗人们通过其丰富的想象力，在大自然中、在充满奇异的梦幻之旅中找寻逃避现实的良药。也通过丰富的想象力，塑造大量的意象，以隐喻、象征等手法表达诗人对于理想的美好世界的向往。在浪漫主义美学中，想象被看作是艺术过程的中心，是创造性的变革力量。”[④]

---

① [美]雅克·巴尊：《古典的，浪漫的，现代的》，江苏教育出版社2005年版，第76页。

② [英]华兹华斯：《〈抒情歌谣集〉序言》，《欧美古典作家论现实主义和浪漫主义》(一)，中国社会科学出版社1980年版，第268页。

③ 王敖：《怎样给奔跑中的诗人们对表：关于诗歌史的问题与主义》，《新诗评论(2008年第2辑)(总第8辑)》，北京大学出版社2008年版，第18—19页。

④ 王欣：《欧洲浪漫派与中国现代诗创作》，《文艺争鸣》，2008年第10期。

正是基于对个人主体性、个性解放、自由精神、情感与想象力等标志性元素的坚守，使得浪漫主义近乎成了“西方人的一个永恒的显著特征。它表达和提升了西方人的积极的、创造性的、扩张性的倾向，通过认识到尽管他是一个迷失在宇宙中的脆弱生物，但他具有在愿望和危险的压力下发育起来的不可预测的力量。”[①]凭借这份无坚不摧的力量，浪漫主义者相信生命的全部价值在于主动创造和奋斗，而不是消极等待一种崭新意义的自动出现，这也是以赛亚·伯林所认同的浪漫主义的最大贡献。此外，又因为浪漫主义哲学或文学思潮时常发生于新旧社会体系的交替时期，是故浪漫主义经常被视为时代精神的象征，而浪漫主义时代则常常被认为是融破毁与建设于一体的时代，“很明显，把人们聚合在一个时代的并不是他们各自的哲学思想，而是这些哲学思想所要解决的主要问题。在浪漫主义时代，这个主要问题是在旧世界的废墟上建立一个新的世界……浪漫主义者是建设性和创造性的先驱；浪漫主义时代可以称为解决的时代，与消融的18世纪相对立。”[②]并且，“只有当一个作家研究了他的时代，而且也满足了时代的要求，他才是真正地浪漫主义的。”[③]惟其如此，浪漫主义者很容易成为黑格尔“历史决定论”的忠实信徒，这一点也早已为人注意到，勃兰兑斯曾说：“浪漫主义者尽管自以为可以为所欲为，实际上放浪不羁，却不自觉地服从于一个使他们就范的历史必然性，不得不追随这个历史必然性的潮流。”[④]而无论是“历史

① ［美］雅克·巴尊：《古典的，浪漫的，现代的》，江苏教育出版社2005年版，第124页。

② ［美］雅克·巴尊：《古典的，浪漫的，现代的》，江苏教育出版社2005年版，第13页。

③ ［丹麦］勃兰兑斯：《十九世纪文学主流·法国的浪漫派》，人民文学出版社1982年版，第53页。

④ ［丹麦］勃兰兑斯：《十九世纪文学主流·德国的浪漫派》，人民文学出版社1981年版，第110页。

决定论”还是“历史必然性”，在以赛亚·伯林看来都是“对人的道德判断力、对给予个体道德尊严之自我决定做出选择才能的侵犯。”[①]所以，约书亚·切尼斯在总结以赛亚·伯林关于浪漫主义的核心思想时指出，“伯林关于人类价值起源的观点：关键点在于争论价值是人类所创造，而非被发现——价值不是事实，但它们是十分不同的事物。尽管伯林在他以后的作品中一直认为前述观点是浪漫主义最具原创性、意义最重大，甚至是革命性的哲学贡献，但他对浪漫主义作用的论述和他对价值特性的写作，关注点却转移到了多元主义。”[②]此处的“多元主义”显然是对于“历史决定论”的一种必要的反拨，只因对自由精神的追求永远是浪漫主义不可剥夺的权力。在以赛亚·伯林的经典著作《浪漫主义的根源》中，作者以极其睿智深刻的言说为浪漫主义进行总结，“浪漫主义给予我们艺术自由的观念，以及这样一个事实，即在十八世纪曾盛行的、过度理性和极端科学主义的分析者今天仍在阐述的那些过于简单的观点，无法用来解释个人或人类的全部。浪漫主义还留给我们这样一个观念，对人类事务做出一个统一性回答很可能是毁灭性的，假如你真的相信有一种包治人类一切疾病的灵丹妙药，且无论付出何种代价你都要使用它，那么，在它的名义之下你很可能成为一个暴力专制的独裁者，因为，把一切障碍留给它解决的愿望将最终毁灭那些你本来想为其利益寻求解决之道的生命。多重价值并存且彼此矛盾的观念；多元性、无穷性、人的一切答案和决定的非完满性的观点；在艺术或生活中，任何声

---

① [英]约书亚·切尼斯：《以赛亚·伯林的政治观念——从20世纪到浪漫主义时代》，[英]以赛亚·伯林，《浪漫主义时代的政治观念——它们的兴起及其对现代思想的影响》，新星出版社2011年版，第28页。

② [英]约书亚·切尼斯：《以赛亚·伯林的政治观念——从20世纪到浪漫主义时代》，[英]以赛亚·伯林，《浪漫主义时代的政治观念——它们的兴起及其对现代思想的影响》，新星出版社2011年版，第26—27页。

称完美和真实的单一回答在原则上都不是完美和真实的——这一切都是浪漫主义给我们的馈赠……因此,浪漫主义的结局是自由主义,是宽容,是行为得体以及对于不完美的生活的体谅;是理性的自我理解的一定程度的增强。这些和浪漫主义的初衷相去甚远。"①

3. *中国现代左翼浪漫主义文学*　中国现代左翼浪漫主义是一个合成概念,即它是由"左翼"即无产阶级革命话语和"浪漫主义"文艺思潮二者在特殊历史时期并主要是20世纪20年代中后期和30年代前期的政治文化氛围内结合而成的一种文学形态。此处所谓的"政治文化",引自美国学者阿尔蒙德和鲍威尔的定义,即"政治文化是一个民族在特定时期流行的一套政治态度、信仰和感情。这个政治文化形成于本民族的历史以及现在社会、经济、政治活动进程之中。"②另外,朱晓进也指出:"政治固然有时可以直接干预文学活动,但最终'政治'进入'文学创作'活动乃至最终影响文学作品等等,却只能是通过'政治文化'这个通道来完成的。'政治'是以政治文化的方式对文学施加影响的,即民族、国家、阶级或集团等政治实体所建构的政治规范和权力机制,是通过营造成某种流行的政治心理、政治态度、政治信仰和政治感情来影响了文学创作的,而文学创作反作用于政治,也主要是通过这些政治文化方面来间接实施的。"③

20世纪20—30年代中国现代左翼政治与浪漫主义文学思潮的整合,似乎是一种偶然现象,事实上却又是历史的必然,这当然

① [英]以赛亚·伯林:《浪漫主义的根源》,译林出版社2008年版,第144—145页。

② [美]阿尔蒙德、鲍威尔:《比较政治学:体系、过程、政策》,上海译文出版社1987年版,第29页。

③ 朱晓进:《政治文化与中国二十世纪三十年代文学》,人民出版社2006年版,第9页。

是由两者内在的共通性决定的。正如王敖所说："政治与诗学的关系，并非一种简单的压抑与对抗的关系。在历史上，政治与诗歌经常处于一种互相缠绕的共生关系中，而两者在修辞上也常常互相借用。换句话说，政治对诗歌不止有压迫作用，也有刺激和促进。诗歌虽然常常以异端的面目出现，但它也积极地参与到政治话语的建构之中。在这方面，浪漫主义诗歌非常容易成为政治的扩音器。"①同样，旷新年也说过："革命和浪漫主义有着天然的联系，从历史上说，正如傅里叶、欧文和圣·西门的空想社会主义与共产主义的联系，从内在性质上来说，它们都是对于日常生活的破坏和超越。"②而且，"如果说在革命高潮中，革命为浪漫主义提供了诗意，那么，在革命低潮中，浪漫主义则为革命提供了飞翔的翅膀，使它越过目前的挫折，看到光明的前途。"③此外，如同范伟指出的那样："对于自由，真正的浪漫主义者并不仅只停留在'证明'的文学行动上，而且也不仅只局限在自我内在心灵的自由，而是把它作为一种终极的价值追求，从对体制化了的文学规范的反叛外化、扩展至对政治体制的反叛。因此，真正的浪漫主义作家从来不在文学这种私人化的精神事件和政治这种公共行为之间划线，甚至可以说，激发政治效应，才是他们文学行为最重要的意义诉求……正是在自由追求上共同的价值取向，革命作为驱动人类自由理想从此岸迅速抵达彼岸的马达和浪漫主义文学灵犀相通，缔结了不解之缘，使浪漫主义成为一种和革命相伴生的文学现象。"④

---

① 王敖：《怎样给奔跑中的诗人们对表：关于诗歌史的问题与主义》，《新诗评论(2008年第2辑)(总第8辑)》，北京大学出版社2008年版，第37—38页。

② 旷新年：《1928：革命文学》，山东教育出版社1998年版，第111页。

③ 旷新年：《1928：革命文学》，山东教育出版社1998年版，第113页。

④ 范伟：《浪漫：文学和革命激情共生的主义——革命文学浪漫主义思潮源流论析》，《海南师范学院学报》(社会科学版)，2003年第4期。

就浪漫主义一面来说，在其于20世纪初进入中国时事实上已经被加以过滤和改造而部分地现实主义化了，这实际又为浪漫主义与左翼政治话语的最终结盟预留了充裕的空间。许多研究者都已注意到了浪漫主义在传入中国时发生的有意或无意的失真情况。如李欧梵指出："浪漫主义美学中那些神秘的和超验的层面，在赞成一种人道性、社会/政治性的解释时，大都被忽视了。重点放在自我表现、个性解放和对既定成规的叛逆上。"①或如丁亚芳的观点："就整个中国现代文学史而言，对浪漫主义理论和作品的译介都存在着严重的误读现象，即按照时代的要求从反抗性和个性主义的角度理解、把握浪漫主义，致使浪漫主义在尚未进入中国文坛的途中便失落了它最基本的特性。"②再如宋剑华的说法："出于社会变革的需要，我们只能引进西方的先进思想；而这种引进过程又因社会的浮躁心态和功利主义目的，缺乏完整性和系统性。浪漫主义文学运动也不例外。郭沫若及其'创造社'成员，他们的反叛不是从本质上认识到个性解放的真实意义，只是为了宣泄长期压抑的情感而反叛；他们回归自然的目的也不是真正出于对人性缺陷的深刻感悟，而是借助自然万物张扬自我、美化人性。"③此外，张旭春更是将之不无深入全面地总结为："个体启蒙和民族启蒙两大现代性主题的纠结构成了世纪之初中国知识界对浪漫主义的期待视野和诠释框架。它一方面为1917年的文学革命奠定了精神基础，另一方面又不可避免地制约着现代中国浪漫主义思潮的发展变化：个体启蒙需要浪漫主义的审美主体性，民族国家的构建也需要一种民族主体性（一如安德森所说的'想象的共同体'）。这两个问题是以一种非常复杂的形式纠结在

---

① 李欧梵：《现代性的追求》，台北麦田出版社1996年版，第278页。

② 丁亚芳：《"骛远性"的失落与中国现代浪漫主义的歧路》，《中国现代浪漫主义文学的命运（专题讨论）》，《河北学刊》，2001年第5期。

③ 宋剑华：《论二十世纪中国浪漫主义文学运动》，《文艺研究》，1999年第2期。

一起的。它也决定了中国的浪漫主义思潮对现代性的追求必定要以审美开始，而以政治结束。创造社从文学革命到革命文学的转向——从浪漫的审美（消极）自由到浪漫的政治（积极）自由的转向——便深刻地证明了这一点。”[①]由此可见，中国现代浪漫主义文艺运动的倡导者与最初发动者对个人主体性、个性解放、反抗精神的肯定乃至张扬，始终是以解决峻急的现实人生问题为出发点和归宿的，这就使中国的浪漫主义文艺思潮从一开始便带上了强烈的功利主义色彩，而失却了浪漫主义本应留给我们的诸多精神遗产，有如对于近代启蒙理性的批判、对于物质异化人性的批判、对于个体精神自由的珍视、对于生命诗意栖居的向往等等。据此，有学者指出：“中国的浪漫主义的急功近利，则是中国浪漫主义思潮退潮的一个重要因素。由于急功近利，浪漫主义者不能深入地探讨人的感情深处诸多问题，不能探讨形而上的情感建构问题。这种趋向，势必会把浪漫主义者从关心个体的自我，转为关心被压迫阶级的大我，甚至关心整个民族的大我。这也就决定了浪漫主义文学在中国还没得到深入发展就开始退潮了。最终很多人汇入到无产阶级文学中，和写实主义共同建立起革命的现实主义文学。”[②]朱寿桐也曾提到：“西方的‘文艺复兴’直接引发了以个性主义为核心的人文主义思潮，而中国的五四新文化运动虽然‘发现’了‘人’，可是在更切实的意义上乃是‘发现’了‘人们’，人的问题经过‘人生’思考和方向转换的运作迅速被集团化、阶级化，作为浪漫主义思潮价值支柱的个性主义转瞬间便被排除在一旁，并且从此再也失去了复苏的条件，这对于中国现代浪漫主义

① 张旭春：《政治的审美化与审美的政治化——现代性视野中的中英浪漫主义思潮》，人民出版社2004年版，第259页。

② 祝远德：《权威话语与中国的浪漫主义思潮》，《求索》，2004年第7期。

思潮的发展史，无异于釜底抽薪。”[①]所以捷克学者普实克会认为：“欧洲浪漫主义的发展最后导致极端个人主义的唯我主义，而中国浪漫主义的发展最后却是回到现实与群众。”[②]浪漫主义被引进中国时的人为删削与改造，“五四”浪漫主义文学发动者在看取浪漫主义时所持有的治国安邦的现实功利目的，特别是他们将个人解放与民族解放视为同一问题的两个方面而同等对待的心理机制的存在，在“五四”新文化运动落潮之后的感伤时代背景下，中国的浪漫主义者深切地意识到“当一种纯审美意义上的浪漫主义并不能实现救国的目标，甚至反而要阻碍这一目标的达成时，将浪漫情绪政治化，将审美冲动现实化——一句话，由抽象的人性启蒙到具体的社会革命便自然而然地要成为创造社的必然归宿——只有将审美泛政治化，才能够最大程度地动员全社会成员积极地参与到民族主体性的建构运动中来。于是，文学革命之初对审美启蒙的追求就转向了对泛政治化的积极自由的追求。”[③]而且，从 1925 年之后中国的政治文化来看，特别是伴随着大革命的失败和国民党清除共产党的白色恐怖活动在全国范围内的蔓延，都意味着一场不同于“五四”的社会文化转型的来临，与革命陷入低潮相对的是由左翼文化阵营发动的“无产阶级的五四”（瞿秋白语）运动在 1928 年前后的“文化批判”和革命文学论争中全面掀起，革命文学倡导者在对“五四”新文学及其代表人物的情绪浮躁、态度粗暴地彻底批判与清算中，试图为自己在业已定型的新文学领域争得一席之地，为无产阶级革命文学争得十分紧要的话

---

① 朱寿桐：《中国现代浪漫主义思潮的潜隐性》，《中国现代浪漫主义文学的命运（专题讨论）》，《河北学刊》，2001 年第 5 期。

② ［捷克］普实克：《普实克和他对我国现代文学的论述》，《文学评论》，1983 年第 3 期。

③ 张旭春：《政治的审美化与审美的政治化——现代性视野中的中英浪漫主义思潮》，第 330 页。

语权。于是,包括政治心理、政治感情、政治信仰等在内的政治文化的普遍左转,使得革命文学成为一种新的文学风尚,而革命文学试图颠覆旧有文学秩序,又需要借助具有相当冲击力和破坏力的浪漫文学,所以我们说浪漫主义文艺思潮的兴起总是与社会转型有关,主要是因为浪漫主义更加适合表达转型期社会审美心理的变迁和时代精神的张扬。于是,也就有了中国现代浪漫主义文艺思潮与左翼政治话语的首次联姻,并型构出一种后来一直被称为"革命的浪漫谛克"的文学新业态。对此,温如敏指出:"1928 年前后勃起的'革命的浪漫谛克'创作风气,标示着新文学浪漫主义复苏。如前所述,'五卅'之后,现实派作家也开始接触革命题材,写出一些比较真实反映革命变动的作品。但对当时的广大青年读者来说,客观的真实的描写似乎'不够劲''不够味'了,他们更需要激情!这是社会审美心理的转变,与当时的时代气氛直接有关。……这种时代气氛与社会心理是不利于深刻谛视和解剖人生的现实主义发展的,倒很适合于浪漫主义的东山再起。'革命文学'初倡期的'革命的浪漫谛克'创作风气,就是这样应运而生的。"①

就左翼政治话语内的左翼文学一面而言,无论是革命文学论争时倡导者对于革命文学内涵的各种界定,还是权力话语先后提倡的"新写实主义""唯物辩证法的创作方法""社会主义的现实主义与革命的浪漫主义",实际上这些关于革命文学的所谓经典定义及其创作方法或多或少都带有唯心主义的观念论色彩,而这,便又为浪漫主义在遭受各类"围骂"(郭沫若语)时依然能够寄身于左翼文学之内留下了空间。

革命文学倡导者在定义左翼文学时关注的其实不是文学,而是文学所承载的无产阶级革命意识形态即所谓普罗列塔利亚的

---

① 温儒敏:《新文学现实主义的流变》,北京大学出版社 1988 年版,第 95 页。

"意德沃罗基"的政治宣传与鼓动效应，他们强调并夸大了文学在组织生活、改造社会、创造革命乌托邦理想未来等方面的实践功能。李初梨在《怎样地建设革命文学》一文中曾说："文学，是生活意志的表现。文学，有它的社会根据——阶级的背景。文学，有它的组织机能——一个阶级的武器……无产阶级文学是：为完成他主体阶级的历史的使命，不是以观照的——表现的态度，而以无产阶级的阶级意识，产生出来的一种的斗争的文学。"[①]意为作家只要拥有"无产阶级的阶级意识"，便可制作革命文学了。在另一篇文章里，李初梨又说："我们知道，艺术是一种感情底组织化，或情绪传染的方法。然而艺术的作品所传染于读者底情绪的性质，是为艺术家的心理或意识形态底阶级的性质所规定……因此，普罗列塔利亚作家，第一，应该首先获得明确的阶级的观点，所谓获得明确的阶级的观点者，毕竟不外是站在战斗的普罗列塔利亚的立场；就是他应该用普罗列塔利亚前卫的'眼光'去观察这个世界而把它描写出来。普罗列塔利亚作家，只有获得而且高调这种观点，才能成为真正的写实主义者。"[②]同样意为只要拥有无产阶级的阶级立场和意识形态，外加一套无产阶级"前卫的'眼光'"，就非但能够成为一名普罗列塔利亚作家，而且还是一名"真正的写实主义者"。此外，彭康在《革命文艺与大众文艺》一文中也表达了相近的意思："文艺是思想的组织化，同时又是感情的组织化。文艺不仅是现实社会底热烈的直接的认识机关，还是文艺家对于现实社会的一定的见解及最期望的态度之宣传机关。这是一个宣传机关，不是为艺术的艺术，不是无病呻吟，更不是迎合社会的低级的通俗的东西了。这点是文艺的实践性……在阶级

---

① 李初梨：《怎样地建设革命文学》，《文化批判》第 2 期，1928 年 2 月 15 日。

② 李初梨：《对于所谓"小资产阶级革命文学"底抬头，普罗列塔利亚文学应该怎样防卫自己？——文学运动底新阶段》，《创造月刊》第 2 卷第 6 期"新年特大号"，1929 年 1 月 10 日。

立场及阶级意识之下，思想的组织化使读者得到旧社会的认识及新社会的预图，感情的组织化使读者引起对于敌人的厌恶，对于同志的团结，激发斗争的意志，提起努力的精神，这是革命文艺的根本精神，也是它的根本任务。”[①]意即文艺不仅是组织思想、组织情感，进而组织生活的工具，而且还是一个传递作家政治“见解”与政治“态度”的“宣传机关”，在突出阶级立场和阶级意识的前提下，强调的是文艺的“实践性”以及所谓的“根本精神”，而不是文艺自身的特性。所以，朱寿桐认为，这些关于革命文学的理论“表面上看起来都是试图建构革命文学，可实际上这种革命文学中的文学自身的功能从来不受重视，倡导者将文学当作革命的公器，要求文学和文学家尽可能地离开文学，走近革命和无产阶级。当创造社革命文学家宣布将精巧的结构和洗练的语言让给‘昨日的文艺家’去追求的时候，他们的目标早已离开了文学本身，而是在无产阶级的革命和反抗意义上强调文学的工具性职能。”[②]革命文学倡导者轻视客观“观照”和基于真实情感的主观“表现”，而将作家无产阶级的阶级意识当做一把打开革命文学之门的万能钥匙的做法，所犯的乃是用世界观代替创作方法的错误，外加他们对于革命和无产阶级生活认识的先天不足，于是在创作上纷纷陷入了主观唯心主义的泥潭，最终走向所谓的“革命的浪漫谛克”，具体表现为“要么倾诉个人的带有激愤亢奋的罗曼谛克情绪，要么描写脱离现实基础、主观臆想的所谓光明、本质和即将到来的革命高潮之类的虚空幻化的世界……理想化的英雄人物，突变式的时代新人，不断高涨的革命形势，作品中充塞着标语口号、鼓噪着宣传鼓动声音，硬插上光明的尾巴和大团圆式的结局。”[③]由此可

① 彭康：《革命文艺与大众文艺》，《创造月刊》第2卷第4期，1928年11月10日。

② 朱寿桐：《论中国现代文学的第二次浪潮》，《河北学刊》，2005年第3期。

③ 林伟民：《试论左翼文学关于创作方法理论的探索》，《华东师范大学学报》(哲学社会科学版)，2002年第1期。

见，左翼文学发动者所持有的主观唯心主义革命文学观，正是左翼文学得以同强调幻想以及乌托邦情结浓重的浪漫主义完成媾和的原因所在。

再从左翼文学相继提倡过的“新写实主义”“唯物辩证法的创作方法”和“社会主义的现实主义与革命的浪漫主义”等革命文学“经典”创作方法来看，也都存在着不同程度的主观唯心主义倾向。“新写实主义”明显带有苏联“拉普”所谓文学可以“组织生活”“创造生活”的观念影响痕迹，为达到政治“宣传和煽动”目的，革命文学作家都偏重于歌颂光明。旷新年指出：“普罗文学是在‘新写实主义’对于‘五四’现实主义的挑战之中出现的。它明确要求文学的‘煽动性’和‘前卫的眼光’，它以政治、时代、题材、世界观等问题对‘五四’现实主义形成了强有力的冲击……并且形成了 30 年代文学政治化、理想化、社会化的倾向。”[①]至于“唯物辩证法的创作方法”，从其名称即可见出这是典型的以世界观替换创作方法，进而实质取消文艺特殊性的做法，其结果必然是踏入“观念论”的魔床。日本“纳普”最著名的文艺理论家藏原惟人说过：所谓“唯物辩证法”的创作方法，“是把这社会向怎样的方向前进，认识在这社会上甚么是本质的，甚么是偶然的这事教导我们。普罗列塔利亚写实主义依据这方法，看出从这复杂无穷的社会现象中本质的东西，而从它必然地进行着的那方向的观点来描写着它”。[②] 很明显，这种忽视客观写实，只求写出“方向”、揭示“本质”的所谓“新写实主义”以及与之相配套的“唯物辩证法的创作方法”，非但与真正的现实主义相去甚远，而且与真正的浪漫主义也有本质区别，因为它始终排斥作家基于个性的创作主体性，而个

① 旷新年：《1928：革命文学》，山东教育出版社 1998 年版，第 111 页。

② ［日］藏原惟人：《再论新写实主义》，《新写实主义论文集》，上海现代书局 1930 年版，第 42 页。

人主体性正是浪漫主义的灵魂。尽管30年代初左翼文艺界开始批判"唯物辩证法的创作方法",并及时引进了苏联刚刚兴起的崭新的"社会主义的现实主义",但至少在周扬对这一新方法的介绍性文字中,依然存在着"观念论"的阴影。他说:"只有不在表面的琐事(Details)中,而在本质的,典型的姿态中,去描写客观的现实,一面描写出种种否定的肯定的要素,一面阐明其中一贯的社会主义革命的胜利的本质,把为人类的更好的将来而斗争的精神,灌输给读者,这才是社会主义的现实主义的道路。"[①]这种强调写出"社会主义革命的胜利的本质"但又不能拘泥生活的"表面的琐事"的要求,本身就存在矛盾而缺乏实际的可操作性,依照这样的标准,作家不可能描写出"客观的现实",而只能是主观的想象的现实。于是,在提出"社会主义的现实主义"之际,"革命的浪漫主义"被作为一个必要的附件添加进来。"'革命的浪漫主义'不是和'社会主义的现实主义'对立的,也不是和'社会主义的现实主义'并立的,而是一个可以包括在'社会主义的现实主义'里面的,使'社会主义的现实主义'更加丰富和发展的正当的,必要的要素……正就是这一点上,'革命的浪漫主义'才有它的至大的意义;也正就是在这一点上,'革命的浪漫主义'是和古典的资产阶级的浪漫主义乃至'揭起革命的小资产阶级文学的旗帜'的所谓'革命的浪漫谛克'没有任何共同之点的。"[②]表面上看,由于"革命的浪漫主义"的加入而使得"社会主义的现实主义"的概念更加完整、科学,实际上正如上文已经揭示的那样,"社会主义的现实主义"本身就是"观念论"的产物,就此而言,两个概念在本质上又是相通的,它们都要求表现革命的理想主义、乐观主义和英雄主义。

---

① 周起应:《关于"社会主义的现实主义与革命的浪漫主义"——"唯物辩证法的创作方法"之否定》,《现代》第4卷第1期,1933年11月1日。

② 周起应:《关于"社会主义的现实主义与革命的浪漫主义"——"唯物辩证法的创作方法"之否定》,《现代》第4卷第1期,1933年11月1日。

所以，与其说“革命的浪漫主义”的加入是为了“使‘社会主义的现实主义’更加丰富和发展的正当”，毋宁说是为了掩盖“社会主义的现实主义”本身的空幻性，从而借“社会主义的现实主义”之名行“革命的浪漫主义”之实。“事实表明，文学中的政治观念论不根除，不只束缚甚至戕害了现实主义写真实的批判精神，而且也给‘罗曼蒂克’倾向的重新抬头预留了空间，当现实主义的‘现实’不足以表现急剧膨胀的革命理想的诉求时，‘浪漫主义’提供了最为宽广的通道。”①

总之，中国现代浪漫主义文学思潮与左翼政治话语在新文学第二个十年的结合，已然表明是一种历史的必然，而由此催生出的中国现代左翼浪漫主义文学，定然会兼具了左翼文学和浪漫主义文学的双重特征，但因为左翼政治话语的无比强大，事实又主要是以浪漫主义的扭曲、变形乃至全面缩水来成全左翼话语，故而中国现代左翼浪漫主义文学的双重特征并不是左翼政治与浪漫主义两套话语的简单叠加，而是以左翼政治不断改造浪漫主义的形态存在的。左翼文学旨在于使自己成为整个无产阶级革命事业的一部分，其中心主题是革命，关注焦点是民族解放和阶级解放，在否定个人主义时往往将作家的创作个性当做小资产阶级的根性一并予以否定。惟其如此，诞生于左翼政治文化空间内的左翼浪漫主义文学，必然会以压抑乃至牺牲作家的个人主体性和心灵自由为代价，以此来保证与整个无产阶级革命文化事业的统一性。而无论个人主体性抑或心灵自由，都是正统浪漫主义的标志性特征。所以伴随着从“文学革命”到“革命文学”的转型，左翼浪漫主义作家在对自我的小资产阶级根性进行批判和“奥伏赫变”的过程中，一步步地放弃了个人主体性而融入阶级主体和民

① 范伟：《“革命的罗曼蒂克”：从情的飞扬到观念论的魔床》，《中国文学研究》，2004 年第 3 期。

族主体，即从“我”走向“我们”，尽管作为个体他们因此变得强大，而且也确实开创了一次不同于“五四”浪漫主义的新的浪漫主义潮流，并使“革命的浪漫谛克”倾向浓郁的左翼文学风靡一时，但他们毕竟为此而失落了浪漫主义最可宝贵的精魂——自我主体性，剩下的只能是遥不可及的乌托邦革命理想，以及在这一唯心主义革命理想鼓动下集体无意识似的革命激情、狂热、冲动、乐观和英雄气概。以赛亚·伯林指出：“那些——无论他们是否知道自由——掌握了唯心主义形而上学家的观念，且将国家或教会看做是他们自己或某种超验权力塑造的一件艺术品的人们，他们只是该权力不可或缺但却是被严格控制的部件，在历史或其他一些抽象专制者为他们制定履行的独特却不可改变的功能中，他们是幸福的，但对于那些在更为个人主义的文明中教育成长的人们来说，他们的自由似乎是一种奴役——幸福、也许甚至是狂喜，但仍是一种奴役。”①所以，就像有些研究者已经揭示的那样，中国现代左翼浪漫主义不是正统意义上的浪漫主义，尽管它在反抗精神、生命激情和乌托邦理想等表象层面闪烁着浪漫主义的光泽，却又在以民族主体性并主要是阶级主体性置换个人主体性的过程中，失掉了创作主体情感体验的真切性和个体灵魂表达的自由性，因而，左翼浪漫主义文学至多只能算是一种准浪漫主义文学。与此同时，在左翼政治与浪漫主义之间，除了具有部分共通性之外，毕竟还存在着天然的龃龉，这就使得由左翼政治和浪漫主义组合而成的左翼浪漫主义文学在表面的和谐之下，又始终交织着矛盾与冲突，虽然这种冲突常以牺牲浪漫主义的本真为代价而得到暂时缓和，但冲突本身并不会因此消亡，很多时候它将以潜伏状态存在，一旦恰适的契机来临，便会再次掀起碰撞的波澜，这种表面和

① [英]以赛亚·伯林：《浪漫主义时代的政治观念——它们的兴起及其对现代思想的影响》，新星出版社 2011 年版，第 220 页。

谐内部却又暗流涌动的现象，正是由左翼政治和浪漫主义两套话语之间的共通性和差异性特别是相互整合的困难性所共同规约并演绎的结果。对此，符杰祥的论断比较到位，他说："左翼浪漫主义文学作为政治理念与浪漫主义两种范畴在特定历史时期交合而成的一种非通常意义的文学形态，是一种尚未圆熟、未及整合的文化产物。从其文学品性与美学形态看，左翼浪漫主义文学是文学与政治缔婚后的一个早产的婴儿，激进、严酷的现实环境未能给其充分发育与健康生长的条件：一方面它割不断浪漫主义精神母体的脐带，一方面又必然留存着政治责任承诺的基因。因而，在两套尚未完全磨合的文化指令下，左翼浪漫主义文学常常处于一种复杂、矛盾的两难状态。"①

惟其如此，中国现代左翼浪漫主义文学最终将以两种形态出现：其一，是以民族主体或阶级主体的"我们"或等同于"我们"的"大我"作为抒情主体，传达的是渴望民族解放或阶级解放的群体情感与意志诉求，主体在乌托邦革命理想的感召下迸发出磅礴的生命激情，并主要表现为一种融大破毁与大创造于一体的反抗精神和对革命胜利的坚定信念，因而诸如激愤、高亢、雄放、乐观等情绪成为文本的主色调。左翼浪漫作家在无产阶级的阶级意识指引下，为了使文学作品最大程度地具备政治宣传和煽动效果，向读者传达无产阶级必胜的所谓正确的"方向"和"本质"，不惜用包括标语口号在内的鼓动性文字为革命作最广泛地动员，在他们的笔下往往"没有失败，只有胜利，没有错误，只有正确"②，他们

---

① 符杰祥：《悖谬的和谐——论左翼浪漫主义文学文本的双重性征》，《山东师范大学学报》(人文社会科学版)，2002年第6期。

② 钱杏邨：《〈地泉〉序》，《〈地泉〉五人序》，《中国新文学大系(1927—1937)》(第一集　文学理论集一)，上海文艺出版社1987年版，第874页。

"把残酷的现实斗争神秘化，理想化，高尚化，乃至浪漫谛克化"[①]，其结果是"在回避创作主体性问题的前提下，把浪漫主义当作激励革命热情的手段，浪漫主义基本上也就等同于革命乐观主义与革命英雄主义。"[②]这是左翼浪漫主义文学最为普遍的表现形态，其发生学原理正在于左翼政治与浪漫主义两套话语的相通性，以及由两者的相通性建构而成的表面和谐状态。当然，它也是左翼浪漫主义文学之所以备受诟病或者被视为非本真意义上的准浪漫主义甚至伪浪漫主义的根源所在，因为它毕竟失却了浪漫主义的灵魂即创作主体性的自由发挥，故其浪漫质素是大打折扣的，即便如此，我们仍不得不承认每每在社会历史转型时期这类浪漫主义所爆发出来的巨大破坏力和创造力。其二，是以个体的"我"为抒情主体，但这个"我"既是无产阶级革命的参与者和实践者，又是无产阶级乃至中华民族的代言人，因而不同于"五四"浪漫主义文学中那个唯求个性解放和自我表现的"我"。作为革命参与者和实践者的"我"，所要传达的是个体在介入革命过程中的各种生命体验，有如因革命而长期漂泊流浪所产生的孤独感及与之相伴的对故土与亲人的眷念、革命形势的起伏涨落所引发的兴奋、激愤、悲郁乃至幻灭、作为青年对于爱情和异性温存的渴望以及求之不得时的痛苦等等。虽然在理智层面左翼浪漫作家深知必须克服并且彻底扬弃这些在他们看来属于小资产阶级的根性，如郭沫若所言："我们现在处的是阶级单纯化，尖锐化了的时候，不是此就是彼，左右的中间没有中道存在。中国现在的文艺青年呢？老实说，没有一个是出身于无产阶级的。文艺青年们的意识都是资产阶级的意识。这种意识是甚么？就是唯心的偏重主观

---

① 华汉：《〈地泉〉重版自序》，《〈地泉〉五人序》，《中国新文学大系(1927—1937)》(第一集　文学理论集一)，上海文艺出版社 1987 年版，第 881 页。

② 陈晨：《论革命现实主义对现实主义与浪漫主义的改造》，《齐鲁学刊》，2006 年第 2 期。

的个人主义。不把这种意识形态克服了，中国的文艺青年们是走不到革命文艺这条路上来的"[①]，但是将革命理性或革命文学理论转化为实际的情感动力却远非想象的那么容易，也就是说，左翼浪漫作家要弃绝自身原有的小资产阶级意识形态和个人主义倾向，完全掌握并且拥有无产阶级的阶级立场和阶级意识，并不是一件轻而易举的事情。所以，正如范伟指出的那样："这就使得革命的小资产阶级知识分子一方面要革命，一方面还要不得不忍受革命带来的痛，忍受革命带给个人的感伤。不过，由于作家已经受过革命的洗礼，由于革命作为一个重大的政治事件和精神事件业已逐渐成为现实生活、从而也成为革命文学表现的中心，这些感伤已经和'五四'作家的个人主义感伤情调有了重要区别。"[②]而作为阶级或民族代言人的"我"，则因为有了马克思科学社会主义这一经过改造的革命理想的照耀，且其背后又有想象中的整个阶级乃至整个民族群体力量的支撑和保障，于是变得异常自信与乐观，表现在创作中是一幅与革命感伤完全不同的姿态，即由崇高的使命感和革命必胜的信念所转换而来的昂扬、奔放、豪迈、憧憬、跃进的情绪状态。而无论是因革命而起的感伤抑或因集团代言人身份而起的豪迈，左翼浪漫作家所拥有的正负对立的两重情绪情感世界，毕竟都是基于个体的"我"真实体验之上的真实表达，其个人主体性是始终存在的，而且由于革命这个特殊场域的存在，使得置身其间的个人主体情感世界的复杂性与多面性得到了前所未有地展示和张扬，就此来说，以个体的"我"为抒情主体的左翼浪漫主义文学某种程度上也是对"五四"浪漫主义个性解放主题的深化，并在这种深化与发展中使得此种形态的左翼浪漫

---

① 麦克昂：《留声机器的回音——文艺青年应取的态度的考察》，《文化批判》第3期，1928年3月15日。

② 范伟：《革命文学浪漫主义创作潮流论析》，《南京师范大学文学院学报》，2004年第2期。

主义文学的浪漫质素为之丰富而多元。需要指出的是,这种基于个人主体性的左翼浪漫主义文学,其发生学机制正在于左翼政治与浪漫主义两套话语未及实现整合且暂时让浪漫主义占了上风的产物,意味着左翼政治话语还没来得及实施其对于浪漫主义强大且全面性的改造,左翼浪漫作家的创作个性还没有得到完全的限制,所以革命这一全新事物的出现反而为浪漫主义作家敞开了一个自由表达的意义生长空间,这可以说是十分难得的革命成全了浪漫主义。然而,伴随着左翼政治话语对革命文学作家控制力的加强,特别是如中国左翼作家联盟这样体现党的意志且有严密组织的作家团体的出现,使得左翼浪漫作家或迫于革命权力话语的压力或出于相当意义上的自觉而不断地批判和否定自己的小资产阶级意识形态,且将创作个性与个人主义视为同一问题而一并否定,与此同时,左翼文艺界在对第一阶段的革命文学进行总结时,又将批判的矛头集中对准“革命的浪漫谛克”,并且毫不分辨地对其予以全盘否定,姿态鲜明地表示,“这种浪漫主义是新兴文学的障碍,必须肃清这种障碍,然后新兴文学方才能够走上正确的路线……我们应当走上唯物辩证法的现实主义的路线,应当深刻的认识客观的现实,应当抛弃一切自欺欺人的浪漫谛克,而正确反映伟大的斗争,只有这样方才能够真正帮助改造世界的事业。”[①]经过左翼浪漫作家的自我批判和左翼文学界对“革命的浪漫谛克”的整体批判,导致的结果是浪漫作家的个人主体性要么化入阶级主体性而彻底消失,要么以潜隐的方式在集团话语的缝隙中进行微弱地诉说和表达,在以后的左翼政治文化语境中再也没有复兴的机会,从此整个左翼文坛终于只剩下一种被左翼政治

① 易嘉:《革命的浪漫谛克——〈地泉〉序》,《〈地泉〉五人序》,《中国新文学大系(1927—1937)》(第一集 文学理论集一),上海文艺出版社 1987 年版,第 865—868 页。

话语彻底改造过的准浪漫主义或伪浪漫主义，而其存在的唯一功能只是为了协助革命现实主义煽动革命激情，唯一的表现形式就是革命乐观主义和革命理想主义。由此可见，基于个人主体性的左翼浪漫主义文学只可能较集中地发生于革命文学的勃兴期，即20年代中后期和30年代初期，因为只有这个阶段，左翼政治的“话语权还不足以有效干预作家创作，意识形态理论还没有对创作对作家构成足够的统摄力，这在客观上使革命文学创作上的多元局面得以出现，突出的表现就是，和观念的‘罗曼蒂克’这种消极倾向并存的，还有时代潮流激荡下个人感情的真实抒发与表达。”[①]此外，需要强调指出的是，尽管在左翼浪漫文学发生发展的第一阶段，以个体的“我”为抒情主体的左翼浪漫主义文本的存在已是不争的事实，但它们相对于同时期那些迎合革命文学理论和左翼政治话语而出现的基于集团主体性的左翼浪漫文本来说，仍旧处于弱势地位，而且随着左翼浪漫作家创作个性和情感表达自由性的渐趋丧失，这类基于个人主体性的左翼浪漫文本终将彻底潜隐。

二、本书的研究思路与整体框架

1. 研究思路　本书题为“中国现代左翼浪漫主义诗歌研究”，主要是以20世纪20年代中后期至抗战之前出现的典型的左翼浪漫主义诗歌为阐释对象，通过对其代表性文本的深入解读，系统整理出两类优秀的左翼浪漫诗歌文本，其一是以个体的“我”为抒情主体的左翼浪漫诗歌，其二是拥有个体与集团两重抒情主体的左翼浪漫诗歌，并对这两类浪漫诗歌之个人主体性的存在方式

---

① 范伟：《革命文学浪漫主义创作潮流论析》，《南京师范大学文学院学报》，2004年第2期。

特别是情感传达范式予以了理性爬梳、探析和总结，旨在廓清两类左翼浪漫主义诗歌丰富而多元的情绪情感世界。此外，因为意象素来被视为诗歌的重要表意方式和检测诗人想象力的重要标尺，而对想象力舒张与飞扬的重视无疑是浪漫主义文学的重要特征，故而，本书在厘清两类左翼浪漫诗歌抒情主体之情感世界的同时，对于左翼浪漫诗歌的意象体系同样进行了系统地学理考辨，以期在主体性和想象力两个向度上界定中国现代左翼浪漫主义诗歌的浪漫质素，进而还原其在中国现代左翼文学和中国现代浪漫主义文学发展链条中的实际位置。蒋光慈作为中国现代左翼浪漫主义诗歌的首发者，无论就其个体生命的类型学意义还是其在左翼浪漫诗歌创作方面的成败得失，都特别有助于我们深度考察革命诗人的心灵世界和创生期左翼浪漫诗歌的真实样态，因而将其作为典型个案单列一章进行系统阐释，以期在进一步完善中国现代左翼浪漫主义诗歌研究体系的同时，对此类诗歌多舛的命运拥有更多的理性认知。

2. 整体框架

“导论”：主要是在理性界定“左翼”“左翼文学”“浪漫主义”等相关概念的基础上引出“中国现代左翼浪漫主义文学”这一核心命题，并从转型期政治文化和社会审美心理且主要是革命文学话语与浪漫主义文学思潮的相通性等角度，系统论证左翼政治话语与浪漫主义结盟的必然性。尔后，又依据抒情主体的不同，将中国现代左翼浪漫主义文学分作两类形态，即以阶级或民族的“我们”为抒情主体的左翼浪漫文本和以个体的“我”为抒情主体的左翼浪漫文本，并且判定基于个人主体性的左翼浪漫文本是为正统意义上的浪漫主义文学。

第一章“左翼浪漫主义诗歌的意象世界”：主要依据作者诗思视角的不同，而将中国现代左翼浪漫主义诗歌的意象类型归纳为三种：其一是与诗人自身在精神意趣方面产生同构效应的主体型意象；其二是由诗人凭借想象虚构出来的无法找到其现实对应的事物，或者是因赋予了诗人的主观情志而具有了暗示功能的客观事物，而无论前者还是后者，都带有抒情主体鲜明的情绪色彩，皆为情绪的产物，是故指称这类意象为情绪型意象；其三是因寄寓了诗作者对于时代新变的敏锐感知和期待性想象，而彰显出浓郁时代色彩且生命化了的客观事物，姑且称其为时代型生命意象。

第二章“左翼浪漫主义诗歌的个人主体抒情”：主要依据抒情主体的情绪情感色调而将其归纳为忧郁型、激愤型、奔进型和交战型等四种类型。而无论是情绪色调相对单一的忧郁型、激愤型和奔进型个人主体，抑或是多元情绪共存的交战型个人主体，它们的共同点都是将自我进行拆解和分裂，它们的区别是通过拆解，情绪相对单一的前三类主体完成的是在局部时空内的单面形象建构，而情绪多元混合的交战型主体则是在一个连接过去、现在和未来的整体时空内实现自我的多面形象建构。左翼浪漫诗歌的个人抒情主体通过分裂自我继而在不同时空内自由穿梭的现象，彰显的正是典型的浪漫主义特征。

第三章“左翼浪漫主义诗歌之两重抒情主体的内在变奏”：具体而言，这些拥有两重抒情主体的第二期左翼浪漫诗歌又主要呈现为两种模式：其一，在单一诗歌文本中，既有个体本位的“我”，又有集团本位的“我们”，两者之间的情感发展逻辑是个体最终在精神层面融入群体，即由“我”向“我们”完成主体的扩张、转化和位移，不妨将这类文本命名为“个体集团化”的左翼浪漫诗歌；其二，在具体的诗歌文本中，抒情主体虽以“我们”的方式存在，但因了创作主体对阶级的政治立场、思想意识、情感意绪的深切体验与高度认同，特别是写作者对于自己作为“诗人”身份的无意识坚守，以及敏感多思、想象丰富、擅长于对客观世界进行诗性提纯和建构诗美世界的天性与素养，使诗人在观照现实、亲历革命斗争岁月和集体生活过程中，逐渐获致了一份看取社会大动荡、历史大转折时代的特殊视角，凭借这一特殊视角，创作主体对无产阶级革命或战争进行个性化言说方有了实际可能，并在这个性化的言说中完成基于阶级主体性的个体形象建构，权且称这类文本为“集团个体化”的左翼浪漫诗歌。

第四章“左翼浪漫主义诗歌的首发者——蒋光慈”：蒋光慈为中国现代左翼浪漫诗坛留下了最早一批探索果实，虽然青涩，其开拓之功自不可磨灭。蒋光慈的革命浪漫诗歌因其始终基于个人主体性的立场言说与想象革命，融自身多样的情感色彩于革命的宏大叙事当中，使其关于革命的书写呈现出鲜明的私语化、个性化和浪漫化特征，显示了草创期中国现代左翼浪漫主义诗歌的基本风貌。与此相对应，蒋光慈的革命文学理论，尽管内涵驳杂，且多有相互龃龉之处，但仍然属于典型浪漫文人的革命文学观。可以说，蒋光慈的革命浪漫文学观与他的革命浪漫主义诗歌写作是一个问题的两个方面，故而，对其革命文学思想之浪漫质素进行理性爬梳，无疑将有助于对其左翼浪漫主义诗歌的研究与定性。

第一章　左翼浪漫主义诗歌的意象世界

瑞恰慈曾说："所有的语言里深深镶嵌着隐喻意象的模式。"[①]意象，既是中国古典诗学的重要概念，也是西方现代诗学的重要范畴。意象作为诗歌的基本元素，在传达思想与情感方面一直发挥着独特而显著的功能，甚至可以说，意象已然成为诗歌这种文体的标志性特征。正如著名诗人、学者郑敏指出的那样，"诗人的创造灵感与对生命的敏感与经验都凝聚于意象中"，意象"是诗歌独特的叙述方式。"[②]学者王泽龙也同样认为，"意象作为诗的灵魂和生命符号，是一种富于暗示力的情智符号，也是富于诱发力的期待结构……与其他文学形式相比，作者与读者主要靠意象交流情感、沟通心灵，意象是诗歌区别于其他文学样式的独特呈现方式。"[③]中国现代左翼浪漫主义诗歌的浪漫性，除却表现为主体性的建构外，还依存于文本想象力的张扬，而核心意象的塑造，特别是意象内涵的丰富性、价值指向性及其对读者情绪与想象的诱发效果，既可作为衡量作品左翼意识形态色彩的理据，亦可成为抒情主体形象确立的有效资源，更可作为检视文本想象空间和思维

① 汪耀进编：《前言》，《意象批评》，四川文艺出版社 1989 年版，第 30 页。

② 郑敏：《中国诗歌的古典与现代》，《诗歌与哲学是近邻——结构—解构诗论》，北京大学出版社 1999 年版，第 315 页。

③ 王泽龙：《中国现代诗歌意象论》，中国社会科学出版社 2008 年版，第 2 页。

拓展空间的参考标准。惟其如此，将研究视角锁定诗歌意象的生成与延展，将有助于我们进一步廓清并厘定中国现代左翼浪漫主义诗歌的本质特征。而且又因为意象往往被视作诗歌的本体性要素，所以对意象的深入探讨也必将有助于推动左翼浪漫主义诗歌的文体研究。

从蒋光慈于 1925 年开启第一步，历经中后期创造社、太阳社、中国诗歌会，其间伴随着“革命文学”论争、“大众文艺”论争和“两个口号”的论争，直到 1936 年左联解散，在绵延十数年的中国现代左翼浪漫诗歌写作过程中，左翼诗人们为我们留下了一大批张扬生命意志、崇尚自由理想、倡扬行动与生命创造，且始终以民族解放和阶级解放为指归的优秀文本。这些文本的存在为我们思考革命战争年代文学与政治、文学与革命、文学创作与集团规戒、个体性革命话语与政治共同体权力话语、个人主义的“小我”与集体主义的“我们”等时代性命题提供了多方面的价值启示，并主要体现为左翼浪漫主义诗歌在从个人主体性向集团主体性的转换和嬗变过程中所给予我们的经验和教训，此外，也体现在左翼浪漫主义诗歌意象体系的营造方面所拥有的诗歌本体论意义。

杨匡汉指出，“意象是被创造出来的诗的外观。这种‘外观’并非一定要和真实的事物或实在的经验的精确外形相等同与相对应，恰恰相反，它在标准的诗学规范里，不是原先就有的，而是被艺术固定下来的一种反映在审美意识中，体现着世界内在于创作主体的能动性，又呈现某种新的人生经验或理想图景的虚构事物或纯粹幻想。”[①]如此说来，意象不仅仅是视觉上的感知，还可以是听觉的，嗅觉的，味觉的，乃至完全是由心理、意念等构成的联觉的。依据作者诗思视角的不同，我们可以将中国现代左翼浪漫主义诗歌的意象类型归纳为三种：其一是与诗人自身在精神意趣

① 杨匡汉：《中国新诗学》，人民出版社 2005 年版，第 103 页。

方面产生同构效应的核心意象，其所指虽为独立于诗人之外的生命体或非生命体，但其能指又分明是诗人或全部或部分的化身，内中有诗人自我的主体性存在，故而暂且称这类意象为主体型意象；其二是由诗人凭借想象虚构出来的无法找到其现实对应的事物，或者是因赋予了诗人的主观情志而具有了暗示功能的客观事物，而无论前者还是后者，都带有抒情主体鲜明的情绪色彩，皆为情绪的产物，是故指称这类意象为情绪型意象；其三是因寄寓了诗作者对于时代新变的敏锐感知和期待性想象，而彰显出浓郁时代色彩且生命化了的客观事物，姑且称其为时代型生命意象。当然，对意象类型的如此区分，目的只是为了更好地揭示左翼浪漫诗歌意象世界的真实面影，以期更为理性地把握左翼浪漫诗歌的本体性特征。

第一节　主体型意象

胡风指出，“诗应该是具体的生活事象在诗人的感动里面所搅起的波纹，所凝成的晶体”[①]，又说“诗得从现实生活的事象里面诞生，实际上，大多数的场合也正是通过甚至拥抱着从现实生活里面摄取或提炼的事象的。”[②]在胡风的诗论里，常常使用“事象”概念来指称意象，他的主要观点是意象来自于现实生活，且需要诗人以突入生活以至拥抱生活的方式，对生活意象进行兴发感动，这也就是他所谓的“摄取”与“提炼”的过程，因而具有强烈的主体体验色彩。中国现代左翼浪漫主义诗歌的主体型意象，同样

① 胡风：《略观战争以来的诗》，《胡风评论集》（中），人民文学出版社 1984 年版，第 53 页。

② 胡风：《关于“诗的形象化”》，《胡风评论集》（中），人民文学出版社 1984 年版，第 370 页。

包含实体性的“象”和象征性的“意”两个方面：就其客观对应物即“象”来说，既有生命形态的人、动物、植物等，也有非生命形态的时间、国家、人造实物等，而无论是生命形态抑或非生命形态，都能以自足自适的方式存在，并在其自身的意义空间内自我言说、自我阐释；而就“象”的能指即虚拟的“意”而言，因在具体的“象”中已融注了创作主体的生命体验，涵纳着创作主体对于自我、命运、时代、社会的深切认知和情感意志，体现着创作主体的个性色彩，故而在“象”所能提供的丰富的“意”的指示空间内，又必然存在着创作主体的身影。左翼浪漫诗歌的主体型意象，正是凭借想象与联想的触媒，在主体化了的“象”与主体化了的“意”的互动格局内完成其相互印证、相互诠释和相互建构，并最终凝定为一个个拥有鲜明主体性的成功意象的。如学者刘静所言，“诗歌意象不同于一般文学形象之处就在于它是外壳的客观性与内核的主观性的智性结晶。”[①]就此来看，主体型意象正是外壳的“客观性”与内核的“主观性”的结合，且其“主观性”的获得乃是基于创作主体的情感渗透和智性点化，因而是一种主客观的结晶。

1. 生命类主体型意象　左翼浪漫主义诗歌在创造生命类主体型意象方面，为我们呈现的是一座多姿多彩、生机勃勃的意象群落，经典文本有如田间的《栗色的马》、《午夜工》，柯仲平的《未奏了的大曲——纪念孙中山先生》，黄药眠的《拉车曲》，蒲风的《扑灯蛾》《鸦声》《运转手》《海鸥》，阿英的《劳动者》，殷夫的《祝——》等。其中，《午夜工》《拉车曲》《运转手》《劳动者》《东方的玛利亚——献母亲》和《妹妹的蛋儿》塑造的是关于“人”的意象，其他则是“栗色马”（《栗色的马》）、“夜莺”（《未奏了的大曲——纪念孙中山先生》）、“灯蛾”（《扑灯蛾》）、“孤鸦”（《鸦声》）、“海鸥”（《海鸥》）、“野花”（《祝——》）等意象。这些意象呈现出或

① 刘静：《新诗艺术论》，中国文史出版社 2004 年版，第 226 页。

者忧郁或者激愤又或者奔进昂扬的情绪色泽，引发读者多量的遐思，甚至达到庞德所说的"给人以突然解放的感觉"。[①] 此外，又由于这些意象出自于左翼浪漫诗人之情智世界，因而必然会带上左翼浪漫诗歌的价值标记，拥有左翼浪漫诗歌的阐释向度。

阿英笔下的"劳动者"(《劳动者》)意象，凝聚着创作主体深深的忧郁和无尽的悲愤。这是一个与"光明""幸福""快乐"绝缘，"一生中，受着鞭挞，听者恶骂/不敢说疲劳，不敢说饥饿""做到天色昏暗，做到自己死亡/终竟是无家飘流"的"劳动者"。而当"气穷力尽时"，"劳动者"也就随即"向前倒下去死了"，并终于使自己的姿态永远定格在缓缓"倒下去"的这一瞬。足以想见，"劳动者"的脸上写满着痛苦、疲倦乃至绝望，然而他又是始终沉默的，如果死亡也是一种沉默的话，那么沉默正是其承受命运苦难与不幸的唯一手段和最后归宿。这使我们很自然地想起北岛名诗《结局或开始——献给遇罗克》中的一段话，"沉默依然是东方的故事/人民在古老的壁画上/默默地永生/默默地死去"。阿英的"劳动者"意象，其最大的情感冲击效果正来源于"劳动者"本身所拥有的强烈的忧郁色彩与悲剧意味，并由此而引导读者产生类比性联想和想象，将"劳动者"一己的苦难与不幸迁移到命运相似的"沉默的大多数"，使"劳动者"的个体性悲剧扩大为集团性悲剧，使私人式的忧郁上升为社会普遍性的忧郁，从而完成了意象的自我生长与自我表现。与此同时，读者也可在对"劳动者"意象的心灵观照中，辨析出创作主体的形象，这显然是一位对处身社会底端的"劳动者"寄寓着刻骨铭心的爱、同情和悲哀，对惨无人道的现实表达着深沉的愤与恨的知识者形象。而他所谓"这个世界，于劳动者，只是地狱!"的激愤断语，特别是两次质问"对于这个世界究竟有什

① ［英］埃兹拉·庞德：《回顾》，郑敏译，《二十世纪文学评论》(上册)，［英］戴维·洛奇编，上海译文出版社 1987 年版，第 108 页。

么留恋?”,除了表征创作主体的悲愤情绪外,也隐约暗示着要将“这个世界”打碎的信息。与“劳动者”意象的忧郁情调不同,黄药眠《拉车曲》中的拉车人意象即“我们”则彰显着激越、昂扬、乐观的精神品格。连着笨重负担的大索套在肩头,“一步,一步,一步/我们稳固地踏上前走”,这一拉车人既有姿态于文本中不断闪现的事实,表征着身为奴隶的“我们”虽忍辱负重却坚忍不拔、矢志前行的生命意志。只因在“我们”的信念里,“黎明期已距我们不远”,而“在那赤色的红云中/已隐约有晨曦在前!”,所以等着“我们”的将是“光荣的时候”和“光明的时候”。拥有着“健康的身体和精神”的“我们”定要成为“将来的主人”,而与之相反,作为敌人的“他们的死期近了/他们正在掘着他们自身的坟墓/等待他们唱完了临终的夜歌/我们一举手,他们都立地化成焦土!”对自身所属阶级前途如此乐观地展望、对阶级敌人必然走向“坟墓”的信心,集中呈现着身为劳苦大众的“我们”那份激扬奔进而又崇尚生命创造的精神意绪。显然,这是一群已然懂得要靠自己的力量去实现阶级解放的崭新的“劳动者”群体,他们之于“这个世界”不再是沉默的被动承受者和永远的牺牲者,预留给他们的命运也不再是“默默地死去”,事实刚好相反,他们必然会成为将来时代的主人。同样关注劳动者群体,如果说 19 世纪俄国画家列宾的代表作《伏尔加河的纤夫》表现的是劳动者沉重的劳动和纤夫们不甘忍受剥削和压迫的愤懑情绪,那么黄药眠的《拉车曲》所表现的除了劳动者的艰辛之外,更为重要的是他们的觉醒,他们对光明的信念、对敌人的仇恨,尤其是他们对赢得时代主体地位的充分自信,这些都是其超越《伏尔加河的纤夫》的可贵品质,因而由“我们”口中所唱出的“拉车曲”必然是一支光明之曲、胜利之曲。有鉴于此,可以认定“我们”这一意象的客观对应物即“象”本身已是主体性鲜明的形象。而“我们”是为开放性称谓,其在“黎明”前夜朝着“晨曦”毅然决然地负重前行的身影又颇具象征意味,必然会使读者联想到那些有着相似的社会身份与精神旨趣、正从事着相同事业的“同路人”，这些不同身份的“同路人”都是“拉车人”的扩展和延伸，而创作主体当然也是“我们”的“同路人”，区别只在于创作主体主要是以革命诗人的身份在“一步一步稳固地踏上前走”。

田间的《午夜工》与蒲风的《运转手》都为左联时期的作品：前者塑造的“午夜工”——“我们”意象蕴蓄着一份强力的生命意志。火把照耀着黑的路，夜半时分一群人开始破土动工，这样的文字为全诗营造了一个极佳的象征情境。而“我们”所以要在“夜半时”“动手工作”，只因“无边荒废田园的道上/底下埋葬了/我们多少苦痛与酸辛”，于是为着铲平“脚下凹凸不平”和搬走“横埂大道的几块石饼”，我们要“不断地干下去”，即便工作“磨烂了我们的手”、“从不得着一刻的安宁”，即便“冰凉的空气/蚀着我们的热汗”，也要坚持“不懈地干”，“自午夜到黎明”，“笨重的呼声”必要“唱破天晨”。在“午夜工”的执著、坚毅与顽强中，读者深刻感受了于黎明前夜破冰前行的时代开拓者形象，并由此而联想到所有那些为着阶级、民族、人类解放事业奋斗不息的历史创造者和时代先行者，“午夜工”意象的阐发空间据此得到放大，诗人田间无疑也在这放大了的空间之内。蒲风《运转手》中的机车“运转手”意象同样溢满象征意味，他那运转机车时敬业如神的情态是存有多量感发效应的，如其“手里执住轮机/两眼瞪着前面”“不让疏忽爬上心/不让疲倦贴住身”，在他全神贯注使机车一往无前的特写镜头里，读者不仅见证而且品味了一份叫做强悍的生命意志和不屈的精神力量，这是一份来自于健康生命主体的人格的美，也是人类得以进步、社会得以前进所不可或缺的内在支撑。蒲风以其诗人的敏锐捕捉到了列车运转手这动人的一瞬，让读者感味了普通劳动者身上近乎于神性的一个侧影，从而使形象上升至意象的高度。作为对“运转手”神性一面的感应，“是那急转的铁轮/为他，谱出了/生活的歌唱/这歌唱/惊动天/震撼地”，这是心灵与自然的呼应，是生命与生命的共鸣，更是生命与宇宙的唱和。“运转手”意象的意义拓展机制，正是依托这曲“生活的歌唱”被全面激活，从而引导读者对人类历史上举凡与“前进”相关的一切正能量的联想与想象，而“运转手”也终于在“四面八方都充满了/前进的回响”的人、自然、生命、宇宙、神明交相呼应的乐章中完成其作为核心意象的最高最完美的主体性建构。

通过对《劳动者》《拉车曲》《午夜工》《运转手》四首诗歌的简要分析，可以初步感知左翼浪漫主义诗歌在塑造有关“人”的生命类主体型意象方面，习惯于择取社会底层人物予以表现，或对他们的苦难命运寄寓同情，或对造成他们痛苦与不幸的社会现实表示愤怒，但更多的是为了揭示抑或展示底层劳动者渐趋觉醒乃至一步步成为时代主体的事实。在底层人物从悲惨命运的牺牲品到逐渐觉醒到奋起反抗、摧毁旧世界再到努力建设新世界的历程中，左翼浪漫诗歌对此不仅予以了及时的关注，而且通过一个个核心意象的成功塑造，还将流贯于底层劳动者意识世界里的崭新质素进行了生动地传达，有如坚忍不屈向前奔进的生命意志、对光明前景的坚定信念、对所属集团力量的充分自信等等，这些新鲜生命质素的存在，一方面表征着左翼浪漫诗歌在底层叙事方面的内在变迁，从而与左翼主流话语始终保持同一步调，另一方面也使文本的浪漫质素得到显著加强。

柯仲平《未奏了的大曲——纪念孙中山先生》中的“夜莺”意象，其内涵是丰广的，而其现实指称显然是“那位可敬而可爱的伟人”。文本一开始便铺垫了一种充满忧郁色调的情绪氛围，“原来这是座阴暗的森林/没有过一次黄昏，也没有过一次天大明/在这里，可以找到千万的毒蝎与狐群/在这里，恰好说‘草菅人命’”，这既为“夜莺”的出场提供了恰适的空间，也与作品“纪念”的总主题产生情感上的对应，更为文本带来了神秘的象征气息。“夜莺”正如同黑衣的“先知”，带着“啼血”的歌声“在此森林中夜夜游行”，它“曾经招苏过多少‘僵尸’的生命”和“几个知音的血性人”。每当遇到“风浪”，它的歌声便“分外涌进”。它的一生，“又歌又战争”，又“多少次往林外亡命”。它越战越勇，歌声也越来越“激进”和“深沉”，唯因这是“一个战士的歌声”。至此，有着雄强生命意志、矢志要以自己的歌声去唤醒同类、去撕破“阴暗的森林”的幕帐、彻底反抗“毒蝎与狐群”所主宰的世界的集“先知”与“战士”为一体的“夜莺”意象完成了初步的凝定。然而尽管“夜莺”的“歌声已经洗遍了——这座森林”，但“在此森林中独没有一处是稍稍的洁净，它方的虫蛇反倒来得更多了”，是故，勇敢的“夜莺”只能含恨离世，“说是只未了的大曲罢”，文本由此陷入忧伤、激愤的情绪当中，然在“夜莺”所留下的第二句遗言即“伟大的曲子一生又哪能奏完成”中，又分明在提醒“鸟鹊们”勉力继起它未竟的事业，而这样的信息显然更多的指向奔进情绪，文本最后部分也的确是对这奔进情绪的集中传达。那么多“鸟鹊”回忆“夜莺”歌声、悲悼这位“失去了的友人”的事实，已然表明英雄的“夜莺”之生命价值和牺牲意义，因为无数的“夜莺”将从“哀鸣”的“鸟鹊”中成长起来。故而，创作主体于文末发出了如许感慨，“仅凭这点呵，冷灰烬要发出了光芒/仅凭这点呵，是烟雾也将化作了晴空的白云”，诗的情绪境界已全然为昂扬、乐观、憧憬和希望所代替。由此可知，文本基本采用象征主义的表现方法来全力塑造“夜莺”的主体意象，而交替贯穿在该意象内核深处的情愫除了忧郁和激愤之外，更重要的是激越和奋进，是“生命不息、奋斗不止”的战斗精神与行动力量。有基于此，“夜莺”意象也就实际超越了“孙中山先生”的表层所指，其表意空间扩大为对所有那些尚处于见不到光明的“黑暗的森林”中，为着拯救苦难同胞，一边要以“歌声”开启众人心智（即“启蒙”），一边又与“草菅人命”的“毒蝎与狐群”毕生鏖战，却终于壮志未酬的时代英雄和革命者的隐喻。《未奏了的大曲——纪念孙中山先生》一诗创作于 1925 年，当时左翼文学尚未全面兴起，柯仲平竟能为诗坛创造出如此成功的指涉革命者的经典意象，这是值得高度肯定的。当然，从文本对“夜莺”的歌赞与抒唱中，还可窥见创作主体以革命先驱为自我人生典范的精神指归，即在确立“夜莺”意象的主体性之际，反过来也使自己的主体性得以确立。

同样是呈现战斗以及伴随战斗而来的死亡，与柯仲平“夜莺”意象的英雄视角相异，田间《栗色的马》里边的核心意象“栗色马”所透现的则是在平凡中显示伟大的建构策略。这是一匹被“疲困”与“伤痛”击倒，“再不能嘶叫”、再不能“跳跃”，只能以“微弱的眼光，一线地凝视着尸骨的郊野”，在无边的沉默中咀嚼寂寞、悲哀与不幸的“栗色马”。意象的忧郁色彩深入人心。然而，这又是一匹血液里残存着最后的鼓荡，对奔腾的疆场和丰美的草原有着永世怀恋的战马，所以当“九月的晚风”带来“野鬼的呼号”这死亡的消信的时刻，那表征其顽强生命意志的“颈项上的铜铃”，也会“从寂寞的悲哀里”作出“挣扎的呻吟”，这无疑是生命主体反抗绝望所发出的“挣扎的呻吟”，也是其最终得以超越肉体死亡而进入更高生命境界的通道，与此同时，“栗色马”形象也因此顺利跃升为经典意象。“栗色马”意象的能指是多元的，它象征着那些经历了民族解放、阶级解放的血雨腥风，肉体被摧毁、精神却永在的无名英雄，他们的悲哀与伟大。故而，文本的情绪基调于忧郁之外另有一份深沉的慷慨在。殷夫的《祝——》一诗，塑造的核心意象是一朵置身漫漫无边的干枯沙漠却仍旧“孤立摇曳放着清香”并且要坚定地担负起让死漠重获苏生重责的最先最勇敢的“野花”。毫无疑问，“野花”独立和绽放于“死漠”的悲剧性意象，既是抒情主体抑或革命者个人英雄主义人生态度的标识，又与鲁迅笔下的“枣树”意象有着异曲同工之妙，象征着对于绝望的孤身反抗和对于死漠重生的乐观期待。

以赛亚·伯林曾说：“悲剧并不在于苦难的展示：只要心灵纯

洁，人根本无须受苦。无助的苦难，无从逃避的痛苦，被不幸压垮的人，不是悲剧表现的对象，而纯粹是恐惧、怜悯或许厌恶的对象。唯有反抗，体现在人身上的对任何压迫的反抗，可被视做最具有悲剧性的事物。"①从审美效果来看，悲剧性意象往往更具艺术魅力，只因它揭示的常常是生命主体在遭遇困厄、苦难、抗争乃至被毁灭的过程中，所爆发出来的旺盛生命力、不屈的意志和坚持到底的行动力量，所以这类意象的阐释空间是巨大的，无论是"夜莺""栗色马"还是"野花"似乎都说明了这个道理。相较之下，蒲风笔下的"扑灯蛾"和"海鸥"都不是"悲剧性意象"，"孤鸦"尽管孑然而飞但也不具备"悲剧性意象"的特征，然而这三个意象的塑造相对又是成功的。《鸦声》写于革命文学勃兴的 1928 年，诗中那只于"惨白色的天空中"突然飞过的"孤鸦"，实际成了时代的传声筒和留声机。在其对东、西、南、北、中五个方位的信息传播中，既有遍布国中的"恶人们"的"喜气洋洋""剥削""劫掠""苛捐杂税"和"残酷的屠杀"，更有"民众们反抗统治者的浪潮"在"与日俱长"，"统治者们无日不在魂飞魄荡"，而为"被压迫的大众"指示美好未来的"新鲜的旗帜"已在高高飘扬。"孤鸦"作为意象的特点就在于它鲜明的"人格化"，惟其是高度"人格化"的"孤鸦"，所以意象的明晰性显著增强，避免了朦胧与晦涩，但同样是因为意象的高度"人格化"，某种程度上使之失却了"孤鸦"自身即"象"的主体性，从而在消解意象所指空间的同时，也大大压缩了意象的能指空间，使其成为指向性单一的社会预言家和革命鼓动者的隐喻。与之不同，《扑灯蛾》中的"扑灯蛾"意象和《海鸥》中的"海鸥"意象，它们在兼顾并处理"象"和"意"既各自独立又互相依存乃至同构的主体性方面就完成得比较理想。"扑灯蛾"意象的能指空

① [英]以赛亚·伯林：《浪漫主义的根源》，译林出版社 2008 年版，第 82—83 页。

间依托于它的所指，即该物种天然所具有的趋光本能，所谓“飞蛾扑火”的现实所指和客观实在，并由此而生发出“飞蛾扑火”的丰富能指和意义阐释空间，故而文本通过展示那些不怕烈火会把自己烧、无视“同伴已在火中烧焦”，“先先后后/没有一个要想退走”，“齐向火焰中扑跳”的“不怕死”的“渺小的扑灯蛾”，进而使读者引申和联想到文本之外所有“为着自己的目标奋斗到底”和“为着不忍苟全一己的生命”而投身解放事业的英雄、战士、革命者，是符合意象本身的情理逻辑和阐释规律的。而“海鸥”那一边吟唱、一边“追着船飞”，不“贪图水上片刻的休息”，虽常常“扑空”却仍旧“打不消追求的愿望”，“不怕前后左右茫茫一片水”，只是“不倦地追”的主体意象，既是“海鸥”生物性一面的客观展示，更是一份勇毅顽强、奋进不息的精神力与行动力的呈现，象喻着所有为着理想正执著前行的生命主体，诗人自己当然也秉持着同样的人生理想。

由上可知，无论是取材“底层劳动者”(《劳动者》《拉车曲》《午夜工》《运转手》)，还是取材“生物物种”(《未奏了的大曲——纪念孙中山先生》《栗色的马》《祝——》《鸦声》《扑灯蛾》《海鸥》)，左翼浪漫主义诗歌所创造的生命类主体型意象，除了对诸如苦难、孤独、不幸等寄寓人道主义同情与观照之外，更为普遍也更为重要的是对于“底层劳动者”“革命者”“战士”以及“追赶时代者”等主体形象身上所体现出的反抗精神、战斗激情、生命创造活力和革命精神等予以高度地肯定和由衷地赞美，即便在以悲剧为主体架构的文本中也习惯于留下一抹生命亮色(如《栗色的马》)或者是一个光明的结局(如《未奏了的大曲——纪念孙中山先生》)，显示出创作主体鲜明的价值取向和审美取向，故而这些意象很大程度上也是创作主体理想生命形态的外化，意象与创作主体之间存在一种互补和同构的关系。因此，这些意象除却具有“象”本身的主体性和“意”的多量指示性之外，还部分或整体含蕴着创作者的主体性，所以是由多重主体性共同建构的主体型意象。

2. 非生命类主体型意象　相对于生命类主体型意象而言，非生命类主体型意象更加需要创作主体情感的点化和创造性想象的激活，道理很简单，因为既然是非生命体，那么只有首先使其成为可以自我言说的生命体，方能进入意象的层面。而从非生命体到生命体的转化，显然离不开创作主体的情感赋予和想象再造。左翼浪漫主义诗歌在凝塑非生命类主体型意象方面，进行了多方面的探索，并取得了一定成绩，初步形成了以时间、空间、人造实物等为代表的非生命类意象群。此处，我们谨以郭沫若的《诗的宣言》、黄药眠的《五月歌》、殷夫的《花瓶》《梦中的龙华》《孩儿塔》《前进吧，中国！》为典型个案，借以了解、分析非生命类主体型意象的基本情貌。

《诗的宣言》塑造的是关于"诗"的核心意象，创作主体赋予它生命，使"诗"能以人格化的形象进行第一人称式的自我言说，并在这自我言说中建构意象的主体性。"你看，我是这样的真率/我是一点也没有甚么修饰/我爱的是那些工人和农人/他们赤着脚，裸着身体""我也赤着脚，裸着身体/我仇视那富有的阶级""我的阶级是属于无产"，据此，一个性格真率、崇尚质朴，情感上热爱工农、立场上倾向无产阶级，并且仇视富人阶级的"诗"的主体形象基本得以确立。不仅如此，他还觉得自己目前尚且"软弱了一点"，应该经过一番"爆裂"，并希望有朝一日能"如暴风一样怒吼"。如此一来，遂使"诗"在原先的静态形象基础上增添了强旺的精神气质和生命原力，成为一个有血有肉、有理想有意志有追求的可自我延展、自我生发的动态生命意象。"诗"意象的最直截指示对象显然是创作主体，这既是郭沫若于 1928 年 1 月 7 日对自己作为革命诗人的角色定位，也是其对于自己所致力于创作的革命诗歌之性质与功能的定位。当然，读者自然还可以从"诗"的主体意象中引申出所有关于革命诗人、革命文学家、革命知识分子的精神世界以及革命文学基本面貌的丰富想象。正是基于这多量的能指可能,“诗”才得以成为一比较成功的主体型意象。《五月歌》中的“五月”是有关时间的主体意象,创作主体通过设置一个宏阔的社会历史背景,以便从容选取用来激活“五月”的重大题材,并以内在的强力生命意志统摄全部素材,不但使“五月”实现了人格化,而且更赋予它一种从血与火的战斗洗礼中走出的既历经沧桑又永葆新鲜的英雄主义品格,并以此实现“五月”的意象化。“五月”承载着光荣的历史、丰富的精神内涵与时代意义。“五四”运动的发生,标志着“中国的青年已从睡梦中苏醒”,由此而开启了“全中国的启蒙运动”“迅雷般的这一次暴烈的精神闪过了沉静的大陆/就是穷乡僻壤的青年也团结起来开始了他们的斗争”,至此,“这革命的滔滔的伏流却在青年们的心里永未曾泯”;而“五卅”运动,则是一曲“被压迫民族的悲歌,国民的哀歌”,“工人们的血,青年们的血,民众们的血流涌如潮”的事实无疑表征了全民族反抗帝国主义的慷慨激昂的战斗情怀。“五月”不只是中国的“五月”,它也是全世界被压迫民族、被压迫阶级走向觉醒、走向胜利的“五月”,“轰轰的血钟竟雷鸣般响彻了全球!”惟其如此,因着中国“五四”与“五卅”运动的鲜血灌溉与培植,因着全世界风起云涌的工人运动的锻炼,而成长起来并走向历史前台的“五月”,必定是觉醒的“五月”、反抗的“五月”、战斗的“五月”、革命的“五月”、充满“力”“热”“血”且“推动了历史的洪流”的“五月”。关于“五月”的集中抒情是文本的三曲《五月歌》,其反复抒唱的正是以工人、青年和民众为力量主体的“五月”的革命精神。正是这种精神使得“五月”成为拥有伟大革命传统的“五月”,进而全程参与了东西方近现代革命斗争史的实际书写,也是这超越时间与空间的革命精神使得“五月”成了强力生命意志的体现,并具有了超拔于现实之上的革命观照者、历史见证者和未来领路人意味。“五月”以其伟岸挺拔、铁骨铮铮、豪情万丈的英雄姿态,定将引导“全世界被压迫的民族”，“把这不合理的世界全盘推倒”“把一切的魔鬼，都一齐扫荡”，最终创造一个属于无产阶级劳苦大众的崭新世界。可见，“五月”意象的能指范围是广博的，它可以是阶级主体的化身，也可以是民族主体的化身，此外，一切置身于阶级解放和民族解放激流中的革命青年、工人、民众等也都可以在它的价值范畴内找到自己对应的存在，而其突破一国边界、放眼全球的宽阔视阈尤其值得肯定，这样的意象在左翼诗歌乃至中国现代诗歌文本中都是不可多得的经典。

殷夫的《孩儿塔》一诗为我们提供的是“孩儿塔”的实物意象，当然也是一空间意象。“伫立于这漠茫的平旷”且为“悲雾永久地笼罩”的“孩儿塔”是为“稚骨的故宫”，身居其间的“幼弱灵魂”，虽也有“人生和情热”和“生的歌颂，未来的花底憧憬”，但这里毕竟是“被遗忘者的故乡”，因而他们的“呼喊已无迹留”“纯洁的哭泣只暗绕莽沟”，他们的“小手空空”“指上只牵挂了”“母亲的愁情”。忧郁如同一张巨大而厚重的网，紧紧地包裹着“孩儿塔”，使其内部的灵魂孱弱者永远逃逸不出忧郁乃至死亡的围困。在这个世界里，他们自生自灭、从出生到死亡皆无人问津，他们先前的“人生情热”“生的歌颂”与“未来憧憬”注定都将以失望和悲剧告终，悲哀与不幸成为他们永远无法摆脱的宿命。由此可见，文本已然将忧郁上升到生命哲学的高度，以期传递一个既古老又现代的思想，即人类特别是“幼弱灵魂”的命运悲剧。从这个层面来说，“孩儿塔”意象就绝不仅仅只是殷夫故乡那个“专给人抛投死儿的所在”，而成了灵魂孱弱者甚至现代人类悲剧命运的一个隐喻。值得注意的是，创作主体的诗思并没有为绝望所征服，在其最后的热忱呼唤中显示的恰是一份反抗绝望的强力生命意志，“幽灵哟，发扬你们没字的歌唱/使那荆花悸颤，灵芝低回/远的溪流凝注轻泣/黑衣的先知者黯然飞开”“幽灵哟，把黝绿的磷火聚合/照着死的平漠，暗的道路/引住无辜的旅人伫足/说：此处飞舞着一盏鬼火……”,这是对灵魂孱弱者以集团方式实现生命价值、完成生命绽放的深情鼓动,诗歌的情绪也由忧郁、沉痛转至激越和亢奋。总之,实物形态抑或空间形态的“孩儿塔”,正是有赖于创作主体对其现实层面即“象”的深度挖掘与提炼,继而使忧郁上升为对其生命本真的一种揭示,以此来完成从单一的形象向综合了具体与抽象的意象的转变的。在这个过程中,创作主体既与“孩儿塔”意象围绕忧郁实现了某种同构,又能跳出忧郁的框限而反抗绝望,对“孩儿塔”投去期望的亮色,这不仅使诗人自己的主体形象最后因呼唤生命创造原力而变得更加丰满,也部分减弱了“孩儿塔”意象的悲剧意味。因此可以说,“孩儿塔”作为非生命类意象,始终是在与创作主体的互动格局内完成自身的主体性建构的。同样是关于“塔”的意象,殷夫《梦中的龙华》一诗中的“龙华塔”则是既明朗又充满神异色彩的,唯因那是一座看惯了上海的血雨腥风与污泥浊水仍旧“健坚的发着光芒”,“高慢地”把淡烟倾吐的庄严伟丽的“龙华塔”。作为东方文化的重要空间形态,龙华塔本身的内涵就已相当丰富,更何况这又是一座超脱于“上海的烟雾”之上、连“通着创造的汽锅”的宝塔,于是,它就不仅能够展现出一份阅尽世间沧桑依然故我的旷达与睿智,更重要的是它作为一种不朽生命意志的象征,可凭借其乐观、静穆的风姿永恒启示并激励人类去开创无限美好的未来,是故,龙华塔的主体形象是意蕴深远的。

创作于1928年的《花瓶》也是一首内涵丰富的诗歌,只因其成功创造了“花瓶”的主体意象。“花瓶”本是无知无觉的人造器皿,但在诗人看来,她却是“我忠实亲信的同伴”。“花瓶”并不名贵、也不好看,但她“正直和傲慢”,“和一个哥萨克一般英壮”并且“忠勇”,她不插名贵娇艳的“芙蓉和玫瑰”,只偏爱“采自田野”的“野花”,因为那是“集团中的成员!”过去她与“野花”一样,身世凄惨且都“被人摧残”。现如今,“花瓶”化作了“武士的头盔”“散发着自由的光彩”。至此，一个类似于郭沫若《诗的宣言》里的革命者形象浮出字表，“花瓶”所表征的是一位来自于社会底层，在经历了无数摧残之后却依然保有其朴素、正直、忠诚、英勇品性，与劳苦大众休戚与共，对阶级敌人怀揣憎恶的革命战士。而激发这位革命战士不断前进的动力，显然是其对于“自由的光彩”的无限渴望，正是这崇尚自由、追求自由的精神样态的存在，使形象主体瞬间披上了一层神秘且高贵的云纱，“花瓶”拥有了圣洁的晕轮，顺利进入了意象的表意空间。与此同时，作为“花瓶”观照者的“我”，也是在对“花瓶”的赞美与抒唱中，特别是“当我踯躅于孤寂的生之途中”将“花瓶”视为信仰意义的“上帝”而“与我同在”的事实，都在在表明“花瓶”的革命战士形象正是“我”的人生理想所在，并由此而确立起相类于“花瓶”的自我主体形象。创作时间晚于《花瓶》两年的《前进吧，中国！》，殷夫为读者倾力塑造了“中国”这一空间实体类意象，所要传达的是抒情主体对民族国家在世界革命狂涛里奋力前进乃至领导革命潮流的殷切期盼与浪漫想象。当“我们的时代/是浸在狂涛里”的时候，拥有“宇宙的次子”身份的“中国”，“每个砂砾都叫喊你/中国，前进，中国！”，地球每个角落都在高声呼唤“中国，兴起！”，“历史注定”“你是第二次十字军的领首/你是世界大旗的好搴手”，而只有高扬着生命“意志”不断“前进”，才能扫尽“一切的罪恶”和“附在你身体”里的“一切的魔障”。此处的“中国”已然超离空间实体形象，被其自身所肩负的历史使命和20世纪30年代世界革命潮流的涌动，以及全世界被压迫民族及其人民的期待与热望所彻底激活，进而成为拥有无限神力且魔幻色彩浓厚的超级英雄和伟大救世主，或又是一种引领中国乃至全球走向民族解放、阶级解放、世界大同美好未来的强大精神力量和壮伟行动意志，“中国”开始全面展现其作为高度人格化、精神化了的阳刚雄伟意象的历史主体性与时代主体性。而那位激情鼓呼中国前进的创作主体，其主体形象必定是在全面融入核心意象"中国"演绎"世界大旗的好搴手"的伟大历程中得以确立。

如上所示,不论是郭沫若《诗的宣言》中的"诗",还是黄药眠《五月歌》中的"五月",抑或殷夫笔下的"孩儿塔""龙华塔""花瓶"以及"中国",这些非生命类主体型意象也许是创作主体自我形象的化身,也许是自身实体形态某些标志性特征的抽象提取,也许是写作主体与写作客体拥抱与整合的产物,也许是纯粹精神赋予的结果,总之,在其从形象到意象的转变与提升过程里,都存有一个生命化的环节。只有经过生命化,静态的时间、空间、人造实物等方能以生命主体的姿态进行自我言说,从而在意义的动态延展中完成核心意象的凝定。又因为形象的生命化,完全倚赖创作主体的能动性,所以在已然生命化的实体形象里,必然存在着创作主体自身的精神意趣、价值取向、人生理想等个性化元素,这就使得非生命类主体型意象与创作主体之间往往形成一种内在的同构关系,意象的主体性与意象创造者的主体性可以说是同时得到确立的。所以说,相对于生命类主体型意象而言,非生命类主体型意象更需创作主体的精神点化和想象激活,以使非生命体转化为生命体,也正是因为比生命类主体型意象的塑造增加了生命化的环节,致使非生命类主体型意象所拥有的两重主体性(即意象本身的主体性和创作者的主体性)都得到了有效建构。

第二节　情绪型意象

情绪型意象往往是一些表征创作主体某种生命体验的虚构事物,或是被创作主体的主观情志所改造过的客观事物,虽然都是生命体,可以在其各自的世界里言说乃至建构,但它们都不具有本质意义上的主体性,不妨这样说,情绪型意象的存在目的不是为了建构自己的生命主体形态，而是为了衬托和建构抒情主体或创作主体的完整形象。因此，大多数情绪型意象只是抒情主体某类情绪的对应物，尽管在它们成为意象之后也随之具有了意义的自我生成与自我延展性，但终究只是创作主体形象得以确立的辅助与陪衬，这是其有别于主体型意象的根本所在。袁可嘉先生在《新诗戏剧化》一文中明确指出："没有经过意象外化的意志只是一串认识的抽象结论，几个短句即足清晰说明；情绪也不外一堆黑热的冲动，几声呐喊即足以宣泄无余的。"[①]因此，创作主体杂乱无序的情绪切实需要借助"意象"的聚合功能进行梳理与规整，而这正是情绪型意象所以能够成为基本意象类型的潜在原因。中国现代左翼浪漫主义诗歌在塑造情绪型意象方面，主要呈现出为两种诗思路径：其一是完全经由想象而虚拟一种在现实世界里并不存在的事物，以此寄托创作主体的情绪、意志或人生理想，它在实际功能上近似于瑞恰慈所说的融合了主观感觉的"心理事件"。瑞恰慈曾说："人们总是过分重视意象的感觉性。使意象具有功用的，不是它作为一个意象的生动性，而是它作为一个心理事件与感觉奇特结合的特征。"[②]既为"心理事件"，那么虚幻性必然是这类意象的主要特征；既为"事件"，则又说明这类意象是拥有能动性和建设性的生命体。其二是对自然事物或人造事物进行主观改造，使其成为抒情主体精神意趣的对应物或否定物，以此来间接建构抒情主体的完整形象，而经过改造的物象已然成为情绪化了的生命意象，并具有了强烈的象征色彩。用胡风的话来说，诗的意象只有"经过作者的情绪的温暖"，才会"有诗的生

---

① 袁可嘉：《新诗戏剧化》，《论新诗现代化》，三联书店1988年版，第125页。

② [英]瑞恰慈：《诗的分析》，《文学批评原理》，北京大学出版社1987年版，第37页。

命”。[①] 左翼浪漫主义诗歌大致是以上述两种策略来创造情绪型意象系列的。

1.“心灵事件”类情绪型意象　在现代左翼浪漫主义诗歌范畴内，从物象到意象纯粹由诗人的创造性想象实现生成的代表性文本，有如阿英的《“血钟响了!”》、冯宪章的《粗暴的幽静》《梦后》、蒲风的《星火》《苦痛列车》《钢铁的海岸线》等，它们为中国左翼诗坛带来了“血钟”“粗暴的幽静”“故国的世纪”“星火”“苦痛列车”和“钢铁的海岸线”等虚拟性意象。这些意象都不具备实体形态的特征，它们是抒情主体的“心灵物象”，其“象”的所指本就是想象的产物，而当“心灵化”的“物象”逐渐演绎其生命历程继而成为“心灵事件”之际，也就实现了物象向意象的提升。紧接意象的凝定而来的，是“意象心灵化”的过程，即已然生命化的意象之丰富能指反过来成为助推抒情主体形象完型的有效资源。由此可见，“心灵事件”类情绪型意象诗的一般抒情逻辑，表现为由“心灵物象化”到“物象意象化”再到“意象心灵化”的演进规律。

阿英《“血钟响了!”》一诗创作于“五卅”运动爆发前期，当时国内革命形势正日益高涨，诗人感奋于革命时代的万丈豪情，将自己对于罪恶的旧世界的仇恨、对于光明、美丽、和平的新世界的憧憬、特别是对于指涉暴力革命的“火花”与“火光”的向往，都凝聚在“血钟”的虚拟意象中。“血钟”的想象性所指是溅满被压迫者尤其是革命者鲜血的洪钟，但在其作为一个“心灵事件”自觉展开生命行动的过程中，即在它真正发挥“钟”的功能之际，也便拥有了多量的意义能指。“血钟响了! /响声里飞迸出无限的火花!”，于是“全世界充满了火光”“这无限的火光要将世界燃烧!”“一切的罪恶都燃烧净尽”，同时，“‘光明’从火光中露出面庞!”。

① 胡风：《略观战争以来的诗》，《胡风全集》第2卷，湖北人民出版社1999年版，第548页。

显然,这口充满神奇色彩的“血钟”正是惊醒沉睡者愚昧无知者的“警示之钟”,是鼓动全世界被压迫者奋起反抗乃至摧毁由封建“贵族”、“军阀”、帝国主义“大兵”和“吃人的富儿们”所统治的“残忍”“暴戾”“罪恶”的旧世界的“战斗之钟”,也是迫使人们在旧世界行将毁灭之时经受道德良知、责任使命之“最后的审判”的“正义之钟”,当然也是召唤、引领人类走向那个“只有美丽与和平”的新世界的“光明之钟”,而综合这些“能指”最终建构起来的又是融“破毁与创造”于一体的“生命之钟”“力量之钟”和“意志之钟”。可见,“血钟”意象的意义延展空间是庞大的。作为真正抒情主体的“我们”,也将在对“血钟”所发出的“响声”的多重感应里,完成“我们”时代先觉者、旧世界的摧毁者、高举正义大旗的反抗者、新世界的创造者以及拥有强力生命意志的革命者的集团主体形象塑造。因此,当“我们来手携着手儿/庆祝这世界的更生!”的时候,“我们”自己也实现了主体形象的全面刷新以至“更生”。

冯宪章《粗暴的幽静》中的虚拟意象“粗暴的幽静”,是抒情主体在面对杀戮、鲜血、白骨、死亡遍布的现实世界时所产生的悲愤与反抗心理的“物象化”。作为“心灵物象化”结果的“粗暴的幽静”不具有普通“物象”的实体特征,所以它的所指是虚幻的,无论粗暴还是幽静都只是一种心理效应,有赖于读者的想象使其“稳定”。当然“粗暴的幽静”意象的凝定得益于它所表征的是一个“心理事件”。当“粗暴”作为修饰成分而与“幽静”构成一个奇特的偏正结构之后,在“粗暴的幽静”的别样组合间就形成了一座语意的张力系统,依靠这一系统,“粗暴的幽静”不仅实现了从静态向动态的转型,更为重要的是由此而展开其作为生命意象的能动表演。面对“滴滴鲜血”“滴在黑暗”与“累累白骨”“累积冷清”的现实,既要“永远保持”“你伟大的同情”,又要“永远维系”“你反抗的精神”;面对“凄怆”“悲惨”“无伦”的“乾坤”与“哀愁”“冷酷”“残忍”的环境,一方面陷入了“深沉”和“惨淡”的情绪泥淖,一方面又喊出了“拼命”和“牺牲”。很明显,“粗暴的幽静”意象的能指正是一系列对立情绪的极端组合,有如“同情”与“反抗”、弱者的“深沉”与勇者的“拼命”、沉沦的“惨淡”与壮烈的“牺牲”。惟其是对立情绪的极端组合,致使发生于主体心灵内部的种种矛盾与交战更有弹性更具想象空间也更加动人心魄,这是置身于白色恐怖时期革命者的典型心理状态。而失望与希望并存、忧郁与激愤交织的情态,表征的正是抒情主体的自我分裂,抑或自我的二重化。在多组对立情绪的矛盾与统一中,主体的心灵世界获得了多量的情绪感受效应,主体成为极具美学价值的审美对象,于是一个多姿多彩的抒情主体形象浮出字表。与《粗暴的幽静》穷整个文本凝成一个虚拟意象的处理方法不同,冯宪章在其那首更为著名的诗歌《梦后》中所创造的虚幻意象即“故国的世纪”,不论是在文本意义系统中的实际位置,抑或对于抒情主体形象建构的实际价值,都只是一个不可或缺的成分,而不是全部。显然,“故国的世纪”是抒情主体心灵化的产物,它指涉的是革命诗人的乌托邦情结。那是一个伟大天才、慷慨英雄和时代先锋辈出的年代,那里是“愉快的天国”和“人间的乐域”,那时“天空”“澄清”、“春光”“媚明”,“气候异常的温和/没有些卷叶扫地的风魔/荆棘野草也无从而生/豺狼虎豹也匿迹潜形/只充满了浓烈的色香/只弥漫着和谐的音浪”。这个以梦的形态存在的已经“死掉了”的“故国的世纪”,分明是作为“满眼都是鲜血和头颅”的地狱般“糟糕”的“现实的社会”的强烈反差和截然对照而显示其能指功能的,它的终极表征是一种生命的诗意栖居,中级表征是人类对于大同世界亘古不变的憧憬与追求,而初级表征则是抒情主体革命理想的所在。正是这一理想的存在,使其对“糟糕”的“现实社会”忍无可忍,在悲愤至极时唯求速死,但又终于摆脱自我毁灭的想法,从心如死灰的一端急转到投身革命的奔进一端,诚如其所言,“环境若不适我们生长/只有努力和环境反抗”,并且相信“黑暗行将散尽/社会到底总会光明”。抒情主体情绪状态的起伏多变，实际都与“故国的世纪”所象喻的革命理想的精神感召相关，并由此而推动着个人主体性的渐趋完型。

蒲风《星火》中的虚拟意象“星火”是为革命诗人的希望所在，是抒情主体乐观昂扬情绪的物象化。“星火”的虚拟所指是“荒原中”微弱的光明，它闪烁飘忽、不可捉摸，并随时可能熄灭。但因为它乃一“心灵事件”，是故又在“磨擦”的过程中演绎了生命的能动性。所谓“热是磨擦的儿子/又是光明的母亲”，“星火”正是在长年累月的压迫、剥削、欺侮等生活“磨擦”事件中爆发出来的“反抗之火”“战斗之火”，而伴随着“互相接合”的“齿轮”“日夜不停地”“转动起来”，从全社会的“磨擦”里定将放射出无以数计的“星火”，今天的“一点星火”终将汇成明天的燎原之势，并在烧毁黑暗荒原的同时，从火海中“建造起新的城堡”。至此，主体心灵物象化的“星火”已然完成意象的凝塑，并作为一种革命乐观主义精神和强力生命意志参与到抒情诗人的革命者形象创建中去。《苦痛列车》的虚拟意象“苦痛列车”充分显示出蒲风的才情和想象力，它是诗人对苦难生活的超强忍受力尤其是于苦难中洞见光明的生命意志的物象化。“苦痛列车”由“伟大的苦痛造成”，各种类型的人间“苦痛”是它前进的“煤粮”，“苦痛”愈多，它就愈发“速流，远扬”，“打击，失败，折磨”等是它所经过的站名，它的最末一站被称作“胜利乡”。“苦痛列车”自起点驶出并朝着终点“胜利乡”奔进的情景，实为“心灵事件”发生、发展的过程，象征着无产阶级革命者、劳苦大众忍辱负重，从社会苦难的深渊里一步步向着胜利所在艰难迈进的情形。相对于“星火”意象的乐观精神而言，“苦痛列车”意象最重要的精神价值是在承受无边苦痛中磨练出的那份既坚忍又强韧的生命意志，这是其反过来辅助抒情主体形象建构的真正有效资源。《钢铁的海岸线》一诗中存在两个同名但不同质的虚拟意象“钢铁的海岸线”：其一是将中国沿海各口岸比喻为一个个“钢铁的小连环”，上面修筑着“坚强的堡垒”，密排着“轰击敌人的大炮”，由此组成一条想象中的具有可视性的“钢铁的海岸线”；更重要的是那条想象中的且不具有可视性的“钢铁的海岸线”，它是由“热血的中华男女健儿”的“痛苦”“愤恨”“赤心”以及“坚强的勇气”紧结而成的“一条铁链子”，每一个体都是其中一环，他们“被铁链贯通着”。这后一条“钢铁的海岸线”因为能指丰富，实际成为“心灵事件”发生发展的主要场域，那是一条由整个民族的情感、意志、精神凝聚而成的“钢铁的海岸线”，因而它拥有无坚不摧的力量，非但可以抵御外敌入侵，而且能够引领中华民族从弱小走向强大，并最终以强者的姿态屹立于世界东方。正是在这个意义上，抒情主体发出了如许感喟，“我们的海岸线呦/必须是坚固得赛过钢和铁”。作为集团抒情主体的“我们”，也将从“钢铁的海岸线”的意义指示空间内汲取宝贵的精神资源，用以发展和完善自身的民族主体形象，不仅如此，个人主体也能从这“一条铁链子”上找寻到自己应处的位置，即“一个钢铁的小连环”的位置。

2. 象征类情绪型意象　与“心灵事件”类情绪型意象的“象”之虚拟性不同，象征类情绪型意象所依托的情绪生发之“象”则是客观实存的。当然，象征类情绪型意象的“象”也经历了抒情主体情绪浸润和改造的过程，但先决条件是客体的“象”本身所具有的某些典型特征，与抒情主体的某类生命体验发生了情感的对接、碰撞和共鸣，由此“象”方得以进入到主体的诗思范畴之内，并一步步转化为表征主体情绪意志且富有象征意味的生命意象。依照这样的诗思路径，梳理左翼浪漫主义诗歌文本，我们发现有如阿英的《洪山寨看日出》、郭沫若的《黑夜与我对话》、殷夫的《囚窗》、田间的《路》以及蒲风的《晚霞》《春天在心中》等诗作所塑造的意象，无论是“象”的实存性、“象”与主体的情感交流，还是“意象”的象征性特点及其辅助抒情主体形象建构的功能，都可谓成功的象征类情绪型意象。此处，我们也将以这六个文本为阐释对象，进一步廓清象征类情绪型意象的来龙去脉。

阿英《洪山寨看日出》一诗中的“太阳”本为自然事物，它的明亮、温暖、普照大地、养育万物、让世界充满生机的客体特征，与“逃亡”路上疲于奔命的革命者“我”和“我们”对于光明、希望、温暖、慰藉的强烈内心吁求，发生了正相的对接与共鸣。于是，当“太阳”从“全赤变成杏黄”之际，在主体看来，它“仿佛一个面如满月的少年/戴着嫩黄的冠冕/每边一束紫色的缨须/下面飞着一片灰色的云彩/四周的群山，都无言的/伏在它的足前展拜”，至此，“太阳”与“我们”在情感上实现了完全融合，它不但成为了抒情主体的情绪对应物，而且还以生命体的方式放射出更其动人的异彩，也就是说“太阳”开始以象征性意象的全新姿态进行自我言说，并最终成为自由、光明、纯洁、神圣的革命终极理想之所在。“太阳”意象的象征性能指，对“我们”这些为了革命而四处逃亡的无家可归者来说，是拥有极大的启示、召唤和鼓舞价值的。惟其如此，抒情主体在目睹和亲历整个日出的过程中，由起初的“真是无时无地忘却了恐惧”到最后的“我们忘记了镇上有兵了/忘记了我们是逃亡的人了”，与之相伴的是主体对于“炮声”感受的变化，即由开始时的“隐约间还听得隆隆的炮声”“远远的炮声又起”到“这时炮声是更稀了”再到结束时的“炮声是再听不到了”，很明显，主体在直面“恐惧”和聆听“炮声”这两个相互关联的命题上所展示出的情绪与心理的微妙变化是意味深长的，它不仅复现了抒情主体一步步战胜自我内心对于现实“恐惧”的脉络，更重要的是显示了“太阳”这一情绪型意象所拥有的象征性能指对于“失败的党人”（阿英语）生命重塑之潜在力量的无比强大。当然，抒情主体从“太阳”意象的象征性能指中获取重塑生命资源的做法，除了潜移默化这一途外，还有非常直截的形式，这主要表现为主体对于“太阳”从肉体到灵魂的积极拥抱和由衷歌赞，“哦！太阳！你东方的光明……你安慰了逃亡者的身心/你的光辉照遍了大地/呵,我对你真是无限欢欣/我对你真是不辞劳悴/我要将手伸向天边/我要密密的吻你/永久的密密的拥抱你”,“哦,我的太阳之神呦/我请将这花掷向你/让它妆成你的娇艳”。如果说先前的战胜“恐惧”只是主体刷新自我形象的第一阶段,那么,只有通过歌吟、赞诵、崇敬、膜拜、拥抱和祝祷“太阳”的行为,使得主体的革命理想、革命信念、生命意志得到全面激活,方才意味着“失败的党人”完成了新生,其主体形象方能在更高层面上得以建构。

与《洪山寨看日出》的“太阳”意象正好相对,郭沫若《黑夜与我对话》一诗塑造的是“黑夜”意象。诗人凭借想象将“黑夜”人格化,使其成为抒情主体精神意趣的否定物,并让它在与主体的对话中彰显其作为情绪型意象的象征指示功能。当然,有关“黑夜”意象的一切能指都基于它的客体特征,诸如光明的对立面、万物的休憩、“黑奴”与“印度巡捕”的脸,这些正是诱发诗人与“黑夜”展开对话的情绪生发点,由这些点的生发、扩展、推移,不仅可以拼贴出“黑夜”的基本面影,更可以组装起抒情主体的部分形象。当“黑夜”说自己“可以使世上的人少做些罪恶”,主体反驳道“罪恶!都是在你的羽翼之下长成”;当“黑夜”夸奖自己“在这时候可以使世人安眠”,主体则又举出反例“那做夜工的工人我却不敢保险”。在这场“黑夜与我”的“对话”中,“黑夜”逐渐失却招架之力,最后成为被审判、被抨击、被驱逐的对象。此时的“黑夜”意象,成了富人们“灯光灿烂的华筵”的守护者、成了同“非洲的黑人、印度的巡捕”一样的资本家的走狗、成了“贫苦的工农们”的仇敌、成了孳生罪恶的所在,是为抒情主体极力所要否定和批判的对象。而抒情主体则通过与“黑夜”的“对话”,并主要是对“黑夜”的批判,继而展示出自己同情劳苦大众、仇视富人阶层、不满当下现状、强烈要求告别暗夜的情绪情感,应当说,这些情绪情感仅仅是革命诗人精神世界的一部分,所以由它们建构的也只是抒情主体的部分形象，因为革命诗人的主体形象素来是具有多面性的，否定“黑夜”的同时往往又潜在着一个为其所憧憬的“光明”世界，正如文本所说“你是黑夜，其实你只抱着半边”。

殷夫的《囚窗》为我们塑造了“囚窗”的象征意象，其“象”的实体特征在于，置身黑暗、封闭世界的囚徒通过“囚窗”可以依稀感受那个光明、自由世界的存在，抒情主体以此作为情绪的感发载体，将自己对于“自由”“光明”“红日”的无限渴望，特别是求之不得时满腔的怨愤情绪，全部集中到与“囚窗”的无声对话与对抗中，在使“囚窗”人格化的同时，也使其成为主体精神意趣所否定和排斥之物。于是，本是无情物的“囚窗”开始以生命体的样态演绎它的“无情”，它面色时而“苍白”时而“黑暗”，永远无视囚徒的存在及吁求，总是“沉惨地沉默不语”，“死寂”是它的基本姿态，有时又“幽然地睁视/兀似地狱的眼睛”，发出“绿苍色的光”“钻痛着，扭扼着我们的灵魂”。“囚窗”意象的这些象征性能指，传递的分明是冷酷、残忍、死亡等“黑色”情绪，因而“它”成了囚徒的“我们”要求“自由的呼吸”和“光明的太阳”的实际障碍，这必然会遭到“我们”一致的愤恨、仇视、痛骂与诅咒。而“我们”正是在“囚窗”所象征的“黑暗”势力与“红日”所象征的“光明”势力这鲜明对立的两极世界所构成的张力系统内，通过建构恨与爱互相交织、互相搏击的动态性情绪意志体系，进而显示“我们”反抗绝望、追求光明的生命主体力量，最终使“我们”的集团主体形象得以生动构建。田间的《路》所呈现的是一条抒情主体情绪变动的线索，且由起初的悲哀忧郁渐次转向激越与振拔。而文本的意象“路”，本身就是内涵异常丰富的客体，它的隐性意义空间足以容纳主体各类情绪的起伏跌宕，而一旦“路”与抒情主体围绕某些情绪类型发生了碰撞与融合，那么“路”就不但成了主体所要抒发的情绪的简单对应物，而且它还成了间接表征主体精神意绪的生命意象。经过与抒情主体的情绪交流，“路”意象的象征性内涵具有了一定的明晰性：它既是“忧郁”的象征，有如一条“无光的河”“从深色的黑暗里/流着”，又像一位“断手的/牧者”；它也是激情、“血液”、“自由”、“战斗”的象征，“南方的/北方的/路/亲爱地会合”；它更是“希望”的象征，因为从“战斗”里将开辟出通往“春天的路”。“路”的这些象征性能指以及包含其间的情绪意志，反过来又将以精神养分的形式被集团抒情主体吸纳、整合，成为完善“我们”主体形象的有效资源。

蒲风《晚霞》一诗中诞生了一个颇具创造性的“晚霞”意象。诗人将自己与黑暗势力抗争到底的生命意志用以改造客观实存的“晚霞”，赋予“晚霞”是为“白昼对黑夜顽抗”的全新能指，从而颠覆了“晚霞”给予人们的常规心理暗示，使其原先表征“白昼将终”、黑暗将临的悲郁情愫一扫而光。由此，已然生命化的“晚霞”开始履行其意象的指示功能：它既然是“黑白鏖战”时天际“溅起”的“血花”与“红霞”，而“当东方甫白的时候/可不是天际依旧毕现着红霞”，这就意味着“晚霞”与“朝霞”本质上具有相通性，所象征的都是反抗黑暗的强力生命意志，即革命、战斗的能指。而“晚霞”与“朝霞”并置，也暗示着只有战斗才能赢得黎明的信息，故而“晚霞”又是希望的象征，“由鲜红的血花里将建起新的明天”。“晚霞”以如此丰富的能指完美且超额地传递着抒情主体的奔进情绪，而主体也在自己所创造的集理智与情感为一体的“晚霞”意象的感召与启示中，更其坚定了自己的生命意志和革命乐观精神。主体不止一次地劝慰他的“朋友”面对“晚霞”和将要“临头”的“无边的暗夜”不必“悲哀”“失望”“吁嗟”，因为他坚信“这黑夜呀/到底不能永久地遮住四方”，很明显，此刻的抒情主体已在同“晚霞”意象的互相建构中实现了自我生命境界的新的超越。《晚霞》创作于 1929 年，1935 年蒲风又写下了《春天在心中》。六年过去了，革命诗人心心念念的“春天”依然还停留在“心中”，无产阶级革命的艰难曲折可见一斑，始终不变的是左翼诗人对于共产主义大同世界的永恒追求。《春天在心中》一诗里存有两个“春天”：其一是现实的眼前的春天，它不是主体关注的对象，只因在“风雨交加的前夜”不可能有“春天的闲情”，而且时代决定目前的“我们”是“没有春天的”，于是，对于春天的来去，委实“没有半句忧怨”；其二是存留于主体“心中”的“春天”，那是一个由“自由！博爱！和平”组成的世界，是革命者的理想与愿景所在，所表征的是一份奔进、昂扬的生命情绪。因而，真正进入意象层面的必然是“心中的春天”，它不但拥有强大的意义生成能力，使得人类对于理想社会的全部美好想象，都能在它的象征性意义指示范畴内找到居身之所，同时它也对所有企望“和平”、向往“自由”、主张“博爱”的人们具有一种使之精神提振、灵魂归趋的魔幻功能。抒情主体当然也是这身与心皆向着“春天”作着双重归趋的人们中的一员，他既怀抱着对于“春天”的“坚决的信念”，内心又“满贮着火热”且时刻“等候着将来的燃放”，更有“把大地放在肘下/任由五月的阳光/永远装饰着血色的美艳”的革命豪情，及至为了“打破幽暗的沉静”，一边在“心里敲打着战鼓”一边又深情抒唱“冲破黑的氛围吧/向前！向前！”，就这样，一位因着“心中的春天”意象的心灵感召而全然振奋起来的革命诗人的主体形象浮出字表。

第三节 时代型意象

诚如本章开头所言，中国现代左翼浪漫主义诗歌的意象类型，除了“主体型”和“情绪型”之外，尚且存在一种可以称之为“时代型”的生命意象。顾名思义，所谓时代型生命意象，必定是能够表征一个时代的典型情绪和精神风貌的意象，如郭沫若成名作《女神》中的意象系列代表的就是“五四”狂飙突进的时代精神，而与革命的存在息息相关的左翼文学，它的发生期是在“五卅”之前、尾声是在全民族“抗战”之前，这之间的十几年，“五卅”“四·一二”“七·一五”“九·一八”“一·二八”等重大社会历史事件相继发生，围绕着反帝、反封建、反国民党白色恐怖、反日本军国主义侵略等社会命题，左翼文学对此都予以了及时地关注和意识形态鲜明地表达，但正如中共在这十几年间始终是一个非执政党的情形一样，左翼文学也不过是当时文坛的一个分支而已，所以它那些指示革命的文本不可能代表整个时代的精神取向，事实上那时的文学生态是丰富而多元的，与左翼相对的各种“右翼”文学就占去了很大的文坛话语份额，惟其如此，左翼文学塑造真正能够体现一个时代精神面貌的“时代型”生命意象的客观条件是不理想的。只有待到“抗战”全面爆发，即“抗战”成为整个时代的中心课题，中国现代诗歌才会如“五四”时那样再一次具备凝塑时代型生命意象的成熟条件。当然，在全面“抗战”发生前的几年里，民族危机已然非常严重，集全民族之力抗日的时代情绪日益高涨，少数左翼(或有左翼倾向)诗人已经锐敏地察觉到了时代的变迁，他们从祖国的山峦、草木、旷野、土地、河流那里捕捉到了新鲜的生命气息，并用自己的诗笔及时地记录下这些崭新元素，再经过物象心灵化的过程，终于创造出一个个融汇着诗人期待性想象的“时代型”意象。需要指出的是，就意象本身的生命化程度、意象能指的丰富性以及意象的艺术精美性等角度着眼，左翼诗歌所提供的这些“时代型”意象尚没有达到真正成熟的层面。事实上，堪称成熟而且经典的生命化“时代型”意象一直要到“抗战”爆发在艾青及受其影响的“七月派”诗人的诗歌中才得以大量出现。所以说，左翼浪漫诗歌虽已初步涉及“时代型”生命意象的塑造，但最终呈现给读者的往往是一些不尽完美、不够成熟的半成品抑或准“时代型”生命意象，譬如最典型的田间，其笔下的某些意象也只是基本达到了“时代型”意象的形式标准和美学标准。

胡风曾说，“田间是农民的孩子，田野的孩子，但中国的农民中国的田野却是震荡在民族革命战争的暴风雨里面。从这里养育出了他的农民之子的温顺的面影，同时是‘战斗的小伙伴’的姿势”。[①] 在田间于1936年出版的浪漫抒情诗集《中国牧歌》中，有超过三分之二的作品抒唱了民族革命战争背景下的中国的田野，以及田野上与战争相关的自然物和人，“田野”无疑是诗人力图建构的时代色彩鲜明的意象系统，如同艾青诗歌世界中的“土地”“太阳”意象系统一样，它们都熔铸着诗人对时代、对国家、对民族、对战争的全部生命体验。在田间的“田野”意象系统里，既有直写田野并以田野为主体意象的作品，如《唱给田野》《走向中国田野的歌》《我的田野在疯狂》等，更多的是以“田野”系统的有机组成部分为表现对象并凝成意象的作品，如《站》《森林》《牧场》《夜》等，这两类作品提供的关于“田野”的意象群，所表征的是在民族革命战争的催生下，中国北方农村的方方面面都已苏醒并且涌动起来、战斗起来的波澜壮阔的时代情绪氛围，因此，由它们可以初步建构起“田野”的时代主体意象群。在《中国牧歌・序》里，胡风又说，“诗人的力量最后要归结到他和他所要歌唱的对像的完全融合。在他的诗里面，只有感觉、意像、场景的色彩和情绪的跳动……用抽象的词句来表现‘热烈’的情绪或‘革命’的道理。或者是，没有被作者的血液温暖起来，只是分行分节地用韵语写出‘豪壮’的或‘悲惨’的故事——在革命诗歌里最主要的这两个同源异流的倾向，田间君却几乎完全没有。诗不是分析，说理，也不是新闻记事，应该是具体的生活事像在诗人的感动里面所搅起的波纹，所凝成的晶体。这是诗的大路，田间君却本能地走近了，虽然在他现在的成绩里面还不能说有了大的真实的成功。”[②]由此

---

① 胡风：《中国牧歌・序》，《田间诗文集》第1卷，花山文艺出版社1989年版，第88页。

② 胡风：《中国牧歌・序》，《田间诗文集》第1卷，花山文艺出版社1989年版，第89页。

可知，田间在诗集《中国牧歌》里的确是有意识地按照生命化意象的要求来捕捉灵感、凝结意象的，这里，我们谨以他《我的田野在疯狂》《森林》《牧场》等三首诗作为阐释对象，藉此一窥左翼浪漫诗歌之时代型意象的一个侧影。

《我的田野在疯狂》中的“田野”意象是纯然生命化的。当“血腥的空气/敲杀/五月”，生活的希望被摧毁，饥饿的“田野的脸”开始“膨胀年代的顽强”，这是“我们的田野”在经年累月的忍受中膨胀起来的关乎生存的顽强意志，也是它终于觉醒的标志，尔后，田野犹如疯狂般地“在土地上”“奔走”和“拼命”。人格化的“田野”意象动态演绎疯狂的行为，所传递的是挣扎于战争生态中的中国北方农村、农民，在饥饿与死亡的威胁下，终于走向愤怒、反抗的时代情绪。《森林》一诗塑造的是“森林”的生命意象，它是支撑“田野”意象系统的一个成分。诗中的“森林”是苦难的中国北方农村的象征与代言，它可以“咂嘴”可以“说话”，正诉说着无边的痛苦，也在做着解放和自由的美“梦”，正“咆哮”着火一样的愤怒，也在流淌着战斗的“热的血液”。“森林”以“裸树”的姿态一边惨叫一边“挺进”的画面，将永远定格在“民众”即“一切/不安于奴隶的屈服”的人们的记忆里，激励他们挺起“森林一般的胸脯”向前奔进。“森林”意象所抒发的同样是觉醒与反抗的时代情绪。田间的《牧场》中有“草原”的核心意象，这是在“强烈的炮火”中“战斗”并且“生长”的草原，是为“我们的自由”而“祈祷”的“明天一般”的草原，是“在北方”歌唱着“战斗”和“叛逆”的“疯妇一样”的草原，可见，“草原”已然成为拥有强力生命意志和崇高精神追求的时代创造者形象，不仅是勇敢无畏的战斗者，更是“自由”“明天”和希望的引路人。“草原”意象体现的正是“震荡在民族革命战争的暴风雨里面”的中国北方的精神风貌，因而它与“田野”意象在传达时代情绪方面的功能是一致的。总之，以《我的田野在疯狂》《森林》《牧场》为代表的田间诗歌的“田野”意象群，已初步具备构建时代型生命意象系统的可能，然而也仅仅是可能。因为田间虽然对于时代情绪的变迁比较敏感，诗集《中国牧歌》中的“田野”意象群也确实是诗人对于中国北方农村所展露出的时代新气象的第一时间地把握与传达，然而这些意象几乎都没有经历物象心灵化与心灵物象化的反复锻造，从而制约了意象向生命纵深开掘的程度，其结果是意象的能指相对明晰，缺乏经典意象本应具有的深广的意义延展空间。胡风较早地注意到了这一问题，他认为田间的《中国牧歌》里的诗“气魄雄浑有余，但作品内容的完整性在许多场合却没有获得，一节或一首诗里面的句子，像是一些闪光的金属片子搅在一起，读者肚子里很难浮起一个饱满而明悉的意像。”[①]惟其如此，至少可以说“中国牧歌”时代的田间诗歌之“田野”意象系统是不尽完美的，须要等到抗战全面爆发诗人写出《给战斗者》《假使我们不去打仗》一类作品，等到其被闻一多称赞为“擂鼓诗人”“时代的鼓手”之际，田间才能为中国现代诗坛提供真正意义上的成熟的个性化的时代型生命意象系统。

① 胡风：《中国牧歌・序》，《田间诗文集》第1卷，花山文艺出版社1989年版，第89页。

第二章　左翼浪漫主义诗歌的个人主体抒情

尽管有关浪漫主义概念的界说可谓千差万别，但以个性解放为支撑的人的主体性、主观性、情绪化和想象力，以及规约这一切的自由精神，则是各种浪漫主义定义的核心内涵。勃兰兑斯曾说，"浪漫派所有互不相同的努力和创作——它们这一切有个共同点，即任意的自我肯定……这就是他们在对于诗与自由的迫切呼喊中所有的出发点。"[①]此处所提到的"自我肯定"，表明浪漫主义者真正想要确立的是基于自由之上的自我主体性，即"人强烈地意识到了自我，从主观内面体验客观对象，从而使客体融入内心，化为情绪激流的结果，它是主体超越客体、个人获得了对自己的独立自由的认识的产物，因而也是自由精神贯穿于知、情、意相统一的完整人格的产物。"[②]当然，因着中国现代性工程的特殊性，即个性解放与民族解放、阶级解放、社会解放杂糅并进，且愈来愈趋向压抑个体性而张扬群体意志的事实，故而，中国现代左翼浪漫主义诗歌的主体性，将不仅指涉以自我为本位的个人主体性，还包括以阶级或民族为本位的集团主体性，是个人主体性与集团

---

① [丹麦]勃兰兑斯：《十九世纪文学主流·德国的浪漫派》，人民文学出版社1981年版，第27页。

② 陈国恩：《浪漫主义与20世纪中国文学》，安徽教育出版社2000年版，第13页。

主体性合力筑成的结果。需要指出的是，左翼浪漫诗歌文本中的个人主体，并不是如前期创造社、或湖畔诗社、或新月派诗歌那样旨在建构一座座唯美而自足的个人情感世界，与之相反，左翼浪漫诗人基本都是以民族代言人、阶级代言人、革命代言人的身份自命，因而出现在文本中的个人化抒情主体往往是一批崇尚自由、情感上倾向普罗大众、情绪上易为时代风云或革命形势变幻所影响、将民族解放或阶级解放视作革命理想且肯为之付出一己幸福、张扬生命意志、主张行动与创造的准意识形态化了的自我主体。之所以认定其为准意识形态化，那是因为“在很长的一段时间内，隐藏在‘代言人’背后的，是知识分子的‘精英’姿态和一种规制社会的狂妄企图。”[①]而“精英”姿态的存在，使得这些革命诗人笔下的抒情主体总是习惯于站在普罗大众的外围鼓呼革命、或是站在革命引导者的高台上发号施令，绝少能以无产阶级劳苦大众的真正融入者样态抒情写意，很多时候他们只是表同情于无产阶级的革命者。事实上，这里涉及的是一个“如何代言”的问题。诚如学者蔡翔所说，“社会上的任何一个阶级、阶层、群体或者团体，都能够在知识领域中找到他们的‘代表’，既然如此，那么这个‘沉默的大多数’同样需要自己的代表，以使自己被忽略、被遗忘甚或被压抑的‘声音’得到‘再现’。而在这一‘代表/再现’的过程中，知识分子的任务就不仅仅是‘代表’，更要学习如何‘再现’。”[②]可以说，“如何再现”灾难深重的中华民族对于独立、和平、民主的诉求和“如何代言”正渴望着自由、解放、幸福的普罗大众，这两个相伴而生的问题，正是包括左翼浪漫诗歌在内的左翼文学终其全部努力所要完成的任务。左翼浪漫主义诗人的“精英”立场，固然使其文本的个人抒情主体拥有的只是准无产阶级革命意

① 蔡翔：《何谓文学本身》，《当代作家评论》，2002 年第 6 期。
② 蔡翔：《何谓文学本身》，《当代作家评论》，2002 年第 6 期。

识形态化的身份，但很多时候又恰恰是这种没有完全融入的状态，使得写作主体能够在较大程度上保持自己观察革命的独立视角和言说革命的个性化话语空间。因为，当个体完全融入集团或群体之时，往往也是个体自由渐趋消隐之际，而个体自由缺位的所谓群体自由事实上也是不可能存在的，它最终有可能导致以集团名义存在的新的专制。对此，以赛亚·伯林早已经指出，“如果自我不再等同于个人而是与超个人的实体（比如一个群体、一个教会、一个国家或一个阶级）认同，而这些外在的实体会成为巨大的闯入者，它一意孤行的意志会把它的人格强加在外部世界，强加在它自身的构成要素，也许就是人自己身上，人由此成为更巨大、更显赫、更持久的人格的附庸或零件。”[①]由此可知，在左翼政治话语空间内存在并生长的左翼浪漫主义诗歌，其抒情主体必然会显现出由个人本位向集团本位渐变的发展态势。而从个人抒情主体到集团抒情主体的转变，纵然表征着写作主体逐渐融入民族主体并主要是阶级主体的事实，但同时也意味着革命诗人“精英”姿态的退出与消隐，而伴随知识分子“代言者”身份一起隐失的，又恰是浪漫主义最可宝贵也最具标志性的个性解放与心灵自由。因此，相对于左翼浪漫主义诗歌中那些立足于集团本位的意识形态化了的民族主体与阶级主体来说，那些立足于个人本位的准意识形态化了的自我抒情主体无疑更能说明左翼浪漫诗歌的浪漫性质，更为重要的是，这些处身动荡不羁的革命潮流中的自我抒情主体形象，常常表现出情绪的忽冷忽热、情感的正负交错，乃至内心的矛盾与交战等状况，情绪化成了这类抒情主体演绎生命历程时的显著特征，这一方面说明左翼浪漫诗人融入革命运动的艰难，另方面也说明左翼浪漫诗人始终是在以个性化的姿态言说革命，而个性化言说的实质又是对自由精神的坚守，所以，充斥

---

① ［英］以赛亚·伯林：《浪漫主义的根源》，译林出版社 2008 年版，第 95 页。

于左翼浪漫诗歌中的个人主体才能够相对比较自由地表达自己复杂而又多面的内在情感世界，最终呈现给读者的才可能是一个个情感丰富、情绪多元、既矛盾又统一、既动态又立体的个性化的浪漫形象。以赛亚·伯林认为，“浪漫主义者常常徘徊在两个极端之间：即神秘性的乐观主义和恐怖的悲观主义之间，这使得他们的创作呈现一种不均衡、摇摆的特点。”[①]如其所言，左翼浪漫诗歌文本所塑造的个人主体，也因为经常徘徊在有如悲观与乐观、爱与恨、生与死等对立和极端式情绪之间，并由此而建构起一组组情感的张力系统，使得主体的形象确立过程表现得异常惊心动魄，而这样的自我表现无疑是成功的，主体形象的艺术品位也是较高的，这既是对个性解放和自由精神的真正落实，也是其浪漫品性和浪漫质素存在的根本依据。

左翼浪漫主义诗歌所塑造的个人主体的情绪情感空间，尽管总体呈现出分裂抑或矛盾的对立与统一关系，但具体到实际文本时又常常表现出某种类型化特征，也就是说，这些立足于个人的抒情主体，在某些文本中可能主要是以忧郁、苦闷、悲观乃至绝望等负面情绪示人，在有些文本中又可能主要是以焦虑、激动、偏执、愤怒的一面出现，在某些文本中还可能主要是以亢奋、昂扬、奔放、乐观、跃进的姿态存在。依据这三种类型所展示的主体的情绪基调，我们可以将它们概括为忧郁型、激愤型和奔进型三种样态。需要说明的是，这样的分类仅仅只是为了便利于抒情主体多元情绪世界的展开与分析，并不意味着是对抒情主体情绪状态的精准定位或定性，只因很多时候抒情主体的情绪不是单色的，在忧郁里边可能存有激愤或奔进，在激愤里边也可能存在忧郁等情况，因此，所谓忧郁型、激愤型和奔进型的概括性表述，只是针对主体的情绪主色调而言的。当然，除了此处所提及的三种个人

① [英]以赛亚·伯林：《浪漫主义的根源》，译林出版社2008年版，第110页。

主体之外，还存在一种经典形态的个人主体，它是由那些囊括了忧郁、激愤和奔进三类代表性情绪并实现了整合的左翼浪漫诗歌文本所建构的，表现为同一抒情主体的精神结构中，既有忧郁悲观情绪又有焦虑激愤情绪还有乐观奔进情绪的多色调杂糅。惟其是对立与矛盾情绪的多色调荟萃，所以在主体精神世界内部发生的必然是一幕幕情绪交战的场景，而通过情绪的搏击与交战完成建构的抒情主体，无疑将展现出耀眼的生命光彩，这是左翼浪漫诗歌中最为动人也最为浪漫的个人主体，因而是一种经典形态。又因贯穿于这一经典形态的主体建构过程的关键词是情绪的交战，我们不妨将之命名为交战型个人主体。行文至此，关于左翼浪漫主义诗歌的个人主体，基本就可以归纳为忧郁型、激愤型、奔进型和交战型等四种类型。仅仅通过辨析这些类型的称谓就能感受到，无论是情绪色调相对单一的忧郁型、激愤型和奔进型个人主体，抑或是多元情绪共存的交战型个人主体，它们的共同点都是将自我进行拆解和分裂，它们的区别是通过拆解，情绪相对单一的前三类主体完成的是在局部时空内的单面形象建构，而情绪多元混合的交战型主体则是在一个连接过去、现在和未来的整体时空内实现自我的多面形象建构。由此可见，忧郁型、激愤型和奔进型个人主体与交战型个人主体之间，实际又存在着部分与整体的关系，更确切地说是一种互补性关系，当然，前三类个人主体并不因此而丧失其独立存在的价值和意义，况且前三类个人主体之间也同样存在交叉与互证的关系。左翼浪漫诗歌的个人抒情主体通过分裂自我继而在不同时空内自由穿梭的现象，彰显的正是浪漫主义的特征。诚如勃兰克斯所言，“浪漫主义文学既不满足于把个人投向过去，也不满足于给他安上来世的宽大而华丽的孔雀尾巴。它时而把自我从中剖成两半，时而把它分解成各种元素。正如它通过伸延自我把它分布在时间中一样，它还剖裂自我并把它在空间中分布开来。它既不尊重空间，也不尊重时间。自我意识的本质就是自我二重化。"[①]勃兰兑斯所说的"自我二重化",意即情绪处于分裂状态的个人主体,也就是处于一系列正负情绪情感的矛盾与交战中的个人主体。

第一节 忧郁型个人主体抒情

忧郁作为一种情绪基调,往往指涉忧伤、愁苦、郁闷、悲哀等负面或消极情愫,它既是主体在面对理想与现实的巨大落差时的即时性体验,也是主体在思索自我于自然、社会、历史、宇宙中的实际位置时的历时性体验,而无论出自前者抑或源于后者,忧郁所表征的都是清醒主体的独特生命体验,象征着生命的不甚圆满。在古今中外的文学文本中,忧郁早已成为人类的基本生命形态而进入审美范畴,它既是一个超越时空的概念,也是一个超越阶级的概念。王嘉良在评析殷夫诗集《孩儿塔》时曾指出,"'忧郁'作为诗歌的一种审美基调,当然还有超越于现实性的更深邃的意义。殷夫诗中的'忧郁'之所指,就既包括眼前身受或目睹人民苦难的心理感应,也蕴涵诗人更广泛的情绪感受,它是一个扩大了的情绪能指范畴,蕴藉着诗人深切的生命体验,也包含了指向人类、面向过去与未来的超越特定时代性和阶级性的丰富内涵。"[②]事实上,左翼浪漫主义诗歌的忧郁型个人主体,或多或少都具有殷夫诗集《孩儿塔》中忧郁主人公的特点,一方面因为现实的苦难际遇和不圆满而痛苦、伤感、忧愁与苦闷乃至绝望,一方面又因为对人类悲剧命运的深沉思考而产生生命无常感受甚至期待

① [丹麦]勃兰兑斯:《十九世纪文学主流·德国的浪漫派》,人民文学出版社1981年版,第159页。

② 王嘉良:《〈孩儿塔〉:审视左翼文本的另一种视角》,《百年殷夫:新感悟、新解读》(骆寒超、王嘉良主编),上海文艺出版社2011年版,第141页。

死亡。然而，相对于殷夫建基于生命深层次孤独体验上的忧郁来说，大多数左翼浪漫诗人笔下的个人主体之忧郁情绪主要来自于理想与现实的落差，特别是主体在直面苦难社会现实、遭受革命挫折、或者品尝羁旅生涯时产生的，这固然说明左翼浪漫诗人执著于现实人生的可贵品质，但也因为观照现实人生的距离太近，而无法以一份超越的姿态去书写忧郁，致使大多数左翼浪漫诗歌的忧郁型个人主体无法进入生命哲学的高度。此外，通过梳理左翼浪漫诗歌中忧郁型个人主体的风貌，可以发现他们基本是一批远离故乡与亲人、只身流浪在外的革命文学家或革命者，因而他们的忧郁情愫很多时候又与他们的漂泊者身份有着直接或间接的关系。

创造社盟主郭沫若的诗集《恢复》素来被认作诗人转向“革命文学”的代表性文本，即便如此，内中也常有忧郁的个人主体存在，譬如《梦醒》《峨眉山上的白雪》《巫峡的回忆》等作品，而且这些文本忧郁情绪的生发点正是漂泊。《梦醒》表现抒情主体对自己飘零身世的感伤，对十五年未曾谋面的亲人的惦念，特别是对自己同胞姐妹不幸遭际的忧虑与悲哀。《峨眉山上的白雪》也是一首漂泊主体的思乡之曲，其多年未得回乡的思念被“今晚的月光”激活，由此展开自己当年“在月光之下”欣赏峨眉山上的白雪、谛听山下“大渡河的流水”的浩荡、感受大渡河岸边“乱石之中”那“一片伟大的苍凉”等所经历之情形的回忆，借助于对往昔美好情境的回顾，反向传达革命者有乡难归的遗憾与怅惘。《巫峡的回忆》一诗通过复现主体当年出川时经过巫峡的一幕，表现漂泊者的独特人生感受，“我们谁不是幽闭在一个狭隘的境地/一瞬的昙花不知来自何从，去向何往?”，“人生行路真如这峡里行船一样/今日不知明日的着落，前刻不知后刻的行藏/我如今就好像囚在了群峭环绕的峡中”，这既是一份命运无常的漂泊体验，也是抒情主体在革命陷入低潮时对前途未来感到迷茫与困惑的最直接反应。

然而忧郁并没有完全占据主体的灵魂，只因文本的最后一语即“但我只要一出了夔门，我便要乘风破浪！”，又分明流泻出昂扬、豪迈的情绪，表明主体心灵内部发生着一场正负情绪之间的搏击与抗斗，这其实是漂泊主体对包围他的无常命运和迷惘情绪的反抗。据此可以说，《巫峡的回忆》所建构的是一位反抗忧郁的忧郁型个人主体，这是它超越《梦醒》和《峨眉山上的白雪》之纯然忧郁型个体的核心所在。同为创造社成员的黄药眠是一位出色的浪漫主义诗人，他于1927年下半年在《洪水》杂志上发表的《晚风》《黄埔滩上的中秋》《我死之夜》等诗作，为读者展示的是一个个凄美的忧郁型个人主体。《晚风》通过设置子规鸟托梦的方式委婉传达爱人的死讯，通过抒情主体踏访旧门的场景表征爱人春花般易逝的生命，通过回忆春宵午夜两人相依弄筝的情境暗示美梦短暂、恍如隔世的意绪，通过还原两人“桅前相别”时的情形诉说命运不可预知的无奈，字里行间满蓄着主体对于所爱之人的怀恋与悲痛。而首尾两个抒情诗段的交替性重复，更使文本沉浸在浓浓的凄婉意境当中，“晚风/激着了缥缈的寒波/白沫/抱着了凄凉的故国/我送你/在一个春花明媚的江头/我哭你/在一个冷漠无人的荒陌！/空望着往还江海的轮舟/但海上的骚魂何时归得！”，借助这回环式的凄绝吟唱，主体的忧郁形象不仅得到深度建构，而且也使忧郁的指示意义突破了主体一己的私人范畴，启示读者从美好事物的易碎与匆促的事实中生发联想与想象，进而对生命的本质与真相有所参悟。《黄埔滩上的中秋》一诗的漂泊主体由异地他乡的中秋明月感发出多量的怅惘情绪，尽管表面上这份忧郁有其现实所指，即主体对于遥远故乡已故恋人的无尽怀念，然而综合整个文本来看，主体的忧郁情愫又近乎是宿命般的，是具有现代主义意味的生命体验，是拥有现代意识的清醒主体对人类悲剧命运的深刻体认，因而它既超越了中国传统文人伤春悲秋的范畴，同时也区别于张若虚《春江花月夜》所象喻的中国古典诗歌的哲学范畴。所谓“凉风拂着那薄薄的云间明月/千里外的浪人也还记得今夕是中秋/天上的月圆总是依旧的一年一次/而我，尽管是一年一处的漂流”。如果说这样的文字传达的还只是普泛意义上的流浪者愁绪的话，那么从“啊，一切的残余幻影都会卷入你江上的寒涛/惟有我的心愁将随着秋意俱深/直至到死灰般的残冬黑夜/窒息了我悲哀的梦里的哀吟……”到“唉，你听，那堤上的树梢的风声是怎么凄急/一片黄叶滴下了，在地上呻吟着将绝的悲哀/我拾起它来一滴滴的泪滴在它的灰黄的脸上/但我亦怎能把它的青春的颜色再唤回来！”再到“啊，你枯死的黄叶待我把你投入到海心/这起伏不平的海波正合于你青春的残骸的坟墓/我也愿把我过去的一切的恩情都交付与你/你替我去埋葬到这月光照不到的黑波深处！”，则愈来愈表现出象征主义的世纪末情调，忧郁已然成为生命主体审视自我、审视世界、审视命运的基本姿态。惟其如此，该诗所建构的是一弥漫着现代主义气息的忧郁型个人主体形象。就整体诗艺而言，《晚风》与《黄埔滩上的中秋》都可谓优秀的抒情文本，两者难分伯仲，但在王珂看来，后者又略胜一筹，他认为《黄埔滩上的中秋》“这首诗比《晚风》写得更细腻、婉约、动人，在诗艺上也更精致，不像《晚风》那样采用的是自由诗体，采用的是当时流行的新格律诗体，语言十分优美，音韵十分和谐，在词藻与韵律的美丽上绝对不逊色于当时倡导新格律诗的著名诗人，如徐志摩、闻一多等的一些著名诗作。”[①]黄药眠的《我死之夜》全然笼罩于死亡的绝望与恐怖里，这是抒情主体悲郁忧伤到达极致时的生命体验。在漂泊主体一次次地吟唱“这恐怕就是我死之夜”的过程中，文本的忧郁情绪被不断推向纵深和高峰，最终构建起一座死亡气息浓重的恐怖世界：这里既有凄凄地打击着的“淋

① 王珂：《黄药眠是被遮蔽的优秀诗人》，《南都学坛》（人文社会科学学报），2008年第6期。

雨”，也有“哀哀地哭着”的“凄鸦”，更有“泥墙上来往着”的“狰狞的死神”，以及“躲在鼠穴里张着黑囊候我”的“运命”，它们的存在合力推动着主体一步步走向死亡，即由起初“我的心头充满着可怖的凄惶”到“我已失去了可怜的呼吸”再到最后的“我徒张着口，已发不出悲声”，甚至于主体唯一的心愿，也就是请求死神“让我的魂”“在死前去一返我的故乡”“去一听我的母亲的哭泣”的诉求也无从实现，因此他只求“虚寂”“快些来淹灭”他的“哀情”。《我死之夜》淋漓尽致的死亡抒情，将忧郁型个人主体最终带向那个黑暗的死亡之乡。相较而言，《黄埔滩上的中秋》的抒情主体尽管充满了世纪末的忧郁与感伤情调，但他毕竟没有走向死亡，因为在文末的抒唱中尚存在主体欲要与过去的自我告别的信息，暗含着获取一个全新自我的期待，而《我死之夜》的抒情主体给予读者的印象则是一位颓废色彩鲜明的忧郁个体。诚如黄大地所言，在黄药眠《我死之夜》中主体的“心情则更是虚寂凄惶到了等待死亡的地步……他把死亡描绘得既神奇，又诡秘，他那孤寂的心，渴望从这种死亡的恐怖中得到一丝安慰”①。

太阳社理论家阿英也是一位重要的革命诗歌写作者，他在革命文学高潮期推出的《饿人与饥鹰》《暴风雨的前夜》《荒土》等诗集，为我们展示了多种情绪类型的个人化抒情主体，其中又以忧郁型漂泊主体所占比例最大。在诗集《饿人与饥鹰》的《自序》里，阿英说：“这两卷诗代表了我的两个时代。前一卷大都是在极困窘时写定的，其间多经济苦闷的喊叫。后一卷则系逃亡途中所成，大半是失败后的悲愤心情的表演……假使读者能从这诗集里捉到破产的小有产者的经济的苦闷情绪，和离乱时代人民的悲哀，和失败的党人的愤激心理，那我的希望就算完成了。这一部

① 黄大地：《黄药眠创造社时期的诗歌创作——纪念黄药眠诞辰100周年》，《北京师范大学学报》，2004年第5期。

诗，还不是以群众为对象而写的，我没有什么特殊的希冀的”，而且还特别提到“这诗集的技巧固然不完善，但都是写的而不是做的。语句没有经过雕琢，都是在情绪极奔进时随手写下的。”①而在诗集《荒土》的《自序诗》里，诗人吟唱道，“去吧，你不健全的个人的情绪/去吧，你残余的靡靡的绮语/我要追寻未来的新生之路/且把你这死去的遗骸埋入荒土”“让过去的遗骸从此在我心中死亡/当前的只有群众的歌唱/再不要拾起那些畸形的印象/无上的题材只有血的火山”“你敬爱的尊贵的读者呦/新的生命已经放出了它的光芒/我们同去开拓这无限的宝藏罢/请不要误入歧途，如我往日一般”。② 由上可知，在阿英的革命诗歌中，始终伴随着“小有产者”的“苦闷情绪”、“失败的党人”的“悲愤心情”、所谓个人的“不健全”情绪、“靡靡的绮语”和“死去的遗骸”，正是这些“负面”抑或“阴面”情绪挥之不去的缠绕，使得文本忧郁型个人主体的大量存在有了现实依据。《给倜凡》是一曲身心皆处漂泊状态的孤独者怀念友人的悲歌。《十一月十二夜》表现的是主体“漂泊的心情”和“徘徊而彷徨的心性”，这里既有来自自我“经济的困窘”的压迫，也有“弟兄们痛苦的声音”的刻刻纠缠，更有落叶寒风的萧瑟与凄凉，诸种因素协力推出了一个深陷于“精神的苦闷”当中的革命流浪者形象。但就是这样一位忧郁深重的个人主体，最终非但没有走向绝望深渊，反而决定“藏起热泪”，“去寻找我们的敌人！”当然，也不能仅仅凭借文本最后情绪的亮光一闪，即可否定《十一月十二夜》之抒情主体的整体忧郁基调，但至少可以说，这是一位企图反抗忧郁的忧郁型个人主体。《四月二十三夜》一诗所展示的是亡命天涯的革命失败者之“悲愤心情的表演”，且以悲

---

① 阿英：《〈饿人与饥鹰〉自序》，《阿英全集》（第三卷），安徽教育出版社 2003 年版，第 3 页。

② 阿英：《〈荒土〉自序诗》，《阿英全集》（第三卷），安徽教育出版社 2003 年版，第 87 页。

为主。虽然主体存有革命必胜的信念,“不相信野狐能永久胜利”,但绝大多数时候又为迷茫、苦闷、悲感所笼罩,如其所言,“前途虽终是我们的胜利/也得一思索目前究竟怎样走?”,“究竟那一天我们可以成功?/那里是我们的尽头?”。“四·一二”白色恐怖事件刚刚过去,即便当时的中共中央也不甚清晰革命之路该去向何方,更不用说正四处逃窜的形单影只的革命者了,所以说抒情主体的困惑、悲哀、苦闷是必然的,纵然他竭力想“将过去的羞辱全部埋藏/使我的理智能以控制我的情感/毁灭我数年来的苦闷的中心思想”,但他“终究没有这种力量”,于是只能听任“人间感情”的支配,于是“无限的悲思一齐涌上心头”“我的眼泪是暗暗的偷弹”“苦闷整个的捆绑我的身体”。显然,在主体内心犹如“狂涛骇浪”的情绪涌动中,忧郁击败了一切异类并以绝对优势胜出。《夜》是表现逃亡途中“身心交病”的“失败的党人”的抒情文本,其间,无处不在的死亡恐惧、“事业变成了狂风一场”的惆怅、对于“月下的故乡”的刻骨眷念、以及何时能够“复仇”的茫然,汇合在一起共同煎熬着漂泊主体的灵魂,使其挣扎于无边无际的忧郁之海里,直至“身心俱瘁”。《一个逃荒的老人》一诗既表现了“离乱时代”逃荒老人的悲哀,也传达了四处逃亡的革命者“穷无所归”的悲哀。《五月二十七夜》是一首优秀的浪漫主义诗歌,诗人不仅用心营构了一座极佳的抒情空间,更能依照情感发展的逻辑既自然又熨帖地展开逃亡在外的革命者的内心世界,文本的内在情绪节奏掌控得非常到位。由天上的星光联系到江上的灯光,继而“崔颢的诗也浮上记忆了”,然而“我的沉默的影子/却向我冷冷的讥笑”,说明主体内部存在两个“自我”。“到江上去寻一叶归舟罢/然而,我不能归去呵/我现在已经是逃亡的人了/只有在寒风里做着‘故乡梦’!”,主体的情感与理智发生了碰撞,这也是两个自我的交战。当然,压抑真性情是痛苦的,尽管理智占据上风,但“我真是说不出的孤寂/仿佛一个旅客默对着他的影子”,“我真想归去/从这里顺流而下/这是很显然的呵/那个燕子不飞回北方？/那个游子不怀念故乡？……”漂泊主体甚至还想象了亲人此刻正惦念自己的感人情景。到此为止，抒情主体因为厚重乡愁的包围而呈现出一幅忧郁的面影。但这毕竟又是二重化的主体，所以当他的乡愁愈演愈烈之际，作为革命者的刚性一面开始发挥效应，这既表现在主体对他的“孩子们”的期许上，“你们果真怀念我/你们快快的长大来革命罢/死亡算做什么呢？——/努力的去追寻生命的意义！”，也反映在他对自己的生命期待里，“光明已经布满全城了/我只合在火花里生活呵！”，这样的言说无疑是主体积极跃进情绪的彰显。综此可以见出，《五月二十七夜》一诗所建构的是一位交战于忧郁与奔进情绪之间的忧郁型个人主体。惟其如此，这位革命者的主体形象方显得更其丰满更加动人，也更加贴近左翼浪漫文本的真实风貌。

以上列举皆为阿英诗集《饿人与饥鹰》中的作品，同样在他的诗集《荒土》里也有较多作品旨在于塑造忧郁型个人主体，譬如《抒怀》《听雨》《飞尸》《夜雨》《给——》《在 Cafe 中——黄碟的怀念》《六月二十三夜》《穷人——读君翔的〈秋的月夜〉以后拟作》和《江上》等。《抒怀》是“流浪异乡的浪人”思念家中稚儿的悲哀、怅惘与苦闷；《听雨》是“漂泊的灵魂”在“夜阑更深”“独对荧荧的青灯”时，由窗外“淅沥的雨声”所感发的“孤寂”情愫，主体哀叹自己“真如一片辞别故枝的落叶/在轻寒里我感到身世之凄零”。《飞尸》与《六月二十三夜》二诗所呈现的皆为主体近乎荒原的内心世界：前者述说漂泊者的“心田已被火焰烧成灰烬”，唯求“恶魔似的飞轮”“把我辗成碎粉”，意即毁灭自我的决心；后者传递的是在“漫天的凄风苦雨”中，展现在孤寂主体“眼前的世界宛如一座墓丘”，而“我”则“如灰暗的活尸在终宵的慢走”，文本的绝望乃至死亡情绪是明显的。《夜雨》是一首出色的浪漫抒情诗，主体“漂泊的流浪的我的灵魂”全然为孤独、酸苦、忧思、凄楚与悲凉情绪所占据，且“前途”如同“墨黑的天色”般黯淡，“乡思”又增加了悲痛，凡此种种“浪人的情趣”全由这场“凄风苦雨”煽起，致其喊出了“我似冰的愁肠呵/今朝真个是痛得忍受不住！”的惨烈之声。而当最后“我纵想放情的一哭”时，“可怜我的喉儿又被凄咽哽住”，主体欲哭却不能的情形终于将文本的忧郁情愫推向极致。抒情主体这份“浪人的情趣”昭示的是漂泊生命个体对于苍凉人生的深度体验，内蕴着一种既无处不在又深入骨髓且随时可能迸发出来的忧郁的况味。《江上》也是表征阿英抒情才华的唯美主义文本，主体以“流浪的独坐船头的孤客”身份，借着月夜飞来的凄切的“琵琶音韵”，完成了一次与“哀怨不胜”的“隔江的少女”的精神对话。琵琶女的“彻夜悲弹”倾尽了“我的凄恻”与“悲伤”，使主体产生了一种别样的慰安，虽然如此，但这“同是天涯沦落人”的情景实际只能加深漂泊主体的内心愁绪，所以他最后又发出了如许嗟叹，“我明朝，哦，明朝哟/我不知又要流浪向何方?”该诗在整体风格上有鲜明的古典诗词痕迹，如其语言、音韵、结构等都颇具匠心，遂使其凄婉忧郁的情绪得以维系在一种整饬的状态当中。《给——》《在 Cafe 中——黄碟的怀念》和《穷人——读君翔的〈秋的月夜〉以后拟作》三部作品展示的都是抒情主体的情爱诉求：《给——》表现漂泊主体对于理想爱情的渴望，又因是单向度的爱意，从而使这份美好的情愫弥散出淡淡的伤感。特别是主体对女郎“只身万里”和对自己“亡命异乡”的不幸遭际的感味，则不仅为文本披上了一层忧郁的巾纱，而且还使诗作拥有了一份生命的苍凉意味；《在 Cafe 中——黄碟的怀念》抒写主体在“咖啡室”里的爱情幻想与旧情忆恋，然而非但与其对饮的“艳丽的少女”本是一种虚无，即便有着“红晕的双颊”的当年的“她”也早已无法“寻追”，最终陪伴漂泊革命者的“永远也只有空虚的影子”；《穷人——读君翔的〈秋的月夜〉以后拟作》一诗的主体不断告诫自己“穷人”没有爱情的残酷现实，故而内心即使有“热烈的感情”也得一再地

“压抑”下去，这是主体想爱而无法爱的焦虑与苦痛，内中自然存在着情感的挣扎与搏斗。而其所谓“没有地位，没有黄金”的穷人今后唯有“打破这热恋的迷梦”，然后“凄凉的孤独的度过一生”的无奈里，又分明存有一份对于这个金钱至上社会的无声控诉，因此文本塑造的乃是一位渴望爱情的悲愤的忧郁型个人主体。革命与爱情或者说革命与性之间本就存在异常复杂的关系，这只需从1920年代末“革命+恋爱”题材的小说之所以能够红极一时的状况便可见出一斑。郁达夫早在1926年就已说过，“我想诗人的社会化也不要紧，不一定要在诗里有手枪、炸弹，连写几百个‘革命’‘革命’的字样，才能配得上称真正的革命诗。把你真正的感情，无掩饰地吐露出来，把你的同火山似的热情喷发出来，使读你的诗的人，也一样的可以和你悲啼喜笑，才是诗人的天职。革命事业的勃发，也贵在有这一点热情。这一种热情的培养，要赖柔美圣洁的女性的爱。推而广之，可以烧落专制帝王的宫殿，可以捣毁白斯底儿的囚狱。”[①]由此可见，“女性的爱”既可成为抚慰以至疗救漂泊革命者寂寞、受伤灵魂的解药，有如阿英《给——》一诗主体对于异国女郎的深情歌吟，“唉，女郎，你可爱的异国的女郎/你之于我真如人间之于天上/残败的人生还有什么特殊的希望/对你的讴歌便是我胜利的终场”，也可成为激发革命者勇往直前去摧毁旧世界、创造新世界的精神动力，这一点将在接下去的相关文本中得到证明。

通过对阿英上述革命诗歌的诠释，一个个为了革命而四海漂泊的忧郁主体集中进入了我们的视野。在他们的情绪世界里，有回味自己飘零身世的感伤，有革命前景莫可明辨的迷惘，有怀念友人、亲人以及渴望爱情的痛楚，甚至有心如荒原的绝望，其间还

① 郁达夫：《瓶·附记》，《郭沫若全集》(文学编第一卷)，人民文学出版社1982年版，第304页。

时不时表现出主体想要挣脱忧郁的心灵搏战，之后又往往被忧郁再一次征服。“忧郁”有如梦魇一般紧紧缠住了这些漂泊的生命个体，使他们常常艰于呼吸，而这样的事实显然使同时扮演着太阳社革命文学理论喉舌的作者阿英非常苦恼，甚至为此感到异常羞愧。在诗集《荒土》的“后记”里，阿英一方面承认自己的作品“仍然的没有一点好处，在个人也没有进展。小有产者的情绪弥漫全集。纯无产者的意识还没有把握得住。这一切，又使我羞惭”，一方面又表达了与其《自序诗》相似的信息，“但是，我不愿这样的长此下去。此后我要尽量的克服，把这些不稳定的情绪摧毁。我终是个无产者呵。忘却群众的诗歌不要再作了。只有群众是我们今后讴歌的对象，只有工作是我们今后的题材。今后的诗歌是群众的，不是个人的。所以，我把它题做‘荒土’”，并且奉劝读者“一切的不健全的制作让它死去，现在不是我们再写‘all hopes in Life are gone and fled’的时候了。当前有火花的题材，当前有火山在爆烈，当前有许多值得我们尊崇的血。我们对着当前的光明，毕生也讴歌不尽”，告诫自己“畸形的制作，是到了被埋入‘荒土’的时候了，不健全的东西在大时代的面前，只有一条出路——死亡。”[①]应该说，作者致力于消除自身所谓“小有产者”的“不健全”的个人情绪的决心是强烈的，积极获取“纯无产者”意识和“群众”立场的意志是坚定的，讴歌血火交迸的战斗生活以及赞美光明的意愿与渴望是明确的，告别旧我、创造新我的期待与焦虑是显著的，然而其笔下的个人主体还是常常为忧郁所俘获，这只能说明拥有二重化自我的写作主体，其内部阴面情绪与阳面情绪、个体立场与群体立场之间互相交战的惨烈，而当阴面情绪和个体立场占据上风并呈压倒之势的时候，抒情主体自然便会以忧

① 阿英：《〈荒土〉后记》，《阿英全集》（第三卷），安徽教育出版社 2003 年版，第 121 页。

郁面影展示出来。据此可见，阿英在诗集《荒土》之“后记”部分所表达的欲将自己“不健全”的忧郁情愫埋入“荒土”的姿态，委实是与太阳社诗人殷夫在《“孩儿塔”上剥蚀的题记》里所表示的要把自己情感世界中的“阴面的果实”和“病弱的骸骨”送进“孩儿塔”去的动机相接近甚或一致的，而且充斥于殷夫诗集《孩儿塔》的个人抒情主体之绝大部分也都属于忧郁型，这再一次表明革命诗人改造个体性自我、期待自我新生的焦虑与艰难，惟其艰难，更显其可贵。

太阳社另一成员冯宪章于 1928 年出版了诗集《梦后》，尽管“这是一集现代的革命的诗篇”，但也不是如当年陈孤凤在该诗集《序诗》中所言的那样内中“没有什么温情与柔意”“没有丝毫幻灭的情绪”[①]，因为有如《叹息》《留别》等作品塑造的就是纯粹意义上的忧郁型个人主体。《叹息》的抒情主体痛苦于自己“飘零的灵魂”的无处安放，“何处是我灵魂的归宿？/何处能容我灵魂立足？/啊！我这飘零的灵魂呀/至今还是如此落漠孤独！”，很明显，在忧郁主体如此反复的悲吟中，幻灭情绪时有流露。《留别》一诗充满了温情柔意，只因它是漂泊主体告别衷爱情妇的悲歌。革命者与其情妇之间那份难以割舍的情爱是真切而动人的，“饮罢，请尽饮我伤别的酸泪一瓯！/此别，此别不知有无再见的时候/但是，你爱我的情妇/我热烈的赤心既为你所有/他人再也不能入我的心头！”，“虽然说是思念在你的脑沟/其实却是创痛在我的心头！”，“你爱我的情妇/你的心永远留在我的心头/不怕到了天荒地老的时候！”。惟其如此，当主体在革命与爱情之间最终选择革命，虽深知“此去有若大海里一叶孤舟/想求，想求舒适的生活恐怕没有”也仍然不改其志，且将个人的孤独、悲痛与哀愁当做“革命尚未成功”之时“正义唯一的报酬”，他的革命行为正是在这样的语境中

---

① 冯宪章：《梦后》，上海紫藤出版部 1928 年版，第 2 页。

具有了庄严与神圣的意味，当然，主体对革命前景的预判是茫然多于清醒的。由此可见，文本建构的乃是一位既纠缠于情爱世界又试图以革命理性战胜自我的忧郁型个人主体形象。除却《叹息》《留别》等旨在确立纯然忧郁主体的文本外，诗集《梦后》中还有较多诗作是将忧郁作为一种元素而整合进个人主体的多元情绪世界，意即忧郁只是抒情主体复杂情绪结构的一部分，这一情况将留待阐述交战型个人主体时再表。

以中后期创造社的郭沫若、黄药眠和太阳社的阿英、殷夫、冯宪章等诗人为代表的左翼浪漫诗歌写作，为我们提供了众多个性化的忧郁型抒情主体形象，这既与20年代中后期革命情势的复杂多变以及无产阶级革命运动的曲折性有关，也与革命诗人在个体与群体、文学与政治之间的实际站位有关，对于左翼诗人来说，如何站位永远是一道艰难的选择题。伴随着1930年“左联”的成立，特别是经过几次重要的文艺论争，左翼诗人的“小布尔乔亚”“意德沃罗基”进一步完成向“普罗列塔利亚”“意德沃罗基”的转变（至少表面上如此），在具体站位上愈来愈倾向于群体，纯属浪漫诗人自我表现的状况迅速淡化，其结果是左翼浪漫诗歌文本中的忧郁型个人主体大大减少了。然而减少不等于消失，只因在抗战爆发前的中国诗歌会部分浪漫诗人的作品里，读者尚且还能发现少量忧郁气质鲜明的个体身影。譬如作为中国诗歌会发起人的穆木天，他于1936年7月创作的《黄浦江舟中》一诗，所表现的正是漂泊主体强烈的思乡之情。抒情主体由黄浦江上的风物想到了自己的故乡——“美丽的松花江上”，想到了“血染的松花江的原上”的“杀人和放火”，想到那里“到处洒着民族的鲜血/受虐杀的，和争自由的血/在敌人铁蹄下被践踏着”，对此，流浪的革命者只有哀感、只能悲痛。鉴于漂泊者的思乡和沦亡东北的流血两重痛苦的强大存在，使得该诗的革命指示价值退居到次要位置，而那位忧郁型个人主体却被重点凸显出现。除了穆木天，再如中国诗歌会另一重要成员田间，其于1935年出版的诗集《未明集》中的《残废的战士》《流浪人的家》《故乡》《这里》等诗作，为读者带来的也是一个个气质忧郁的漂泊生命主体。《残废的战士》一诗写尽了一位衰老的“残废的战士”的忧郁与悲哀，沙漠的黄昏、崖边的朔风、泼洒的细雨、战士的泣音、破瓶里的一杯酒、前线彻夜的笳声、故乡老母泪落空床的音响，凡此种种共同织就了属于战士的“一个伤痛的梦”。《流浪人的家》同样是漂泊生命个体的悲歌，长年的流浪使其遍尝了人间的苦难、阅尽了“生命的伤亡”、深味了现实的污浊与“狰狞的可怕”，所谓“疲劳，痛苦，恶毒的针”已然宰割了他整个的人生。惟其这般，主体想起了早被自己遗忘了的“柔爱幸福”的家，因为他已厌倦了流浪人挣扎于无边痛苦的生涯。《残废的战士》和《流浪人的家》二诗的忧郁型主体都呈现出一份生命的疲倦感，这是基于他们身与心终年漂泊之上的疲倦，并且直通生命的苍凉，与苍凉一道使主体的忧郁体验趋向深沉、走向厚重。《故乡》中的漂泊主体在厌倦了都市生活的罪恶、吸血、压榨与龌龊之后，企望一返故乡去找寻灵魂的抚慰，然而家乡早已荒芜，“远近的村野里”正“躺着无边的凄凉”，纵使载我回乡的“妇人与年青的孩子”，她们红着眼眶吃力地摇着的也已不是普通的船桨，而是“她们荒年里生命的一支桨”。家乡遭受了亢旱的摧毁，其残破景象击碎了主体原本的“想望”，使其陷入了“走向哪里去?”的彷徨。然就在主体情绪走向忧郁低谷之际，又以“手上还剩下最后的一把力!”这铿锵之语显示出自己反抗绝望的姿态，仿佛无边黑暗中的亮光一闪。《故乡》的抒情策略在《这里》一诗中继续得到沿用，后者抒写一个作了俘虏的革命者的情绪世界，不停地侵扰他的是疲倦、孤独、死亡的恐怖与悲哀，以及深印漂泊者灵魂的“辽阔的远方的”家乡的梦影，值得注意的是，正是这已然“被敌人擒住了”的“弱小的”生命，面对强暴依旧在发出最后的“嘶喊”，所以说，该诗所构建的也是一位反抗绝望的忧郁型个人主体。无论是《故乡》还是《这里》，抒情主体咀嚼忧郁又反抗忧郁的心灵交战的事实，使形象在动态演绎中获致了丰富的能指。

第二节　激愤型个人主体抒情

如同忧郁是左翼浪漫主义诗歌之个人主体的情绪基调一样，激愤也常常作为一种典型情绪色调占据个人抒情主体的情感世界。面对残酷黑暗的社会现实和内忧外患的客观形势，拥有强烈社会责任感、正义感和使命感且以民族或阶级代言人自命的左翼浪漫诗人实在忍无可忍，他们一边焦虑于国家民族的命运与前途，一边同情着普罗大众的悲惨生活，一边痛恨、诅咒并愤怒于民族敌人、阶级敌人的罪行与残暴，最终发出了愤怒而激越的抗争和战斗之声；又或者是针对那些正沉浸在个人私密情感空间内低吟漫唱的迷梦青年，左翼浪漫诗人表达了强烈的义愤，并声嘶力竭地呼唤他们走出个人一己之天地，去做革命时代的呐喊者与实践者；也或者是针对民族危机日益深重之际企图逃避灾难、企图麻木苟活的民众，左翼浪漫诗人同样表达了愤恨与焦虑，并不无激动地催促他们投入到与侵略者决一死战的保家卫国的斗争中去。就民族国家认同来说，左翼诗人都是明确的爱国主义者；就阶级情感认同来说，左翼诗人又都是倾向于劳苦大众的无产阶级革命的倡导者或实践者；此外，左翼诗人基本都是有良知、敢担当、爱憎分明、疾恶如仇的知识分子，这种种身份的交融，使得他们在目睹和经历社会的惨无人道、不义战争的频仍、统治者的残暴、帝国主义侵略者的嚣张、被压迫者的苦难、无辜生灵的涂炭、民众革命意识的萌发等境况时，特别是在马克思主义阶级斗争理论的影响与指导下，对现存体制及各种统治势力表现出近乎偏执的全盘式否定。

以赛亚·伯林在论及浪漫主义者关于制度问题的看法时指出,"马克斯·施蒂纳的如下论断颇为正确。浪漫主义认为制度并不是永恒的,他们是对的。制度是人们自由创造出来,服务于人类利益的,它们随着时间推移逐渐失效。因此,站在目前的角度,看到它们快要失效时,我们就得废除它们,就得创造新的制度——通过我们不屈的意志自由地创造出新的制度。"①就浪漫主义者而言,对于自由的永恒追求永远是推动他们不断前进的力量源泉,也是激励他们不惜以生命代价去推翻旧制度、创造新制度的不竭动力。此外,浪漫主义者都坚信人的主体力量,常常表示出对自我(包括自我所隶属的阶级、集团和民族)的充分自信,正如勃兰兑斯所说,"浪漫派所有互不相同的努力和创作——它们这一切有个共同点,即任意的自我肯定……这就是他们在对于诗与自由的迫切呼喊中所有的出发点。"②更为要紧的是,这些对主体生命内在力量高度自信的浪漫主义者,普遍相信自由不是上帝的恩赐,而是人类的创造,自由不是一个静态概念,自由的意义体现于主体追求自由的行为与过程当中,在这个过程里,人们不断地排除阻碍自由实现的不利因素,积极地创造有利于自由更好实现的条件。对此,以赛亚·伯林曾不无深刻地指出,"明显的是,在所有那些不同的、更确切地说是彼此激烈对立的传统中,自由一词具有的唯一共有的意义是关涉某种事物之障碍的消除,这是它们每个传统都相信的最重要的生命目的。作为目的本身的自由,结果却对每个人几乎不具有任何意义。"③由此可见,左翼浪漫

① [英]以赛亚·伯林:《浪漫主义的根源》,译林出版社2008年版,第142页。

② [丹麦]勃兰兑斯:《十九世纪文学主流·德国的浪漫派》,人民文学出版社1981年版,第27页。

③ [英]以赛亚·伯林:《浪漫主义时代的政治观念——它们的兴起及其对现代思想的影响》,新星出版社2011年版,第221页。

主义诗人之所以会对现行制度予以全盘否定、对于维持现行制度的既得利益者即所谓“一切中外反动势力”表示出势不两立、不共戴天的憎恶与愤恨，只因它们是通往自由与大同世界的无产阶级革命之路上需要清除的最大障碍。诚如以赛亚·伯林所言，“自由不是通过逃避明显敌对的要素，而是通过‘将自身与该要素整合’：通过对它的‘超越’而获得”[①]，此处所谓的“整合”意即主体与限制自由获得的各类障碍的搏斗与交战，而“超越”则意味着对障碍的最终消除，并争取到自由得以更广泛实现的条件。左翼浪漫诗人之所以会对他们所认定的时代落伍者、逃避者、麻木不仁之苟活者既表示愤慨又寄寓期望，不仅仅出于他们作为知识分子的正义感与责任感，更有可能是基于他们无产阶级革命倡导者的身份立场，要为其所属阶级进行着的革命运动作广泛社会动员之策略性思考，当然，左翼浪漫诗人呼唤包括知识阶层在内的大众觉醒，继而鼓动其加入左翼革命阵营的动机是内化在他们意识深层的，故而表现在诗歌文本中无有刻意为之的痕迹，近乎是一种本能似的自然，这似乎印证了以赛亚·伯林另一个关于自由的论断，他说“相对于边沁或自由主义之明智的‘消极’自由概念来说，原本就存在着‘积极’自由的概念，这种自由概念不只意味着指定单位之外的人们，对个体或群体或民族之行动的干涉的排除或不存在，而且意味着将意志强加给一些可塑媒质的属性或组成原则。”[②]也就是说，左翼浪漫诗人以充满激越甚至愤怒情绪的语言试图唤醒小资产阶级知识分子和普罗大众的革命意识，试图将自己的革命意志强加给大众的行为，乃是由于左翼浪漫诗人视包括小知识分子在内的大众为“可塑媒质”的普遍认知，所以，为着动

① ［英］以赛亚·伯林：《浪漫主义时代的政治观念——它们的兴起及其对现代思想的影响》，新星出版社 2011 年版，第 198 页。

② ［英］以赛亚·伯林：《浪漫主义时代的政治观念——它们的兴起及其对现代思想的影响》，新星出版社 2011 年版，第 207 页。

员最广泛的革命力量来参与民族和阶级争取自由解放的事业，左翼浪漫诗人才会表现出情绪的异常激烈与冲动，潜伏在激烈与冲动背后的恰是一份生命的焦虑。总之，左翼浪漫主义诗歌之激愤型个人主体正是在上述两个情感向度内完成其情绪的舒张以及自身形象的建构的。当然，激愤只是对抒情主体之总体情绪风貌的界定，并不意味着主体的情感情绪世界只有激愤一种，有时在激愤中还包含了忧郁或奔进等成分，这是需要特别指出并明确的。

郭沫若诗集《恢复》中的《恢复》《我想起了陈涉吴广》二诗，是为个人主体激愤情绪的生动演绎。前者抒发主体大病初愈时的人生感味，表现的是整个生命重新“恢复”时的热烈与激动，且有超越了“不少的死线”之后格外的勇毅，正所谓“以天地为椁，人类为棺”的生命冲动。这份冲动最集中地反映于主体对待“敌人”的态度中，即他认为的需要“以彻底的态度洒尿”“以意志的力量拉屎”般的决绝姿态，去排除前进路上的各种障碍，哪怕“我的头颅就算被人锯下”也毫不顾惜，这种誓与敌人血战到底的意志表征的是典型的左翼浪漫诗人的激愤心理。此外，抒情主体还提到“世间上决没有两面可套弦的弯弓”，这里所传达的其实是非友即敌、非黑即白，敌友之间绝对没有中间样态的偏激情绪，它使我们很自然地想起成仿吾在《从文学革命到革命文学》一文中所说的“谁也不许站在中间。你到这边来，或者到那边去”[①]，二人此番既相近且都不无偏颇的言说所彰显的正是左翼文人对于革命的简单化理解。惟其简单而缺乏理性，所以更能说明主体生命的冲动。《恢复》一诗的激愤型个人主体形象便是在如此激烈、义愤、决绝乃至偏激的情绪传达中得以确立的。《我想起了陈涉吴广》

① 成仿吾：《从文学革命到革命文学》，《创造月刊》第1卷第9期，1928年2月1日。

中个人主体激愤情绪的表达被架构于一个古今对照的宏大时空内：秦因始皇暴政，复有陈涉吴广领导的农民暴动之成功；而今农民生活惨不忍睹则因“我们中国出了无数的始皇！/还有那外来的帝国主义者的压迫/比秦时的匈奴还要有五百万倍的嚣张！”。既然农民暴动古已有之，所以主体殷切寄望于这“三万二千万以上”的“我们的农民”，他“不相信我们便永远地不能起来/我们之中便永远地产生不出陈涉、吴广！”，于是，他激情满怀地呼唤“工人领导之下的农民暴动”，并将其视为“我们的救星”和“改造全世界的力量”。文本的激愤型主体正是在他对于“帝国主义者”及其所“豢养的走狗：军阀、买办、地主、官僚”这些“中国的无数新出的始皇”的憎恶与仇恨中、对于新时代陈涉与吴广的急切期待中、对于工人领导下的农民暴动的热烈呼唤中，一言蔽之即是在展示其清除障碍的生命意志和鼓动“可塑媒质”掀起革命风暴的意绪中得以确立的。与《恢复》一样，《我想起了陈涉吴广》一诗的个人抒情主体最终也是以推崇暴力革命的方式完成其激愤形象之定格的。

创造社诗人黄药眠的《握手》《你听》二诗塑造的也是激愤型个人抒情主体。《握手》乃将主体的全部情绪涌动组织在他与“战地归来的朋友”虽“相视无言”却又“相亲”无间的“握手”这一特写镜头里，通过其对“握手”镜头的五次重复式强调，读者多量感受了主体激愤情绪的现实指向，并浓缩在“战士们失败而牺牲的惨状”与“敌人们剖腹流肝的不仁”的极富视觉、听觉、联觉和想象冲击力的集中对比当中，以此作为激愤情绪的生发源和生长点，既生发出主体对于残忍命运的质问，“是谁使我们这样奔波？/是谁使我们这样饥饿？/是谁使我们的家人父子流离？/是谁把我们的家屋放火？”，又生发出对于杀人不眨眼的敌人的愤恨，“谁不是上帝的儿子？/竟遭恶魔们一网打尽……”，既生长出对于战士壮举的激越式肯定，“啊，这些死者是多么忠勇/谁敢说奴隶当中没有杰出的英雄？”，更生长出主体悲愤到极点遂要与敌人同归于尽的义愤填膺般的生命冲动，“啊，时日皆丧？/余及尔偕亡！……”，从而将激愤情绪推向最高潮。此外，又因始终与“握手”动作相伴一起的是“眼泪已在我们的颊上涟涟……”，故而对“战士们失败而牺牲的惨状”的悲悯以及对“一闪的光明又都重归于昏暗”的忧虑，也是主体在传达激愤情绪时挥之不去的心理氛围，所以本诗真正所确立的是一位渗透着忧郁元素的激愤型个人主体。《你听》一诗通过设置三组鲜明对比进而诱发主体的激愤情绪：其一是“壮士的惨死”与“刽子手”的“迎风含笑”，其二是志士为拯救民众而牺牲与民众们尚在贪恋着睡眠，其三是喇叭的吹与朋友的睡，惟其如此，主体才会怒不可遏地呼吁民众从“贪睡”中“起来”，去认清这个“黯淡阴郁”、鬼魅纵横的时代的真相，去明晓英雄“究竟为什么而牺牲！”的道理，以便投入到拯救自己拯救同胞的伟大战列中。无疑，这是一首典型的红色鼓动诗。而所谓“呜呜的喇叭远远地在吹”的想象，又使全诗弥漫在肃杀的气氛里，显示出那个白色恐怖年代特有的悲凉意味，故而，该诗建构的激愤型抒情主体同样带有忧郁气质。另外，创造社诗人柯仲平创作的《伟大是“能死”》和《我要喝加料的白干酒与红葡萄》等诗，也有典型的激愤型个人主体存在。《伟大是“能死”》一诗的标题便可见证主体的激愤色彩，而文本的字里行间更是处处充盈着主体激越、愤怒、反抗、战斗、狂躁、暴力的情绪元素，有如一首交响乐的各个部类，既分工明确又相互依存地演奏着一曲名为“伟大是‘能死’”的激愤战歌。抒情主体鼓呼的冲锋抑或厮杀，目标都指向“反抗一切强权”，并希望“战火将一切烧熔”“让血流流去了一切卑懦与丑陋”，而其所谓“口渴任饮沙场血/肚饿，有肉布满战壕中！”以及“让江水都变个血红”的言说，更是将自己与敌人不共戴天的激愤情绪抒发到了无可复加的地步。此外，主体想象着要把敌人的脑袋取下来“当古董玩弄”“当土块玩弄”的血腥画面，除了表征愤怒至极的心绪外，更说明其所倡导的革命行为具有相当的盲动色彩，自然这是与当时的实际革命情势相关联的。唯因这是一首由激愤情绪主导的纯然意义的鼓动诗，所宣扬的乃是一种生生不息的战斗精神，故其抒情主体形象的动人之处不仅仅在于他的激愤，也体现在他崇尚行动与破毁一切的强力生命意志上。《伟大是“能死”》的激愤情绪与生命意志，也为《我要喝加料的白干酒与红葡萄》一诗所沿袭，并表现在主体对“战死”的别样认知上以及他“口渴得不得了”的身心感受上。他说：“要是这一个民族不值得生存呀/战死好了！/要是这一个民族还值得生存呀/那战死就是生存了！”，其间既汹涌着主体巨量的悲愤与冲动，更显示着主体满腔的战斗豪情，尤其是他能从死里看出生的可贵品质委实耐人寻味。而当“所有的国土统被征服了……统被战火烧”的时候，当“人类互相赠答的葬礼不外是狠毒与枪刀”的时候，当“我们儿女的战火都在熊熊烧”的时候，主体“耐不住了”，他感到无限地口渴，所以一再地想“要喝加料的白干酒与红葡萄”，表征着主体渴望投身火（白干酒）与血（红葡萄）交迸的战斗生涯的强烈焦虑，这份焦虑一方面指向对于包括“天皇”“富儿”等在内的征服者的忿恨，一方面又直通“战死就是生存”的生命意志。柯仲平的诗歌向来以情绪的奔腾见长，这从《伟大是“能死”》和《我要喝加料的白干酒与红葡萄》中全然得到映现，是故，这两首诗的浪漫质素是丰富的。

太阳社诗人阿英收入其诗集《荒土》的《囚徒——寄怀时雨并呈狱中诸友》《诗人——读〈新的露西〉以后》等作品，在建构激愤型个人主体形象方面也有自己的特色。《囚徒——寄怀时雨并呈狱中诸友》的主体直言自己“没有些微的感伤”，只有“愤激的心情”，唯因“我们的四周本都是妖氛重重/狱内狱外究竟有什么不同?”，为此“我们要用赤血染得地球红”，从中可以感受到主体对于现存社会的极度愤恨，特别是准备与之同归于尽的决绝和冲动。《诗人——读〈新的露西〉以后》一诗的主题指向知识分子的灵魂改造，具体表现为对于“我们的时代”所需要的革命诗人的呼唤。抒情主体的激愤源自于他所期待的革命诗人的缺位，所以他几近愤怒地劝诫那些“只晓得怎样为着你自己抒情”的“沉醉在幻梦里的诗人”早日醒悟，彻底告别唱惯了的“风花雪月”与“娇媚的黄莺”，去倾听“伟大的群众的喊声”，去感受时代的“惊涛骇浪”和“暴雨狂风”，去讴歌群众的“革命的情绪，沸腾的热血”，最终使自己的诗歌发出“钢一般的铁一般的喊声！”为着显示主体激愤情绪之无比强烈，他不仅厉声质问“只会闭户歌唱，沉醉梦中”的诗人，“你为什么如此的沉醉不醒？/难道你是有意的甘心堕落/要做一个新时代的陈死人？”，甚至还警告他们“假使你再不醒悟呵/你的前途也只有死亡”。可见，这是一位满溢着激动与愤怒情愫的个人主体，依托于他的这些热烈的极具煽动性的话语，使得文本具有了鲜明的红色鼓动诗特征。需要指出的是，抒情主体如此情绪剧烈地呼唤迷梦诗人觉醒的行为本身，固然可以表征主体站在时代前列的先锋姿态，但从另一向度来看，似乎又说明主体内部两个自我交战的强烈，而联系作者留在诗集《荒土·后记》中的文字，则进一步证实了主体焦虑、焦灼于“诀别旧我、走向新我”的情绪不但是存在的，而且是强大的。在太阳社诗人冯宪章的诗集《梦后》里，有如《致——》《献给做梦的诗人》等诗作的激愤型个人主体，其情绪传达范式与阿英的《诗人——读〈新的露西〉以后》相仿，也是一方面以不无激烈的言辞劝告沉浸于“幻想”或“迷梦”中的诗人弃绝一己情感世界，一方面又热情地鼓动他们为着“除去目前的屏障”而“跑入革命的疆场”（《致——》），或者是“去民众中粗暴的叫喊/把那些鼾睡的人们唤醒”“去战阵中热烈的嘲骂/把那些顽固的敌人同化！”（《献给做梦的诗人》）。由此可知，冯宪章这两首诗的激愤情绪事实上也是创作主体抑或抒情主体心灵世界里两个自我斗争的表现，也就是主体迫切想要扬弃旧我、彻底刷新自我的焦虑情绪的表现。正是在这样的层面上，使哈罗德·布鲁姆为诗歌所下的论断，即“一首诗不是对焦虑的克服，而是那焦虑本身"[①],被一再地得到印证。

除了中后期创造社、太阳社的左翼浪漫诗人致力于书写激愤型个人主体以外,中国诗歌会发起人杨骚、穆木天等,也在以自己的浪漫诗歌建构着激愤情绪显著的个人抒情主体。杨骚于1933年发表在中国诗歌会机关刊物《新诗歌》上的《第三人称的悲剧》一诗,关注的同样是知识分子的改造问题,主体的激愤直接指向沉湎于个人世界的所谓"时代落伍者"。文本以寓言般的方式抒写一位"怀着自己一个病的心"的"他","睡在脏被里"梦想新生、"坐在黑暗里"憧憬黎明、"站在冷风里"呼唤热情,结果当然一无所得,但又终于不敢如太阳启示他的那样坐在"通红的火光中""站在大众的先头号呼"并捏破自己"病的心",于是只能永留在黑暗与寒风里,最后"慢慢地化石",这便是"第三人称的悲剧",象征着革命年代里那些不愿改造自己、不敢走向革命、走向大众、做大众领路人的个人主义者的命运与结局。该诗全然没有说教色彩,作者通过设置一个富有象征意味的寓言,巧妙地揭示了一个属于社会学范畴的时代命题,这是值得充分肯定的。而在主体对第三人称"他"的悲剧命运貌似冷静、从容地叙述中,又无时无刻不激荡和澎湃着主体期待知识分子告别旧有意识、走向战斗和融入大众的焦虑与义愤。杨骚另一首更为著名的诗歌《福建三唱》创作于1936年,该诗不仅成功塑造了激愤情绪浓烈的个人抒情主体形象,还因诗人奇异想象的广泛介入而使文本拥有了丰富的浪漫质素。支撑主体整个情感世界的无疑是他的三次吟唱:"第一唱"歌赞故乡福建曾经的富饶、壮美和宜居,表达主体对家乡深厚的爱;"第二唱"复现故乡福建如今的荒芜、贫困、动荡和恐怖,仿佛"'九·一八'前的奉天,吉林,热河,黑龙江",关于故乡的美好印

① [美]哈罗德·布鲁姆:《影响的焦虑:一种诗歌理论》,江苏教育出版社2006年版,第96页。

象只能向“梦想中的梦想中央”和“回忆中的回忆中央”去追寻，表现了主体对眼前故乡境况的悲痛与忧虑；正是有了“第一唱”与“第二唱”的强烈对照，方才为“第三唱”主体激愤情绪的集中喷发作了必要的情感铺垫。适值“山海关外血满地/山海关内黄沙起”“黄河上下吹警笛/大江南北多雾气”的危急时刻，主体连续厉声质问“泉漳的子弟”究竟要“向哪儿逃避!?”，言辞间充盈着主体巨量的焦虑与愤慨。他甚至以近乎粗暴的口气愤怒告诫那些“想把破烂的故乡抛弃”的泉漳子弟，“纵使你把脑壳/钻入昆仑山的石洞里/敌人残酷的铁蹄/会把你的屁股踢!”，而倘若“你不打敌人凶恶的鼻/敌人将剥你善良的皮”。否定了“逃避”，主体最后预留给泉漳子弟的出路只有一条，那即是“你得学阿比西尼/顽强地抵抗到底!”。于是，他开始激情满怀地鼓动泉漳子弟去“点燃武夷山上的森林罢/烧毁汉奸的狼心狗肺!”、去“鼓起厦门湾中的怒潮罢/淹没远东的帝国主义!”，从而将自己的激愤情绪推向最高峰，至此，主体的“第三唱”得以结束。借助“福建三唱”建构起来的抒情主体形象，乃是一位故土情结浓重、家园意识强烈、且已然认清了时局发展态势而站在时代前列的，特别是其内在的反抗精神和战斗激情已经点燃，也就是他一再突出的所谓“福建的盐”指向的区域人格中的钙质与刚性已经充分燃烧的激愤型个人主体。还需指出的是，诗人卓尔不群的想象也是该诗取得成功所不可或缺的要素，这既体现在主体对故乡雄奇自然风光的纵情舒唱中，有如“我的故乡/是头枕武夷山/脚洗太平洋/胸藏丰富的矿产/颈缠闪耀的闽江/呼吸要震动中原的乳峰/伸手好摸南国的头脸……”，也表现于主体对现今故乡惨况的生动描摹上，有如“那是头箍黑色的花边/脚扣‘善邻’的铁链/胸对吞鲸的炮口/背着打狗的柔鞭/喘气吗？肋膜炎/翻身吗？腹膜炎/呐喊吗？扁桃腺炎……”。这两处同样神异然而情感色彩迥异的想象的并置，足以创造出一座激愤情绪的感发系统，况且在后者近乎诙谐幽默的文字里，已然流露出主体无法抑制的悲愤情愫。与杨骚的《福建三唱》诗思策略接近，穆木天的诗歌《奉天驿中》也是表现故乡沦丧的痛与愤的文本，区别只在于后者将视点投向了日本“帝国主义的支配已完全成形”的东北奉天。抒情主体的激愤情绪来源于两组对比性画面：其一为“到处啊，满目是菜色的中国人/到处啊，是日本帝国主义的喜气洋洋”；其二是侵略者“任意地生杀予夺”和“杀人放火”而“民众只知道压迫但不敢出声”“只是用他们血汗度他们的残生”。通过这两重对照，主体的焦虑、愤怒情愫被完全激活，最终导向对抗争的憧憬和期待，“民众总有一天想到了苦痛/他们那时要举起旗来向你们反抗。”固然如此，当主体面对故乡、想象民间时，又总有挥之不去的感伤，他一再地强调自己的“彷徨”，这提示我们主体内部积极情绪与消极情绪交战的事实，说明与他激愤一面相依存的是忧郁，是故，该诗建构的其实是一位具有忧郁气质的激愤型个人抒情主体。

第三节　奔进型个人主体抒情

勃兰兑斯说过，“憧憬是浪漫主义渴望的形式，是它的全部诗歌之母……浪漫主义者不采用幸福这个词儿，但这正是他的本意所在。他管它叫做‘理想’。”[①]左翼浪漫主义诗人的理想，乃是实现以民族解放与阶级解放为前提的无阶级差别的人类大同的共产主义社会。正是这一宏伟愿景的存在，永续激励着左翼浪漫诗人用自己的诗笔去纵情讴歌各类体现强力生命意志和追求生命创造的英雄主义行为、气概与精神。左翼浪漫诗人常以社会精英

① ［丹麦］勃兰兑斯：《十九世纪文学主流·德国的浪漫派》，人民文学出版社1981年版，第207页。

自视，自认为掌握了马克思科学社会主义和阶级斗争理论法宝，从而不自觉地走入了历史必然律的轨道，坚信自己已经洞悉了社会历史的发展规律，坚信资本主义必然灭亡而无产阶级必然胜利，无限美好的共产主义社会便是历史预约给无产阶级的最终礼物。为此，左翼浪漫诗人崇尚一种积极奔进的生命样态，既对前途充满信心，又相信只有通过斗争才能赢得胜利，因此，他们不是空想社会主义者，而是"战取"社会主义的主张者、拥护者、实践者和歌唱者。如同雅克·巴尊所说的那样，"浪漫主义生活的观点确实对风险、冒险和英雄主义感到喜悦……浪漫主义只能钦佩一种活性的伟大；他们甚至钦佩失败，只要曾经显示过伟大，因为它知道正是通过一连串的失败，人类才能战胜自我和战胜这个冷漠的宇宙。用华兹华斯的话说，目标和奖赏是'决心和独立'；而且浪漫主义者知道这些不是天赐的，而是通过奋斗赢取的。更远的目标是拯救，探求人类无限渴望相应的无限真实。在这种探求中浪漫主义者奋力完成了许多工作。"①浪漫主义者认定生命的目标和意义在于"通过奋斗赢取"而不是等待"天赐"的观点，也同样为以赛亚·伯林所认同，他曾说过，"浪漫主义运动的主张……可以被归纳为主要的两点。其一就是人已熟知的'不屈的意志'的观念：人们所要获得的不是关于价值的知识，而是价值的创造。你创造价值，创造目标，创造目的，最终创造出自己关于世界的愿景……这个观点的核心在于，在某种程度上，毕竟世界出自你的选择、你的创造……第二个观念——它和第一个观念关联——即认为世上并不存在事物的结构。不存在一个你必须适应的模式。只有一样，那就是世界是永无止境的自我创新，如果不把世界说

① ［美］雅克·巴尊：《古典的，浪漫的，现代的》，江苏教育出版社2005年版，第84页。

成涌流的话……世界是一个永远挺身向前、永远自我创造的过程。"[①]此外,约书亚·切尼斯在评述以赛亚·伯林关于浪漫主义的见解时也指出,"伯林把与浪漫主义不同但相关的一种信条确证为浪漫主义的核心贡献。这种信条认为,同以前所相信的不同,价值不是等待发现的'宇宙构成要素',而是人类的创造。"[②]由此可见,左翼浪漫诗人主张跃入革命行动、推崇用战斗去实现生命价值的事实,在在表明他们是在积极实践着唯浪漫主义所有的人生观与价值观,因为"他们懂得,要达到宏伟的公众的目标,要完成伟大的业绩,只有依靠以心灵最炽烈的情绪、憧憬和欢乐所培育出来的大丈夫气概的决心,而且要把这些情绪、憧憬和欢乐都当作熊熊燃烧的祭品供奉在目标的祭坛上。"[③]对于左翼浪漫诗人来说,这座"目标的祭坛"无疑是指那个在远方向他们招手的乌托邦色彩浓郁的大同社会,为着实现这人类大同的共产主义社会,他们愿意付出全部乃至自己的生命,惟其如此,左翼浪漫诗人都是标准的理想主义者,因为"理想主义的信念,不是哲学层面上的信念,而是需要行动来实践的信念——也就是说一个人准备为某种原则或某种确信而牺牲的精神状态,一个永不会出卖信念的精神状态,一个为自己的信仰甘受火刑的精神状态……人们所钦佩的是全心全意的投入、真诚、灵魂的纯净,以及献身于信仰的能力和坚定性,不管他信仰的是何种信仰。"[④]基于理想主义者的心理结构、基于价值有赖创造的宿命般认知、基于对社会现状的强

---

① [英]以赛亚·伯林:《浪漫主义的根源》,译林出版社 2008 年版,第 120 页。

② [英]约书亚·切尼斯:《以赛亚·伯林的政治观念——从 20 世纪到浪漫主义时代》,[英]以赛亚·伯林,《浪漫主义时代的政治观念——它们的兴起及其对现代思想的影响》,新星出版社 2011 年版,第 24 页。

③ [丹麦]勃兰兑斯:《十九世纪文学主流·法国的浪漫派》,人民文学出版社 1982 年版,第 35 页。

④ [英]以赛亚·伯林:《浪漫主义的根源》,译林出版社 2008 年版,第 16 页。

烈不满和改造社会的巨大热情，左翼浪漫主义诗人在共产主义、人类大同等神圣目标的引领下，为读者创造出众多昂扬着革命乐观主义精神、情绪亢奋、情感奔放、崇尚战斗、并要在跃入中完成新生的奔进型个人主体。

郭沫若诗集《恢复》中《述怀》《对月》《电车复工了》《战取》等文本的个人抒情主体，具有明显的奔进型特征。《述怀》一诗的主体原是一位心灵健康、灵感不竭、习惯春天的诗人，但他决定从今以后变换情调，“一任我的情性放漫地引领高歌”，使自己的诗中出现“肃杀的秋风”或“赤道的烈火”或“西比利亚的冰块”，为的是“唤起我们颓废的邦家、衰残的民族”，为的是“歌出我们新兴的无产阶级的生活”，至此，抒情主体以天下为己任、以普罗大众为方向和指归的情绪激昂奔进的诗人英雄形象得以确立。《对月》的抒情主体无有“超然的情绪”和“幽静的心弦”，热烈期盼着的唯有“狂暴的音乐”和“浩茫的大海”所表征的生命的狂飙，尤其是“几百万的农人/在凯旋的歌吹中跳舞！”的胜利场景，显然，这是一位拥有强力生命意志、崇尚战斗、情感上倾向劳动阶级的奔进型个人主体。《电车复工了》的主体为“上海的工人们”英勇的罢工行为所振奋，从工人们坚强的意志中获取了一份对于革命前景的乐观展望，继而信心满怀地抒唱“不管目前的斗争是成还是败/我们终会得到的是最后的胜利！”，主体的奔进情绪正是在这样的表意空间内得以展示和传达的。《战取》一诗可视作抒情主体生命意志全然“恢复”的标志性文本，唯因主体“洞悉”了社会历史的趋势，“预见”了革命必然胜利的结局，故而能从“过于沉闷”“过于混沌”的革命前夜看出“暴风雨快要来时”甚至“新社会快要诞生”的信号，于是热血沸腾、激情澎湃，准备跃入夜间的“腥风血雨”去“战取那新生的太阳，新生的宇宙！”抒情主体无有丝毫忧郁色彩，整个沉浸于生命跃进的欢快与喜悦当中。如果说《述怀》一诗塑造的还只是一位诗人英雄的主体形象，那么《战取》所建构的已然是一位革命英雄的形象。作者郭沫若本就是大革命时期的积极参与者，所以诗歌《战取》在诗集《恢复》中的意义还在于作者重又“恢复”了革命者的生命意绪。

阿英诗集《荒土》中的作品《“灯塔”——读郭沫若〈灯塔〉以后》，所确立的也是一位诗人英雄形象，其奔进情绪既体现为对革命即将胜利的信心，“兄弟们，现在是天色已将破晓”，也体现在呼吁要将诗歌当作“战斗的鼓号”的激越与亢奋中，“我们要鼓动革命者的热烈情绪/我们要在诗坛上燃起无边的火炬!”。冯宪章诗集《梦后》中的《梦后的宣言(代序)》《自励》《追逐》《新的启示》《踏上荆棘之路去》和《离别桑梓》等作品，都是情绪奔进的个人主体抒情文本。《梦后的宣言(代序)》是为抒情主体告别梦前旧我、走向梦后新我的“宣言”，而其完成新生之后则成了一位充盈着奔进情绪的诗人英雄。表征主体奔进情愫的“热点”，集中在他全面映现工农阶级与资本主义斗争的不屈生命意志的自我期许上，“现在为我所景仰的是血染的旗帜/我所要歌咏的是争斗场中的鲜血/我所要赞美的是视死如归的先烈/我所要表现的是工农胜利的喜悦/我所要欢欣的是资本主义的消灭”，也彰显于主体对其潜在诗歌读者的革命瞩望以及对未来的理想憧憬里，“亲爱的读者哟，你倘以此不值一阅/那末快起来罢，我们同把社会改革/那时自有嘹亮而又和谐的琴瑟/那时自有樱花一般鲜艳的红色!”《自励》一诗的主体置身革命低潮期，但他既不“顾惧失望”也不“害怕创伤”，具着“夸父追逐太阳”一般的勇毅与执著要去努力实现自己理想和期望，即便遭遇挫折，在他看来也将是有助于自己生长的力量，坚信“有最大的失望才能吐出分外美丽的歌唱/有纯洁的叹息才能组成千古不朽的文章”。依托于这些自我勉励式的心灵剖露，一个矢志向前、致力于生命创造的奔进型抒情主体浮出字表。《追逐》是为一首典型的红色鼓动诗，抒情主体一方面告诫“被压迫的青年”拒绝“羔羊般驯服”和“昆虫般蛰伏”的人生，一方面又勉励他们“睁开你耿耿的怒目/提起你健康的两足”然后“从速”“向前追逐！/向前锄劚!”，只有这般，才能获得“真正的幸福”和“人生的归宿”。从中可见，主体的生命状态是积极健康的，其主张通过向前追逐进而创造人生崭新价值的理念和生命意志，正是建构自身奔进形象的基石所在。《新的启示》抒写主体在春天的“生机”和“声气”的感召下获致了一份生命的“新的启示”，于是血液鼎沸、灵魂飞舞，决定“就从今日起”抛弃旧我，创造个新我，以扮演“时代的先驱”。文本的情绪基调显然是兴奋热烈的，表征抒情主体完成新生的喜悦和对未来的美好憧憬。《踏上荆棘之路去》一诗的红色鼓动色彩也极为明显，抒情主体的奔进情绪流贯于他那些劝慰、鼓舞甚至催促时代青年踏上革命之路的话语中，其间既有张扬强力生命意志、崇尚战斗的反抗音符，“是的哟，你欲久延生活/只有这样反抗黑暗压迫”，只因“黑暗是服从的永远刑罚”而“光明是反抗的必然获得”，也有革命前程的乐观信念与理想憧憬，“光明在你的前面而示意”，“只要我们能努力的变革/定能够再登童年的天国!”，最终归结为向着前方勇毅奔进的热烈鼓呼，“起来罢，被压迫的奴隶/鼓起勇气上荆棘之路去！……快快坚持你革命的意志/勇敢地踏上荆棘之路去!”。至此，一个立于革命潮头，正对着身后的青年和奴隶摇旗呐喊，内心燃烧着战斗激情，勇于反抗黑暗，并将对于光明的无限渴望转化为永续前进的不竭动力，一路披荆斩棘，乐观、亢奋、豪迈、奔放的革命英雄形象得以建构，抒情主体这一形象无疑是对“奔进”一语的最生动注解。《离别桑梓》的抒情主体在即将离别故乡、“开始去漂泊与流浪”之际，无有悲伤，“反觉着前途有无限的希望”，这份健朗、跃入的生命情态的存在乃是主体奔进形象得以确立的基础。

以赛亚·伯林指出，“浪漫主义者认为只要不断前进，只要拓展我们的天性，摧毁我们前进路上的一切障碍……我们就能在这个摧毁障碍的过程中不断地解放自己，使自己的天性在更高、更广、更深远、更自由、更有活力的境界中翱翔，仿佛接近了我们梦寐以求的神圣。”①惟其如此，左翼浪漫主义诗人笔下才会涌现出那么多为着革命理想而矢志前进的奔进型抒情主体，这从创造社郭沫若、太阳社阿英和冯宪章等的文本里已然得到印证。同样，在中国诗歌会诗人蒲风、王亚平、杨骚的诗歌世界中，也存在着典型的奔进型个人主体形象。蒲风创作于1934年的《生活》一诗，抒情主体意欲传达的正是一往无前的生命意志。在主体看来，“生活”的本质就如同一部按照预先设定的轨道向前奔进的“列车”，“莫怕前面的无穷，难捉摸”，只需“加强马力前进”即可，而其“最后的终点”则是在“没煤燃烧”意即生命能量全部耗尽的时刻。由此可见，这是一位主张生命不息、前进不止的奔进型主体。王亚平诗歌《灯塔守者》创作于1935年，该诗通过设置一个“白鸥熟睡、乌云遮蔽星月、海风惊人、涛声愤怒”的夜幕下的太平洋景象，用以衬托灯塔及其守者的孤独存在，仿佛一位时代的先知，“在这曙色欲来的前夜”，抒情主体已“把生命献给了光明”。“灯塔守者”带有明显的象征色彩，其对灯塔的坚守象征着追求理想的执着，为了一睹理想的光芒不惜付出生命的代价，主体的奔进情绪于此得到映现乃至升华，最终成就了一位时代的英雄形象。杨骚的《小兄弟的歌》写作于1932年，文本的情绪色调是激愤、悲痛和奔进兼而有之，且以奔进为主。诗人凭借卓越的想象营造了“前夜”和“暴风雨”两个场景：“前夜”部分既有革命风暴来临前时代紧张气氛的烘托，也有一家四口看待暴风雨的不同态度的想象，而在满溢激愤情绪的言说中，初步凸显“哥哥”与“我”作为新生革命力量的主体形象；及至“暴风雨”真正到来，一幅大破毁又兼大创造的壮观图景隆重展开，奔进型抒情主体的英雄形象正是在这幅战斗图景的展开过程中得以建构的，并依次由“愉快”“悲痛”和

① ［英］以赛亚·伯林：《浪漫主义的根源》，译林出版社2008年版，第108页。

“有意义”三个表征情绪状态的关键词来推动暴风雨的进程以及主体形象建构的流程。兄弟二人以“愉快”的心情勇敢地冲入暴风雨的战斗，他们以自己的行动参与着旧天地的总崩溃和新天地的伟大开辟，其情绪是热烈而奔进的。但随着哥哥的牺牲，情绪转入短暂的“悲痛”。然“我”并没有因此而一蹶不振，反而更加深刻地认识了这场革命风暴的“意义”，主体情绪也由“悲痛”重新转为奔进，既表现出对革命胜利的乐观展望，“太阳已从糊模的地平线升起/红的光赶走了一切的黑暗和阴霾”，更表现在准备继承哥哥等牺牲者的遗志奋力前行的顽强生命意志上，“虽然还要多大的苦斗/但还有我，有无数和你们一样的/勇敢耐劳的活着的兄弟！”由此可知，“哥哥”与“我”两位抒情主体的生命价值，主要是在他们投身暴风骤雨般的革命斗争的英雄主义行为中实现的，而这种崇尚跃入、主张在战斗中完成生命创造的强力意志，既是积极浪漫主义的灵魂，也是革命英雄主义的标志。值得注意的是，就“哥哥”与“我”这对革命实践者展开于文本中的整个生命历程来看，他们都是富有理想色彩的生命主体，其象征意义往往大于本体意义，犹如从神话故事中走出的浪漫主义英雄。关于浪漫英雄，以赛亚·伯林曾经说过，“19 世纪的新的浪漫主义英雄是完全无私、心灵纯正、正直廉洁，能够为他自己内在的理想而献出生命的某个人——任何人。比较而言，理想的真与假变得无关宏旨。受到羡慕的不是真理而是英雄主义，是奉献，是致力于——如果需要，献身于为了追求的目的本身，为了个人理想的美妙和神圣——生命的完整。”[①]当然，左翼诗歌的浪漫主义英雄所要追求的理想绝对是“真理”，至少在他们自己看来是这样。因而，就像宋剑华所说的那样，“无论我们出于何种目的去评价‘普罗文学’

① ［英］以赛亚·伯林：《浪漫主义时代的政治观念——它们的兴起及其对现代思想的影响》，新星出版社 2011 年版，第 194 页。

作家那高度纯真的政治信仰，他们对于中国社会历史发展的前瞻性预言，以及他们用生命为代价去献身自己人生理想的主观浪漫主义艺术追求，都是令后人所由衷敬仰的。它不仅是以鲜红的血色装点了黑暗恐怖的夜空，同时更是以一种超越现实的主观想象力，为沉闷压抑的中国现代文学增添了一道亮丽的艺术风景线。”①

第四节　交战型个人主体抒情

亦如在本章起始部分已经述及，由于交战型个人主体往往显示出忧郁、激愤、奔进等不同色调情绪的矛盾与搏战，使得抒情主体常常处于多重自我的分裂及其多样复杂的叠合状态，主体的情感世界正是凭借自身在分裂与叠合过程中形成的多经纬的张力系统而得到无限丰富，因而交战型主体最能见证和彰显浪漫质素，堪称立足于个体抒情的左翼浪漫诗歌之经典形态。左翼浪漫主义诗人之所以会在文本中表现出生命的忧郁，很多时候是基于自己常年漂泊流浪的现实体验，因为漂泊无定的羁旅生涯最容易孳生孤独感受和生命的苍凉意味，外加革命形势的复杂多变，尤其是革命力量与反革命力量之间此消彼长并且革命力量长期处于总体弱势的情状，使得革命诗人除了在夜深人静之际独自咀嚼流浪者的寂寞、思乡、念亲及对异性温情的渴望等内面情绪而导向忧郁之外，也会因革命常常陷入低潮、革命力量被削弱、革命同志的伤亡、白色恐怖浩淼无边等外在因素而走向忧郁。左翼浪漫诗人之所以又会在文本中时常表现生命的激愤，其根源在于他们

① 宋剑华：《前瞻性理念：三维视角中的中国现代文学史论》，文化艺术出版社2005年版，第147页。

都是具有底层情结、正义感、基本的道德良知、社会使命感和责任感的生命主体，他们的个人情感直通民族情感或阶级情感，是故，当他们面对中外反动势力施加于中华民族和无产阶级劳苦大众的各种暴行与罪孽、面对层层压迫之下仍旧逆来顺受、苟且过活的沉默愚昧的普罗大众以及选择逃避或高蹈凌虚的知识者，往往会表现出异常的激烈、焦虑、愤怒和忿恨，这是其激愤情绪存在的心理基础。此外，左翼浪漫诗人之所以还会在文本中不时表现出生命的奔进，很多时候正是基于他们所自认的真理掌握着的身份。勃兰兑斯曾说，“诚然，作家不能使自己脱离他的时代……这个时代还有另一整套完全与之不同的概念，虽然尚未具体化，却已弥漫在太空中了，当代最伟大的巨匠已经把它们理解为现今必须达到的目标。这后一类观念形成了团结人们从事新奋斗的因素。”[①]左翼诗人无疑是这“另一整套”“尚未具体化”“却已弥漫在太空中”的观念的持有者、信奉者和追随者。惟其如此，“真理在握”的左翼浪漫诗人常以民族代言人并主要是阶级代言人的身份自居，坚信阶级斗争和暴力革命是拯救普罗大众、拯救中华民族的必由之路，坚信共产主义必然胜利、资本主义必然灭亡的历史规律，崇尚行动的创造力量和不屈的生命意志，认定无产阶级革命是实现无阶级差别的人类大同的共产主义社会理想的基本条件，最终在这一远大光辉理想的昭示与引领下展示出生命的激越、昂扬、跃入、奔放和迸发姿态，以乐观奔进的情绪投入到这场旨在于阶级解放、民族解放、人类大同的伟大战斗中去。就此来看，左翼浪漫诗人是真正的浪漫主义者，因为正如雅克·巴尊所说，只有浪漫主义者才会表现出“没有人‘逃避’，每个人用行动表现了他们的情感，事实上，他们中的大多数……宣称生命的目的

---

① [丹麦]勃兰兑斯：《十九世纪文学主流·法国的浪漫派》，人民文学出版社1982年版，第21页。

不是幸福(从享乐的意义上)而是行动。与感伤主义者封闭车厢式的存在不同,浪漫的现实主义者并不无视自己的弱点,而且尽力发挥他的力量。”[①]由上可知,如若要将忧郁、激愤、奔进等不同色彩的情绪融汇于同一主体的情感世界里,必然会发生一系列正负情绪之间的对立与碰撞,使主体的情感空间处于各种力的胶着与制衡状态,最终结果是各种力以既并存又相互牵制的方式维持着一份特殊的平衡和统一,任缺其一都将无法建构抒情主体的完整形象,因为主体已然成为二重化甚至多重化的自我。从社会心理学角度分析,左翼浪漫主义诗歌中的自我二重化或者多重化,乃是知识分子在思考个人与时代、个体与群体、文学与革命等关系时产生的特殊心理,意味着小资产阶级革命知识分子在完成自身蜕变、扬弃旧我、努力获取无产阶级阶级意识和创造新我过程中的艰难和曲折,是故常常会表现出多组正负情绪的矛盾与交战,而经由矛盾和交战建构起来的抒情主体,非但不会出现面目模糊甚至混乱的现象,反而因其情感状态更加贴近人性的真实,即其较好地印证了人性多面而非扁平的特点,而显得更加生动多姿,这也是交战型个人主体抒情文本之所以优越于相对单一的忧郁型、激愤型或奔进型个人主体抒情文本的本质和魅力所在。

创造社诗人郭沫若诗集《恢复》里的《归来》《黄河与扬子江对话》(第二)等作品的个人抒情主体就属于交战型。《归来》抒写革命者“我”离开病院回到家中时的纷繁心绪,其间既有对妻子的忏悔、对孩子的愧疚以及对“年年都飘泊不定”的隐忧,是主体忧郁一面的直陈,并因着这份忧郁而“暗暗焦心”,主体随即陷入是否应留在家中“尽我做父亲的一番责任”的短暂挣扎与纠结里,然紧跟而来的“但是祖国的呼唤有无限的引力/我不能不为解放前进,

---

① [美]雅克·巴尊:《古典的,浪漫的,现代的》,江苏教育出版社 2005 年版,第 69 页。

为群众牺牲”,主体情绪已然转为奔进。及至最后一个诗节,主体情绪又表现出悲愤的色调,其所悲哀的是“一切,一切都已碾碎了/我们的恋爱,我们的家庭”,其所激愤的则是碾碎一切的“你资本主义魔鬼,你的车轮!”。由此可见,《归来》一诗抒情主体的情绪变动流程是由低落到昂扬再到低落最后又是愤怒,两次的情绪起伏充分表现出发生于主体心灵内部的矛盾与交战的剧烈,终使主体选择革命的行为显得崇高而可敬。《黄河与扬子江对话》(第二)将中国的现状通过“黄河”与“扬子江”一北一南两个想象主体对话的方式呈现出来。在双方对话的推进过程中,主体既有对灾难深重的中国及其人民的忧郁与悲伤,也有对帝国主义侵略势力以及一切新旧军阀的愤恨,又有试图拯救国家和民族命运的强烈焦灼,更有联合“全世界的弱小民族”和“全世界的无产阶级”尤其是联合中国“三万二千万以上的贫苦农夫”和“五百万众的新兴的产业工人”团结一致改天换地的憧憬与期待,并且坚信“痛苦之中也就含孕着新的胎囊”,而这显然又是主体奔进情绪的彰显。总之,这是一首融忧郁、激愤、焦虑、憧憬、奔进情绪为一体的左翼浪漫诗歌,而其借助两个虚设主体对话的抒情架构,则在一定程度上避免了文本的说教色彩。当然,无论是“黄河”还是“扬子江”,实际都可视为隐藏的抒情主体的一个侧面,如此一来,“黄河”与“扬子江”的对话也就成了两个自我之间展开的一次对话,所以该诗真正建构的是一位既分裂又统一的拥有两重自我的抒情主体形象。

创造社另一诗人柯仲平的《献与狱中的一位英雄》《“沙野冬夜”会风曲》二诗,都既是浪漫想象的抒情文本,又有交战型个人主体的存在。《献与狱中的一位英雄》的抒情主体是多变的,始有打碎“不见星星不见天”的“地牢”般现实的愤慨和另创一派“星天”的激越,接着有对“新的英雄”——“你被压迫的劳工”的热情瞩望,所谓“火一点点火燎原/火一点点要发出空前烈焰……现在的火焰/照现在，示未来，不问有从前”，而“你的生活便是伟大的空前曲一篇”，这是对劳工阶级具有的创造力量的由衷歌赞，体现的是一种奔进的情愫。在主体看来，“世间便是一座大地狱”，到处都是“忿怒”和“忧郁”，为此，“好汉久把自身作孤注/好汉早已不计赢和输”，这里显示的又是主体的悲愤情绪。而如“最好不独怒骂而且还去杀/今天老子复仇要把你们踏在泥土下！”“让我的灵魂变作新世纪的冬风呵/冬风要使僵枝抽嫩芽”等语句，则体现了主体义愤难抑的情绪和期待生命创造的激越。但随后又转入了革命者宿命般的忧郁，“死原是——我们的老家/我们袋里所存唯有一个死字呵！”待到最后两个诗节，那个进行于主体想象中的劳工阶级终于在长期重压下爆发的伟大的杀伐场景，终将全诗的情绪推向了巅峰，这是“千古未有的战曲”，也是“人间欢乐的图画”，是旧世界的破毁，也是新世界的创生，所有文字皆因激进、昂扬、奔放情绪的灌注而变得饱满有力、行动功能充足，积极浪漫主义的豪迈于此得到淋漓尽致的呈现。总之，该诗的交战型个人主体形象正是在如此繁多的情绪的相互激荡与交融中实现建构的。《“沙野冬夜”会风曲》是为主体在冬夜沙漠与狂风相会“对饮”时心绪的浮动与激荡，乃想象任意驱驰以至天马行空的诗作，各种色调的情绪错综复杂地纠缠在一起，波涛滚滚地向前涌动，最后演绎成一条浩荡澎湃的情绪的河流，如同主体自陈的那样，有“数种力，在我胸纷纷地交征/可不知哪种先得胜/会是种种都败亡?”，说明主体灵魂内部交战与搏斗的激烈。尽管主体的情绪是驳杂甚至混乱的，但依旧可以大致梳理出属于他的忧郁、他的激愤和他的奔进：其忧郁主要表现为漂泊生命个体的孤独、愁怨与迷茫，有如“我怀愁，在这沙野/残月朦胧吊遍昨夜今朝雪”，“我立足，墓丛间/古沙场一片！”，“而行途，行途又那样的辽远！”，“而今我心实悲哀/因我行已如死海！”，“愿得今夜醉你狂风酒——不再醒！”，“但我心，已死于——那无风的秋朝！”，这些低沉忧伤甚或带有向死绝望的言说在文本之内不时出现的事实，意味着忧郁始终是主体驱之不散的重要情绪。主体的激愤表现为对现实的义愤和对强力生命意志的期待与讴歌，其中最为典型的语段是“我心不衰我行永不衰/但我从未满足于——一个新生的世界……我愿，我想暂刻沉入那死海/找一个——无风的时代/然后我将那死海裂开；——/然后我将那死海裂开/呵！裂开来把地球热爱地抱在胸怀！/抱在胸怀而又愤怒地——投下了死海！/然后呢，然后地球有热裂开那死海/无热永远不得奔上海面来”，这段充满行动力量的想象奇异的文字所呈现的，不仅是抒情主体对自己“死海”般压抑无望冷寂的生命状态和缺乏“热度”的“地球”（显然指涉整个民族）的强烈愤慨，也是主体反抗绝望并且意欲改天换地的雄强生命斗志。此外，主体的奔进情绪也有较多流露，具体表现为对新生世界必然到来的坚定信念，有如“然而残月也将西沉了！/残月也将西沉了！/红日呢？——/明朝！明朝！”，“新时代就要来到！/新时代就要来到！”，以及在这一信念召唤下生命的跃入姿态，有如“我必得以生追我梦/我必得以死，以死为/曾经急追我梦的，一个铁证！”，“掀起了，掀起了！——/一代的狂潮！一代的狂潮——代代间，代代间/代代间，飞跃！”，所有这些话语皆显示出主体乐观、亢奋、奔放、跃进等情绪，并由这些类情绪汇合成一个奔进的生命主体。通过整体梳理那些跳跃于文本情绪之河中的典型脉动，可以发现，抒情主体的形象大致是在阴郁与阳刚两组情绪既彼此对立又互相统一的所谓矛盾关系中得到丰富、延展和基本建构的。当然，该诗的浪漫质素除却交战型抒情主体的存在以外，全然依托恣纵的想象特别是虚设一个主体与狂风对饮的雄奇场面以便自由无羁地完成心灵抒唱的做法，也是支撑并且提升文本浪漫诗性的重要因素。

太阳社诗人阿英诗集《荒土》中的《夜雨——呈时雨》一诗，因抒情主体多色调情绪的波动与交错，而显示出交战型个体的精神样态。主体的忧郁既来自“一个亡命的反叛的囚徒”的“漂泊的悲涩”、“流浪的孤寂”和思念故乡时“忡忡的忧心”，也来自“用血泪建设的革命的基础/而今是被暴力摧毁殆尽”的革命失败的惨痛。但这位革命者主体没有在忧郁的泥沼里长期逗留，因为他很快就发出了愤怒的反抗之声，“白色的压迫是减不了我们对于革命的信心”，只会“进一步的激起我们的革命的热情”，“我是恨不能即时血溅仇敌，碎身如粉/我的血液是在全身奔腾颤震”，主体的情绪已然转向激越、冲动和义愤填膺。因着情绪的趋向激愤，“竟使我感到无限的热躁与烦闷”，而“热躁”与“烦闷”的交织必然导致主体陷入深深的焦虑，于是，他一边因为自己从原先英雄的革命者“沦落”为目前“一个乞食的文人”而苦闷着，因为每天伴随他孤身的只是他的文字和“灯下的独影”而忧郁着，一边却始终不曾消去“一点沉郁的火焰”和“热烈的革命的精神”，“内心仍如一座火山在喷”，一冷一热两种对立情绪同时强烈作用于心灵的事实，于主体而言委实是一种灵魂的熬煎与灼痛，如其所言这一切“逼得我不能安眠在这夜深人静”“逼得我的热泪不能再忍”。而正当主体因焦虑而痛苦不堪之际，情绪色调又开始向着明朗和积极抬升。“我们终竟要在黑暗里为着多数人斗争/什么家庭，什么故乡，这都是革命者病态的不健全的习性”，如果说这里尚存在主体新旧自我的挣扎与交战，即新我对旧我的否定，那么待到出现“天光已渐渐的亮了/我们的世界总有一日在我们无间断的斗争中来临”这样的文句时，则说明主体的情绪已完全转向奔进，因而“我是无限的无限的欢欣”。概之，该诗抒写革命者主体因潇潇夜雨的侵扰而勾起自己多量的愁绪，进而以忧郁、反抗、激愤、苦闷、焦躁等为关键词在主体心灵内部发生了一场激烈复杂的情绪交锋，其结果是奔进情绪胜出，主体最终坚定了战斗的生命意志和在战斗中迎接光明的革命信念。而“迷人的夜雨”自始至终的存在，既为主体愁绪的滋生创造了外部诱因，也使主体形象的建构增添了无尽的诗意。

太阳社另一位诗人冯宪章的诗集《梦后》里，有较多文本存在着交战型个人抒情主体，重要的如《幽怀——给我名义上的女人》《给她》《端午》《残春》和《梦后》等。《幽怀——给我名义上的女人》一诗的抒情主体对于自己名义上的女人既有着深切的怜悯，又有着深深的忏悔，并表示自己要痛改前非，弃绝旧我，完成向新我的蜕变。其间存在着一条较为清晰的主体情绪的变迁轨迹：由"听到一种娇嫩的笑声"想到在故乡家中等待自己的名义上的女人，进而意识到自己漂泊在外的目的，并为自己眼下的行为而忏悔，于是决定肩起神圣使命，继而又想到造成两人婚姻悲剧的封建礼教，并鼓动这名义上的女人也来加入革命，将礼教根本打倒。抒情主体想象名义上的女人在故乡的种种境况时的情绪是以忧郁为主的，在述及封建礼教扼杀青年男女幸福时的情绪是激愤的，而在表达自己今后的各种计划时的情绪主要是奔进的。总体来说，这是一首融忧郁、激愤、奔进三类情绪为一体的左翼浪漫诗作，故其塑造的个人抒情主体必然是交战型的，并集中表现为新与旧两个自我的纠缠和搏斗。值得一提的是，主体对于那位远在故乡的名义上的女人的丰富想象是精彩而深入人心的。《给她》一诗的情绪主调是悲愤与奔进：主体所悲的一方面是所爱之人可怜的身世，以及由此引起的"同情的热泪"和"抑郁的闷气"，更重要的是虽然"你是唯一了解我的知己/你是我终身唯一的伴侣"，但"我"却又"不能到你那里见你吻你"，"更不能领受你的温情与柔意……安慰与鼓励"，由此形成主体忧郁的一面；所愤的对象是造成这一人间悲剧的"黑暗的社会"，所以"我们要与你决个我活你死/我们要把你打个落花流水"，由此表征主体激愤的一面。要言之，因为"黑暗的社会"导致了爱情的不圆满，而爱情的不圆满更加激起主体对"黑暗的社会"的憎恨与忿怒，最终益发坚定起自己"革命的意志"和"陷阵的勇气"，主体的奔进情愫正激荡于这份

"意志"和"勇气"之中。抒情主体正是以这样的情感逻辑来阐释"爱情"与"革命"的内在关系，而这样的处理方法又使该诗最终汇入了当时盛极一时的"革命加恋爱"的写作模式。《端午》一诗的个人主体既有忧郁和孤独，显示为飘零于外的游子无法与家人团聚的人生凄凉感受，也有之于"剥削我们的敌人"和"他们有钱人"不共戴天般的仇恨与激愤，又有跃入工农的战阵的奔进与昂扬，更有准备"勇敢地战死沙场"的豪迈与英雄气概。由此可见，身为革命者的抒情主体的情感世界是丰富而多元的，内中固然常有思亲念乡的"肝肠痛断"，但最后又总会转向革命的奔进，因而，当主体经过心灵的搏战之后终于说出"别了！别了！我永远不能再和你们相见/现在呀我就要去与敌人死战！"，尤其是"我知道此去难免流血/但我反觉无限的欢悦！"这样感人至深的话语时，方才会愈发地显示出主体人格的高大与伟岸。《残春》的抒情主体由园中片片纷飞的"落花败叶"起兴，联系到自己飘零而又枯萎的身世，又因爱情的失望与创痛，最终步入"我这古井般的心里/永远不能再起涟漪"的消沉与忧郁，然旋踵之间又爆发出强烈的激愤，"在未死之前我要与敌人决个谁活谁死/不同归于尽呀我不平心静气！"随后，无有异性之爱的抒情主体又从"工农"和"劳动兄弟"那里获取了爱的补偿和力量的源泉，于是又有了激越情绪的舒张和不屈生命意志的呈现，"工农哟，我为你们可捐躯"，"他们要我死便痛快地死/人生横竖也有这么一回/以其零星被他们榨取/倒不如为着自由而战死！"有基于此，激越主体随即又向前更进一步而迈入了生命的奔进，于是就有了"我确定敌人终归有日要死/我们终能得到最后的胜利/今日杜鹃频频的哀啼/是我们异日胜利的赞美！"这样奔放乐观的抒情。《梦后》一诗可以视作整部诗集《梦后》的压缩版，抒情主体的情感结构中既有忧郁也有激愤和奔进，同时还有革命乌托邦情结的流露，以及主体心灵交战与搏斗时否定旧有观念、立志完成新生的情愫。文本第一部分那个"既死掉了的故国的世纪”是主体乌托邦式革命理想所在，其浪漫主义的指示价值是显著的；第二部分使“现实的社会”在梦境的鲜明对照下，产生某种荒原意味，是为主体忧郁情绪的集中体现；第三部分其实是对“现实的社会”的具体化，也就是荒原景象的具体化，在主体反反复复的诉说里充盈着巨量的激愤和忧郁情绪，最终引出并导向第四部分主体的死亡期待，而死亡诉求的出现则既是其忧郁至极的表现，也是其激愤至极的表征。然进到第五部分主体情绪又从死亡一极旋即跃入奔进一极，认为“天生我才必有用/不可轻易将性命断送/环境若不适我们生长/只有努力和环境反抗”，并且坚信“只要我们努力反抗/社会自会重光/而这反抗的别名/就是社会的革命!”，于是开始热情地抒唱革命，“革命，啊，我当努力革命/我不应该，绝不应该轻生/革命是光明的救主/革命是黑暗的屠夫/要把这黑暗的社会改造/只有速上革命的大道!”言语间跃动的全是昂扬、振奋、奔放的情绪；第六、七、八部分又转为抒写主体对所谓旧我的忏悔、对自身所存“旧的观念”的否定，即对过去所迷恋的“花月文章”“才子贤人”“美人秋波”“飘渺幻梦”等的扬弃，显示的是一场自我改造、自我蜕变的艰难旅程，有新旧两个自我的斗争与交战。主体敢于揭露自我内面发生的激烈交锋的事实本身，使文本的浪漫抒情诗质得以提升，而其告别旧我、创造新我的决绝姿态，尤其是第六和第八两部分所展示的对于革命的向往，拯救工农和改造社会的决心，并在“为工农而牺牲”的行动中完成自我刷新的生命意志，又在在表明主体那份豪迈奔进的革命热忱。毋庸置疑，《梦后》是为主体心灵剖露的文本，其浪漫诗性正是因此而获得于广阔空间内无限延展的可能。又因主体内部交战与挣扎的无比激烈，使主体形象的建构过程显得异常驳杂、壮烈乃至惊心动魄，经由这样的方式而完成型塑的定然是丰满、立体、动态、多面的革命诗人形象，也唯有这样的抒情主体形象才更具丰富的蕴蓄和博大的人格昭示力量。此外，文本存在多处二元对立的抒情场域：其一是“故国的世纪”与“现实的社会”之对比，其二是抒情主体的死亡诉求与革命期待的对比，其三是过去拥有“旧的观念”的自我与如今决意“要把社会改造”的自我的对比，在这三组对立关系中，包蕴着一系列正负情绪的矛盾与交战。而诗歌的特殊魅力、抒情主体的形象指示功能，恰是在由这三组二元对立关系所组合而成的张力系统或称张力场的交错、变动、纠葛、对话、互融中得到膨胀和扩张的，这也是文本之所以拥有多量浪漫质素的重要原因。

中国诗歌会诗人蒲风创作于 1933 年的《茫茫夜——农村前奏曲》，塑造了“母亲”和革命者“青”两位主体形象，情绪色调是忧郁、激愤、奔进三者兼而有之。抒情氛围的成功营造是全诗的重要特色，在暗夜狂风“沙沙沙、号号号”的环境与背景中拉开继而层层推进的抒情结构，使得全诗的情绪始终奔涌于深沉的忧郁、壮阔的悲愤和雄强的奔进的组合状态。“母亲”的主体形象是一位典型的不觉悟的在苦难深渊里挣扎的底层妇女。暗夜狂风在聆听和观照“母亲”内心世界时的情绪是同情、怜悯和忧郁的。革命者“青”的主体形象是健朗而高洁的。诗作的浪漫性就在于经由“风声”来完成“青”对“母亲”暗夜呼唤的应答，借以确立革命者的主体性。“青”是一位明晓了苦难的根源、时代的主题和革命的意义，不再“屈服此生”，选择奋起反抗的觉醒的农民革命者形象，所谓“我们有的是力，有的是热血/我们有的是万众一心的团结/我们将用我们的手/建造一切，建造一切！”。而在“青”向不公正命运和黑暗社会接连不断的厉声质问中，饱含的是深处不幸泥淖的清醒主体巨量的悲与愤，于是就有了“为着我们大众我离开了家/为着我们的工作离开了你和她！”这样动人的言说。惟其拥有的那份近乎神圣的革命觉识和奔腾跃进的生命意志，使“青”成了农民革命运动的急先锋。当然，革命者“青”通体透亮的主体形象某种程度上使其更接近一个象征意义大于现实意义的生命符号，这显然是诗人蒲风对理想农民革命者的浪漫想象。除此之外，蒲风的浪漫想象也体现在对“风声”的各种奔放叙述中。茫茫夜里无边激荡澎湃、狂吼不息的风声：既是吹尽中国农村漫漫黑暗的力的象征，又是引领中国农村从黑暗奔向光明的使者，唯因“风雨声中”已然“夹杂着晓鸡啼音！”；既是黑暗沉沉农村之贫困与灾难的诉说者，也是倡扬与黑暗搏斗的激愤的反抗者。此外，“暗夜风声”也是推动文本情绪从低沉走向高亢的外部力量，所以“风声”的存在终使该诗成为情绪流动的产物，这也是支撑文本浪漫属性的不可或缺的要素。中国诗歌会另一诗人田间创作于1935年的诗歌《朋友之死——纪念亡友欵乃》，在抒情主体整体悲郁的情绪世界内，既有对造成欵乃死亡的“这暴乱的世界”无言却深沉的激愤，也有从欵乃的“死”中看到“生”的生命觉识，所谓“在我们的心上/在我们的记忆中/永远浮荡着——/你健康的笑/你的精神/还在我的前面跳跃！”，更有彻悟革命者生命意义之后所获致的一份奔进，并将奔进情绪落实为具体的革命行动，于是就有了“我对于我一个——/受难死亡的朋友发誓：/我要向他一样地/踩走尖沙石的路/永不回头……子弹在远处爆响/加紧脚步/我上前走远了！”这样洋溢着革命英雄主义的抒情，而英雄主义气概无疑是奔进情绪最华丽的呈现。以赛亚·伯林曾说，“英雄主义不是一个智识或智慧或成功的问题，就是说，不是调整以适应实在之理性规划的问题，而是意志力问题，是内在想象之狂热的、持续的和不可遏止的表达问题，是屈从于绝对原则和绝对律令的问题，而绝对律令意味着对所有阻碍或反对一个人崇拜内在灵光的彻底蔑视。”①由上述诸多文本可以说明，革命诗人或革命者走上革命之途，身后一般都有一段深深长长的心灵隐痛史，或是背井离乡的漂泊生命

① ［英］以赛亚·伯林：《浪漫主义时代的政治观念——它们的兴起及其对现代思想的影响》，新星出版社2011年版，第211页。

体验，或是失却亲人特别是爱人的孤独、思念与心灵煎熬，或是黑暗社会长期倾轧的屈辱，又或是革命受挫、战友伤亡的惨痛，是故，他们对自己所认定的革命之敌总是显示出强烈的愤怒和仇恨，而对人类大同的革命前景又总是抱有无限的憧憬与期待，并随时准备为之牺牲。就此而言，左翼浪漫主义诗人及其笔下那些革命英雄都是“绝对律令”的敬奉者和执行者，他们相信唯有通过反抗和斗争才能完成生命创造、实现生命价值，即以赛亚・伯林所谓的“自由是行动，而非冥想”①的理念，因此，他们是真正的浪漫主义者。

① ［英］以赛亚・伯林：《浪漫主义的根源》，译林出版社 2008 年版，第 89 页。

第三章　左翼浪漫主义诗歌之两重抒情主体的内在变奏

对于浪漫主义文学来说，创作主体性的自由发挥始终是至关重要的。因而，存在于左翼政治话语空间内的中国现代左翼浪漫主义诗歌，也只有在政治对文学的全面规训刚刚开始，即创作主体的个性尚未被消解之际，才能相对自由地抒发自我的情绪情感世界，乃至履行雪莱在《为诗辩护》中所说的"诗人是世间未经公认的立法者"[①]的角色。主要以忧郁型、激愤型、奔进型和交战型等为代表的左翼浪漫诗歌第一阶段的优秀品类，皆由那些基于个人真切体验的准意识形态化的诗人兼革命者开创的事实，以一种近乎雄辩的姿态不断向人们宣告个人主体性之于浪漫主义文学的重要性。由此可见，左翼浪漫诗人唯有始终保持自身的精英立场，清醒地介入革命、体验革命、思考革命、想象革命，才能以个性化的话语方式真实地言说革命、表现革命。马尔库塞指出，"产生革命变革的需求，必须源于个体本身的主体性，植根于个体的理智与个体的激情、个体的冲功与个体的目标……解放的主体性，构成于个体的内在历史（即个体本身的历史）中。个体的这种内在历史，不同于他们的社会存在。这个内在历史记录的是他们的

① 中国社会科学院外国文学研究所外国文学研究资料丛刊编辑委员会编：《欧美古典作家论现实主义和浪漫主义》(一)，中国社会科学出版社1980年版，第294页。

遭遇、他们的激情、他们的欢乐、他们的忧伤——即那些并不必然地根藏于他们阶级情境以及那些从这个角度甚至不可能理喻的经验。”[①]然而，伴随左翼政治对知识分子思想改造、灵魂塑造的日益加深，对文学的现实功利性、工具性、政治宣传功能和意识形态特性的日益强调，以及对创作题材、创作原则、创作方法等的日益规范，特别是在那个将创作个性视为个人主义而横遭批判的环境中，左翼浪漫作家基于自由精神的创作主体性受到了空前压制。与此同时，左翼知识分子也在不断扬弃所谓“小资产阶级根性”的过程中，使自身的“自我意识由‘五四’时期的‘民众师’逐渐变为与民众政治地位平等甚至转向‘师民众’”[②]，这意味着他们在走向工农革命大众、努力获取无产阶级意识形态的同时，自觉不自觉地放弃了作为知识者最可宝贵的精英立场。可见，左翼浪漫作家创作主体性的渐趋隐失与其社会精英立场的渐趋沦丧，两者是同步进行着的。其结果是，左翼浪漫文人的个人主体性被替换为建基于集团之上的民族主体性或阶级主体性，以个人体验为核心的作家自我情感被替换为以主观想象为特征的观念形态的团体情感，于是，“阶级性”淘汰了“人性”，“我们”取代了“我”。陈红旗进一步指出，“无产阶级革命文学的阶级特性一般表现在集体主体（即‘他律人格’）的发现和赞美中，它力图在推翻资本主义意识形态的过程中成就自身。集体主体或曰他律人格在中国社会现实中开启了新的精神空间和思想维度。在追求‘终极自由’的过程中，个体需要先贬抑自己的个性来实现集体解放，然后才能真正实现个体的精神自由。因此，在革命作家的笔下，真理存在于阶级斗争的社会里，存在于集体革命记忆的镜像里，存在于使苦难

① ［美］赫伯特·马尔库塞：《审美之维》，广西师范大学出版社 2001 年版，第 194—195 页。

② 陈红旗：《中国左翼文学的发生（1923—1933）》，暨南大学出版社 2010 年版，第 184 页。

消亡的审美一统的大同世界里，就这样，他们在想象的真实与献身的激情中构建了无产阶级文艺和文化的内在本质。”[①]左翼作家为了实现阶级解放和民族解放而自动贬抑乃至牺牲自身的个性，并希望在集团解放之后重新找回失落的个人主体性，这在理想层面上可能是行得通的，而且革命文学倡导者如郭沫若等也一再呼吁广大文人知识分子“暂时牺牲了自己的个性和自由去为大众人的个性和自由请命”[②]，但问题是，失却了个人情感体验的民族主体抑或阶级主体，其作为一种主体存在的精神资源和生命力量将从何而来？知识分子从一个阶级融入另一个阶级本就是一项非常艰难复杂而又痛苦漫长的事情，但 1930 年代初的左翼政治却并没有为知识分子的转变提供充裕的时间与空间，而是寄望于他们通过快速掌握经由苏俄和日本被转手过来的并不纯粹、并不正宗的马克思主义理论，通过参加分发传单、飞行集会等一系列带有盲动色彩的所谓实际的革命实践活动，以几乎突变的方式完成对自身小资产阶级意德沃罗基的全面扬弃，从而获取无产阶级的意德沃罗基，成为革命的普罗大众的一员，这种转变的彻底性在现实层面上本身是很值得怀疑的。历史已然告诉我们，文学知识分子彻底地灵魂改造，需要等到延安时期并主要是在毛泽东著名的“讲话”之后才真正得以实现。当然，我们从未怀疑 1920 年代末至抗战爆发前左翼知识分子在扬弃旧我和创造新我方面的真诚与勇气，然而这毕竟是一项关涉灵魂改造的庞大工程，任何所谓突变事实上都有可能演变为一种自欺或欺人。如此一来，这个由民族或阶级的集团性支撑起来的“我们”或者与之意义等同的“大我”，既不是左翼浪漫作家的个人主体，又不可能是真正意义

① 陈红旗：《中国左翼文学的发生(1923—1933)》，暨南大学出版社 2010 年版，第 202 页。

② 郭沫若：《文艺家的觉悟》，《洪水》半月刊第 2 卷第 16 期，1926 年 5 月 1 日。

上的民族主体或阶级主体，而只能是观念意义上的集团主体，其动态演绎的力量不是来源于有血有肉的生命本体，而是来源于失去了主体性的左翼作家对革命前景、对工农大众的天真幻想与乐观想象，所以说观念形态的集团主体是不真实的主体，因为它既缺乏真实的个人体验，同时也缺乏真实的无产阶级集团体验。对于不真实的主体，就连曾经提出过影响巨大的“文学拥有组织生活功能”这一观点的苏联无产阶级文化派代表人物亚·波格丹诺夫都表示否定，他在《无产阶级的艺术批评》一文中说，“艺术最重要的是应当永远真实地反映人生，正因如此，艺术才能算是人生的一个组成因子——不真实的艺术，既然不受人信仰了，又怎么可以组织一切？失望固然同战斗者是不相称的，但是玫瑰色眼镜的欺骗却更不相称，这是想逃避真实的做法，是因为失望而做的欺人假面具。这个学说会使诗歌降低到口号的水平上去。”[①]在20世纪30年代的政治文化语境内，左翼作家从个体的“小我”走向民族或阶级的“我们”，表面上看是作家世界观的一次飞跃，实质上是作家创作主体性的全面失守，左翼作家从此开始沦为无产阶级革命意识形态的传声筒，在援助左翼政党政治建构和宣传其革命意识形态领域他们将发挥重大作用，但在左翼文学的本体性建设方面他们的能量却将变得非常有限，甚至于捉襟见肘。范伟认为，“革命浪漫主义在沦为意识形态传声筒的时刻，也正是它开始对人异化的时刻，其异化策略主要表现在以阶级的‘大我’来置换个体的‘小我’……事实证明，革命浪漫主义成功地担当了人民精神的‘说客’，其标志，就是作为个体的进行独立思考的人，即人的主体性消失了，代之而起的，是阶级，是人民，或在其名目下的工人、农民……这或可理解为阶级意识的觉醒，在改天换地的斗

---

① 白嗣宏：《无产阶级文化派资料选编》，中国社会科学出版社 1983 年版，第45—46 页。

争中突出了'阶级'的主体性。但这种抽象的主体性其实是一种'乌托邦',因为'他'不是在主体意识支配下自觉地进行历史实践的主体。"①

新文学第二个十年的左翼革命文学界经常存在这样一种现象,即作家的革命理念与其创作实践总是存在程度不一的疏离,而且往往表现出创作实践滞后于革命理念的状况。中国现代左翼浪漫主义诗歌第一阶段的作品,之所以会出现大量基于个人性的抒情主体,并不是因为当时的诗人兼革命者没有掌握好革命理论,而主要是由于刚刚从"五四"时代走出的文人知识分子,其精神世界中尚留存着多量的个性意识和自由思想,这些意识与思想被知识分子视为确证自我作为独立存在的价值和意义的基石,是故,即便在理念上他们懂得告别旧我的必要性、重要性、紧迫性,但客观上又会自觉不自觉地将自我的个性以各种各样的形式强固地表现出来,包括因革命引起的忧郁感伤、愤怒激越、奔放跃进等情绪情感,而这些情绪情感无疑都是真实可信的,唯因真实,所以特别动人。待到中国现代左翼浪漫主义诗歌进入其第二阶段,当抒情主体"我们"全面取代了"我",浪漫诗人的个人主体性随之被取消,代之而起的这个集团主体的"我们"却因为左翼文人对它的隔膜而成了生命力稀缺的主体,或可称之为有"体"而无"主"的被架空的主体,无法真正履行其作为主体的生命功能,因而所谓真挚感人的情绪情感的抒发与"我们"是基本绝缘的,唯一能够表征集团主体"我们"之浪漫主义特性的只剩下了基于人多势众的英雄主义的豪言壮语和豪情壮志,也就是所谓的革命激情。关于左翼浪漫文学的"革命激情",温如敏曾指出,"新兴'革命文学'在'激情'这一点上,可以说是具有浪漫主义突出特色的;然而,除了

---

① 范伟:《革命浪漫主义:对真实性与主体性的双重消解》,《河北学刊》,2001年第5期。

一小部分作品能较充分展示知识者在革命转换关头的心理历程外，大多数作品的‘激情’不是在作者的感情‘内省’基础上形成的；过于坦露，没有经过艺术创作的醇化，就急于转成政治鼓动的标语口号，从艺术上讲，就未免肤浅。”[①]由此可见，很多研究者将革命浪漫主义文学定性为“准浪漫主义”甚至“伪浪漫主义”，至少对第二阶段的中国左翼浪漫文学来说是适用的，因为这些以空洞的“我们”为抒情主体的作品，真正缺乏的正是浪漫主义的灵魂，即作家的“创作主体性”。站在今天的视点，如果我们要想医治当年这批“伪浪漫文本”的弊病，路径是很清晰的，即如陈国恩所说的那样，“抛弃那种标语口号的腔调，回到基于个人真切体验的主观抒情、自我表现的路上去，但这在思想倾向上显然不符合整个左翼文学界清算‘个人主义的浪漫主义’的时代潮流。”[②]因而，第二期的中国现代左翼浪漫主义文学，注定将会在政治对文学的强大规约下，强行删除与国家叙事格格不入的“创作主体性”，接受革命现实主义对它的系统改造，使浪漫主义只能在“照耀现实、充实现实”的层面显示其可怜的价值，进而在实质上完成左翼权力政治话语对个人性革命话语的剥夺，也就是完成“历史中心行为对文学原则的选择和界定，从而保证了文学与历史中心行为的直接隶属关系的实现”[③]。

在第二期的左翼浪漫诗歌体系中，既无鲜活个人抒情主体亦无鲜活集团抒情主体，但分明又立足于民族本位并主要是阶级本位的文本占了绝大多数，由此而造成整个第二期左翼浪漫诗歌之浪漫质素的严重匮乏，浪漫主义仅仅表现为并非出自诗人情感

① 温儒敏：《新文学现实主义的流变》，北京大学出版社1988年版，第95—97页。

② 陈国恩：《社会革命与浪漫主义的调适》，《浙江社会科学》，1998年第4期。

③ 陈晨：《论革命现实主义对现实主义与浪漫主义的改造》，《齐鲁学刊》，2006年第2期。

"内省"基础上的革命激情,以及由这革命激情所激发出的具有一定盲目色彩的革命乐观主义和革命英雄主义。纵然如此,我们也不能回避甚或忽视别一种特殊形态的左翼浪漫诗歌文本的存在,尽管数量非常有限,但其特殊性正在于它拥有个人与集团两重抒情主体。具体而言,这些拥有两重抒情主体的第二期左翼浪漫诗歌又主要呈现为两种模式:其一,在单一诗歌文本中,既有个体本位的"我",又有集团本位的"我们",两者之间的情感发展逻辑是个体最终在精神层面融入群体,即由"我"向"我们"完成主体的扩张、转化和位移,不妨将这类文本命名为"个体集团化"的左翼浪漫诗歌。需要指出的是,这类文本的个人抒情主体相对比较鲜活生动乃至血肉丰满,其情绪情感的真实与丰富有助于个人主体形象的成功建构,然而文本的集团抒情主体则因为缺乏体验的真切性往往显得模糊混沌,与上文所述那些备受诟病的主要基于想象的空洞的"我们"相类,故而该类文本的集团主体形象建构很难取得成功。"个体集团化"的左翼浪漫诗歌,其美学价值正在于它为读者揭示了个体在向群体转变过程中,发生于个体精神世界、情感领域的一系列变化活动,这些变化活动显然有别于左翼浪漫诗歌第一阶段那些表现个人主体在介入革命时所发生的情绪情感变化,故其美学价值是独特且不可替代的;其二,在具体的诗歌文本中,抒情主体虽以"我们"的方式存在,但因了创作主体对阶级的政治立场、思想意识、情感意绪的深切体验与高度认同,特别是写作者对于自己作为"诗人"身份的无意识坚守,以及敏感多思、想象丰富、擅长于对客观世界进行诗性提纯和建构诗美世界的天性与素养,使诗人在观照现实、亲历革命斗争岁月和集体生活过程中,逐渐获致了一份看取社会大动荡、历史大转折时代的特殊视角,凭借这一特殊视角,创作主体对无产阶级革命或战争进行个性化言说方有了实际可能,并在这个性化的言说中完成基于阶级主体性的个体形象建构。由于这是从阶级革命的浪潮里涌出的个人主体，是阶级群体的一分子，故而集团与他存有“一切的一”的关系；又由于这是满蓄着阶级情感阶级意绪的个人主体，故而它与集团存有“一的一切”的关系，从他这一隅便可折射整个阶级的情感风貌和理想诉求。这既与左翼浪漫诗歌第一期那些正介入革命的“我”不同，也与第二期那些正融入群体“我们”的“我”有别，唯因他是既站在革命风暴当中又超越风暴之上、既融化于集团的“我们”又超越了“我们”的“我”，是阶级抑或群体浓缩并且升华之后的产物，是来自于集团的个体、从“我们”中孕育出的“我”，因此姑且将这类拥有实存或表面的“我们”和隐藏或超越的“我”两重抒情主体的诗歌文本命名为“集团个体化”的左翼浪漫诗歌。就主体形象而言，此类浪漫诗歌的审美价值主要也不是来自于集团的“我们”（虽然有时也可能会有某种生动地表现），而是来源于站在“我们”中间或超越“我们”之上的清醒的个体的“我”或作为“我们”化身的“我”，尽管这常常是一个被隐藏的“我”，有赖于读者调动联想、想象、直感、敏悟等多种心理元素去实现形象的多样建构，但其美学意味却为此而得到扩张。当然，营造象征色彩浓郁的抒情空间，也是“集团个体化”左翼浪漫诗歌经常采用的诗思策略抑或写作技巧，这同样使文本的浪漫质素变得更加丰富。

总之，无论是“个体集团化”还是“集团个体化”，这些拥有两重抒情主体的左翼浪漫诗歌，必将因为其对创作主体性的坚守、在建构个人抒情主体（不论实在抑或虚拟）方面的有效性，而成为中国现代左翼浪漫诗歌第二期的经典。相较而言，“集团个体化”左翼浪漫诗歌文本的经典意味更加突出，因为它需要已然融入群体的个体在认同阶级本位之后，最终参悟整个阶级、群体、集团目前正进行着的争取光明、自由、解放的宏伟事业同时也就是在为着自己争取光明、自由与解放，有了这样深刻的生命体验，阶级的命运、前途、意志、情感才能真正为自我所认同，并在与自我心灵的碰撞、互渗、交融中实际转化为自我的命运、前途、意志和情感，从而带着这份阶级情感从群体中融出，以一个情感意绪全然阶级化了的超越的自我形象个性化地抒唱革命。而若能创造出情感意绪完全阶级化、集团化且又有鲜明个性特征的无产阶级革命者主体形象，则无疑将是左翼浪漫主义诗歌的理想境界。当然，比较的本意并不在于降低“个体集团化”左翼浪漫诗歌的美学价值，因为不论在逻辑上还是实践上，“个体集团化”都应是“集团个体化”的前提，即个体只有首先融入集团，然后才有可能借助诗人高超的诗歌创作技艺和诗美创造能力，从集团中融出更高层面的个体，更何况个体在融入群体、“我”在汇入“我们”的进程中，如果能够记录其情绪情感世界所发生着的一切变动，这对揭示革命战争年代知识分子的心灵变迁轨迹，尤其是揭示当阶级革命、民族革命成为时代中心课题之际个性解放的崭新内涵，该类“个体集团化”浪漫诗歌文本的价值都是不可低估和不可限量的。

第一节　个体集团化的左翼浪漫诗歌

“个体集团化”貌似简单，实质非常复杂，因为它所涉及的是革命知识分子对自己长期坚守并引以为傲的精英姿态的放逐，即从习惯的启蒙大众一变而为接受来自于无产阶级革命大众的反向启蒙，这样的角色逆转与错位势必会引发知识者心灵之塔的倾斜。在个体集团化的左翼浪漫诗歌中，之所以会出现清晰的个人主体和模糊的集团主体，内在原因显然是知识分子在其心灵之塔彻底倾斜之前，在理智已然认可“我们”是“我”的必然归宿、情感也已臣服阶级主体或民族主体的巨大力量之际，于最后时分对“自我”既是无意识地又显示出一定程度无奈的坚守，这份无奈主要源于个体没能实质融入群体所导致的对“我们”的普遍陌生，或者是即便个体实质融入群体但又即刻被群体所消解，于是群体依旧模糊。亚·波格丹诺夫在《无产阶级的诗歌》中说过，“诗人甚至可以在他的经济地位上并不属于无产阶级；但只要他是很熟悉无产阶级的集团生活，只要他是真心实意地牢记它的意向、理想和它的思维方法，只要他是以它的欢乐为欢乐，以它的悲哀为悲哀，总之，只要他能把自己的灵魂溶化在无产阶级的灵魂里，这样他就能使无产阶级得到艺术的表现。”[①]李初梨也曾说过，“普罗列塔利亚作家，第一，应该首先获得明确的阶级的观点，所谓获得明确的阶级的观点者，毕竟不外是站在战斗的普罗列塔利亚的立场；就是他应该用普罗列塔利亚前卫的‘眼光’去观察这个世界而把它描写出来。”[②]个体走向群体一直是左翼政治文化为知识分子设定的前途与出路，在1930年代左翼权威话语的实际掌控者眼里，“文人知识分子加入他们本来不从属的阶级之所以成为可能，是因为他们能在建构和宣传该阶级的意识形态追求上发挥重大作用。”[③]与之同步，左翼文人也的确是在按照权威政治话语的要求一步步地走向个体的集团化，但发生质变是需要契机的，对于革命知识分子来说，实现从“我”质变为“我们”的契机是个体在全面参与无产阶级战斗生活时获致了一份崭新的生命归属感，并以工农大众为核心建构起一种崭新的集体伦理范式，从而彻底终结自身长期以来作为社会精英存在的个人英雄主义伦理范式。尽管左翼知识分子都有融入群体的明确觉识，但表现在诗歌文本中，真正能够获取并利用好这一“质变契机”，以便水到渠成地实

---

① 白嗣宏：《无产阶级文化派资料选编》，中国社会科学出版社1983年版，第33页。

② 李初梨：《对于所谓“小资产阶级革命文学”底抬头，普罗列塔利亚文学应该怎样防卫自己？——文学运动底新阶段》，《创造月刊》第2卷第6期“新年特大号”，1929年1月10日。

③ 贾振勇：《理性与革命：中国左翼文学的文化阐释》，人民出版社2009年版，第74页。

现个体集团化的成功案例较少，多数文本还是存在由个体的“我”突然跨越到群体的“我们”的状况，究其原因，不太可能是诗人有意识地想要坚守自我而拒绝融入群体，也不太可能是左翼诗人实际接触工农大众、亲历革命斗争岁月的机会太少，更不太可能纯粹是为了迎合权威政治话语的要求而进行的“技术处理”，于是，最有可能还是源于创作者自身的艺术禀赋、才情和素养，因为殷夫的某些诗作在表现个体融入群体时非但没有给人以“突兀”之感，反能较好地创造和利用“质变契机”，从而为左翼浪漫诗坛贡献出堪称经典的个人集团化的抒情篇章，尽管殷夫诗歌文本中的“我们”依旧面影模糊，但仅就这些作品在传达个体以合乎情理且自然而然的方式转变到群体这一点上，已经足可证明它们的成功和令人欣慰。马尔库塞指出：“假如艺术真是为任何阶级集团服务的，那么，正是个体从艺术中意识到自身对普遍解放的渴望，从而团结起来，超越自身的阶级地位。”[①]事实上，也只有殷夫那些艺术地表现个体集团化的左翼浪漫诗歌，可与马尔库塞的这段文字完成相互诠释。

1. *个体突变为集团的左翼浪漫诗歌* 有学者认为，“一个作家的社会出身，在其社会地位、立场和意识形态所引起的各种问题当中，只占一个很次要的部分；因为作家往往会驱使自己去为别的阶级效劳。”[②]左翼浪漫诗人在被权威政治话语彻底规训而成为集团一分子之前，基本都身兼革命者和小资产阶级知识分子双重角色，这说明左翼作家的非无产阶级社会出身的确不太会影响他们去为无产阶级效劳，况且，亦如贾振勇所说，“文人知识分子与革命者作为现代社会的觉醒者，因为首先自觉而具有了将革命

---

① [美]赫伯特·马尔库塞：《审美之维》，广西师范大学出版社 2001 年版，第 212 页。

② [美]韦勒克、沃伦：《文学理论》，江苏教育出版社 2005 年版，第 104 页。

理念传授给别人的权威，以及确保民众在自己的指导下觉醒的责任。宣传是现代革命和政党政治的一种极为重要的实践形式，在宣传过程中文人知识分子和革命者的社会角色往往合二为一。在左翼文学运动中，这种身份和角色特征十分显著，作用之大也是罕见的。”①事实上，在第一期的现代左翼浪漫诗歌中，身兼两种角色的个人主体已然结合自身革命体验，为宣传无产阶级革命意识形态作出了重要贡献，然而作为先知先觉的社会精英，这些个人主体内心世界又始终处于正负情绪情感的矛盾与交战状态，于是，一方面出于左翼权威政治话语对知识分子游离普罗大众的持续批判，一方面也出于知识分子欲要进一步改造自我和转变方向，以便能够在阶级解放、民族解放年代发挥更为重要更为切实作用的自觉，他们开始了寻找“新家”的旅程，具体表现为从个体走向群体、从“我”走向“我们”。个体融入集团这一行为，“在革命作家的感觉中，他们的个体因为置放到阶级的群体中被放大了。革命文学作品中因革命而起的喜悦或豪情斗志从根本上讲都源于这个‘大’，由此生发的浪漫主义因之多以‘阶级大我’的形象出现，可这实际上不过是群体的场效应给个人‘主体’造成的幻影错觉而已，是个人主体性膨胀出的一种假象，所以，这个‘大我’可以给浪漫主义带来生，但更可以给浪漫主义带来死。”②无论是阶级主体还是民族主体，这种集团主体性都不是诗人自己的，既如此，个人集团化的左翼浪漫诗歌，真正能够确立的主体性也只能是个人的，集团的面影是不可能清晰的。

在第二期的中国现代左翼浪漫诗歌中，表现个体突变为集团的文本主要有郭沫若的《血的幻影》、阿英的《留别——呈周达夫

---

① 贾振勇：《理性与革命：中国左翼文学的文化阐释》，人民出版社2009年版，第73—74页。

② 范伟：《革命文学浪漫主义创作潮流论析》，《南京师范大学文学院学报》，2004年第2期。

张少春两兄》、黄药眠的《我在沙基路畔低徊》、蒲风的《我迎着狂风和暴雨》等。这些作品的共同点是,集团"我们"的突然出现与其说是个体"我"自然扩张的结果,毋宁说是抒情个体幻想的结果,即个体为了排遣自我内心的强大焦虑而虚设一个与之身份相类、命运相仿的群体,或者由其进行革命启蒙的普罗大众,以便从虚设的集团主体那里获取精神力量,支撑个体能够继续以精英姿态更加信心满怀地宣传左翼革命意识形态,更加豪情万丈地煽动群众投身阶级解放和民族解放的洪流。正因为个体的"我"习惯以革命精英者自居,纵使在其"突变"为集团的"我们"之后,这种精英意识即担当阶级革命抑或民族革命天然代言人的意识仍旧存在,而无论精英立场还是代言人身份,都表征着对个人主体性的坚执,是故,这些诗歌尽管集团主体的面影模糊,但个体的"我"则因为情绪情感的真切丰富而面目清晰、形象生动,其追求阶级解放和民族解放的意欲是建基于个体对自由与解放的本能期待的,所以文本作为浪漫主义美学的特征是鲜明的。

郭沫若《血的幻影》一诗营构的是一座以想象为核心的情绪世界,借以传达大革命失败后革命者"我"置身"周围是一片望不透的黑暗"时所拥有的苦闷、悲哀、愤怒、迷惘、虚无和"慢性忧患"等情绪体验。当此忍无可忍之际,个体的"我"呼吁已然遭受重创的革命者队伍"我们"重整旗鼓,并"举起我们的火炬烧灭山林!/把我们一切的耻辱、因循、怀疑、苦闷……/投向大火中,不然,我们是永远不能再生!"文本的抒情主体发生从"我"到"我们"的突变,主要是由于"我们"这一想象中的集体可以使"我"变得更加强大,以便有能力去战胜因革命失败而起的"我"的各种焦虑,从而让个体获得新生。所以,本诗真正建构的乃是一位既煎熬于革命失败带来的痛苦又强烈期盼从痛苦中早日突围的孤独革命者形象,群体"我们"实际是为拯救"我"而出现的。阿英《留别——呈周达夫张少春两兄》在表现从"我"突变到"我们"时的诗思策略与郭沫若

《血的幻影》相近，起初也是革命者“我”因大革命失败特别是自身天涯漂泊的生命状态而充满“黯然的愁绪”，继而想到将类似自己命运的流浪的革命者（包括周达夫张少春两兄）组合为群体的“我们”，依托“我们”的集团力量，“我”的忧郁情绪一扫而光，并向着明朗与振奋跃进，乃至劝告友人“不必愁恼，也不必悲伤”，因为他乐观地相信“将来总还有我们欢聚的地方”，进而积极地鼓动“朋友们”“向着我们的敌人去斗抗”，唯因“光明的将来哟/还要我们努力去开创！”由此，文本能够作为中心形象得到确立的也只能是个人的主体性，而不可能是集团的主体性，尽管“我们”确实“存在”着，但“我们”实际又被架空着，只因为“我们”本就是被想象出来，用以振奋漂泊个人主体的情绪和精神，使其能够走出心灵阴霾、重拾信心，以更昂扬的姿态去宣传和煽动革命，所以说，虚设“我们”是为建构“我”的主体性服务的，而“我们”则因为无法展现有别于“我”的特殊生命样态，其面貌始终是模糊的。

黄药眠《我在沙基路畔低徊》一诗，以凭吊沙基惨案纪念地为中心事件，抒写主体带着战栗的心魂、涌动的“血潮”和一颗“病”的心“去把我民族的精神认取”的历程，展示的是一位有良知有使命感的革命诗人对于民族命运、前途的深邃思考，其间涌动着忧郁、义愤、激越、高亢和奔进等情绪情感，并合成为一份内在于主体心灵的关涉民族国家建构与想象的深层次焦虑。然而，一路上目之所及，“我”所感受到的是帝国主义侵略者的猖狂和同胞的麻木与健忘，这使沙基惨案的意义得到无情消解。正是在这种触目惊心的对照中，“我”的悲哀和愤怒也达到了最高值。左翼作家一般都有类似的情绪体验，即在直面一边是国破家亡、鬼魅横行、英雄殒命而另一边却是国人依旧迷昏愚昧的现实时，所产生的强烈愤慨。而待到“我”终于觅见沙基惨案的“纪念高碑”时，既是主体因哀悼这些“豪俊青年”之惨死而使自己情绪降至冰点之际，也是主体因想到死难英雄曾经的壮怀激烈而让自己的情绪旋即从低谷走出的契机。事实证明,恰恰是在抒情主体“我”幻想当年沙基惨案景况的过程中,深味了群众性革命运动的伟大力量,继而使“我”突变为“我们”,并从“我们”那里不断汲取信心与希望,与此同时,诗歌情绪也为之一变,由原先的悲郁一次次地推向了激越乃至豪迈,并终于在最后有如“我们热烈地终当会挺着刺刀冲进桥头/把你们这些盘剥我们的妖魔尽行驱杀!”的慷慨陈词中,将全诗的情绪推向顶点。而我“带着泪在黄昏的暗光中”,从“这一粒粒”“都含着有同胞的‘反抗’、‘狂呼’的生之热血”的“泥沙”中,终于认取了这个民族不曾泯灭、不可征服的“精神”,并立志“要用我的破喉做民族精神的喇叭”,其试图扮演和担当民族革命代言人的精英姿态是显而易见的。同样,此诗的集团主体“我们”是形象模糊的,这种模糊倒不是因为“我们”时而与全民族等同、时而与沙基惨案的先烈对应、又时而与正投身于民族解放伟业中的革命战士同名所致,关键仍在于这个“我们”不能作为独立的生命样态而存在,即不能在属于集团的情绪情感世界里演绎并释放出特殊的生命风采,因而“我们”只能生存于“我”的幻想世界,并为“我的”个人主体性建构服务。

蒲风《我迎着狂风和暴雨》一诗的写作背景是民族危机极其严峻的1936年,就个人主体“我”而言,这是一位自海外归来,感应着风云雷电的时代气氛,决计投身于祖国“炎夏的烘炉”,迎着民族解放战争的“狂风和暴雨”,“配足马力”,同魔鬼战斗到底的昂扬奔进的革命者形象。主体内部汹涌着满腔的激越和亢奋情绪,“我要把魔鬼当柴烧”,“我的力的总能/要像那五大海洋的怒潮!”而从他那不无激愤地质问“我不问被残杀了多少东北同胞/我要问热血的中国男儿还有多少”中,读者感知到一颗滚烫的心灵期待民族觉醒、继而奋起反抗、杀尽仇敌的吁求是何等地强烈。随后,个体的“我”又通过与想象中“亿万的铁手”的“汇合”,完成个人主体向集团主体的突变。“我们的铁手需要抗敌/我们的铁手需要战斗！”“战斗吧，祖国！/战斗吧，为着祖国！”，此时的抒情主体已然成了由想象中整个民族提供力量的貌似更其强大的“我们”，因为只有“我们”才有能量“掀起铁流群的歌奏”并“让每一粒细砂也都怒吼”，只有“我们”才更有资格、更有气魄向整个民族预告“我们的胜利/建立在我们的顽强的苦斗！”然而，抒情主体从“我”突变为“我们”之后，“我们”在感受世界时并没有获得一份本质意义上的独特性，“我们”的情绪体验与“我”的情绪体验也没有本质差异，这说明“我”始终没有退场，所谓的“我们”只不过是由“我”膨胀出来的一个幻象，其初衷是为了使个体的“我”宣传和煽动民族解放战争的合法性得到强化。因此，尽管“我们”的出现确使诗歌的精神范畴与外在气象为之大大拓宽，但作为集团主体的“我们”的形象建构仍然是失败的。当然，从浪漫主义的角度来看，此诗基本是成功的，主要表现在作者对时代特征带有象征色彩的描绘上，这为文本营造了一座恰适的抒情空间。抗战爆发之前，那个所谓云涛滚滚、雷电响奏、地心之火颤动的图景，既是创作主体蒲风的生命体验，也是个人抒情主体“我”的生命体验，更是文本浪漫诗性存在并且得以持续延展的基础，因为推动诗歌内外在情绪不停波动、不断旋进的重要发生源便是这狂风暴雨的时代图景。

2. 个体质变为集团的左翼浪漫诗歌　如上说述，“我”质变为“我们”，即个体完全融入集团，在现实层面，需要知识分子以全新的革命伦理特别是集体主义伦理，去替换自身基于精英意识的个人英雄主义伦理，并在集体“新家”中体验到前所未有的崭新的生命意义和精神愉悦，但在诗歌层面，则需要凭借创作主体的艺术才情和特殊禀赋，去布置一个审美的世界，从而艺术地表现个人抒情主体“我”向集团抒情主体“我们”的转变。诗人只有始终立足于审美，左翼浪漫诗歌才能将两重抒情主体的转变，表现得水到渠成和自然而然。据此，反观那些在表现个体向群体转变时有突兀之感、不自然之感的诗歌文本，其软肋正在于诗人没有能力将两重主体的过度以合乎审美规律的方式表现出来，致使“我们”的出现仿佛从天而降，并且“我”与“我们”又似乎是两个相互剥离、互相脱节的主体。马尔库塞指出，“艺术不能为革命越俎代庖，它只有通过把政治内容在艺术中变成元政治的东西，也就是说，让政治内容受制于作为艺术内在必然性的审美形式时，艺术才能表现出革命。所有革命的目标——自由和安宁的世界——都出现在完全是非政治的媒介中，都受制于美和和谐的规律。”① 左翼浪漫诗人之所以要在文本中传达从个人抒情主体向集团抒情主体转变的信息，出发点当然是配合左翼政治宣传的需要，既如此，诗人也只有首先将个体的“我”融入群体的“我们”这一政治性内容变成“元政治”的东西，即让它在遵循“艺术内在必然性”的前提下最终得到审美传达，使读者在获得审美愉悦的同时接受其内在政治理念潜移默化地影响，只有这般，诗歌才能最大程度地发挥它的政治宣教功能。就此而言，在第二期的现代左翼浪漫诗歌中，那些表现个人突变为集团的文本，无论其艺术品位还是其实际的意识形态宣传功能，都将逊色于那些表现“我”合乎情理地质变为“我们”的文本。而殷夫，则因为一方面较好地解决了集体主义阶级革命伦理观的自我建构，更重要的一面是他的诗歌在审美地表现个体质变为群体时所彰显出的高超的艺术才华，最终使他成为第二期中国现代左翼浪漫诗歌之个体集团化抒情范式最为卓越的实践者。

表征殷夫集体主义伦理或称无产阶级革命伦理建构完型的文本是他的《写给一个哥哥的回信》，该文最初发表于 1930 年 5 月《拓荒者》第 4、5 期合刊上。文章主要表现主体从一个伦理维

---

① [美]赫伯特·马尔库塞：《审美之维》，广西师范大学出版社 2001 年版，第 163 页。

度进到另一个伦理维度时的情感体验，具体包括两层信息：其一是革命诗人脱离原先隶属阶级时的感受，即“觉到好象有一担不重不轻的担子也终于从我肩头移开了，觉到把我生命苦苦束缚于旧世界的一条带儿，使我的理想与现实不能完全一致地溶化的压力，终于是断了，终于是消灭了！我还有什么不快乐呢？……好呦，我从一个阶级冲进另一个阶级的过程，是在这一刹那完成了：我仿佛能幻见我眼前，失去了最后的云幕，青绿色的原野，无垠地伸张着柔和的胸膛，远地的廊门，明耀地放着纯洁的光芒，呵，我将为他拥抱，我将为他拥抱，我要无辜地瞌睡于这和平的温风中了！哥哥，我真是无穷地快乐，无穷快乐呢！”这是主体彻底诀别原先所属阶级，意即从旧式伦理维度中走出，并且将要在一个新的阶级群体里获取一份更高生命意义时的大欢喜与大快乐；其二是革命诗人融入无产阶级革命大家庭之后的感受，即“我自己已被我所隶属的集团决定了我的前途，这前途不是我个人的，而是我们全个阶级的，而且这前途也正和你们的前途正相反对，我们不会没落，不会沉沦到坟墓中去，我们有历史保障着：要握有全世界！……我现在是列在全世界空前未有的大队伍中，以我的瘦臂搂挽着钢铁般的筋肉呢！我应该在你面前觉得骄傲的，也就是这个：我的兄弟已不是什么总司令，参谋长，而是多到无穷数的世界的创造者！”这样的觉识，标志着殷夫全新革命伦理观的最终形成，换言之，殷夫已然进入了一个全新的伦理维度，至此，主体才在真正意义上实现了从“自我”向“我们”的转变，个体也终于被群体所接纳而成为集团的一个分子。王寰鹏认为，“对传统伦理的叛逆和超越成为衬托革命者受难的必不可少的背景材料，对传统伦理的破坏并不是终极目的，其终极目的是要建造一个大同的社会；对‘个性’‘自我’意识的放弃成了追求大同世界的先决条件和必由之路；对生命的舍弃成了革命者‘杀身成仁’‘舍生取义’的象征仪式，只是此时的‘仁’‘义’是中国的马克思主义，是‘解放全人类'的期许。这个普遍存在的叙事模式是中国革命特质的一个极好的隐喻。"[①]可以说,殷夫《写给一个哥哥的回信》一文,从心理学、伦理学两大层面,深度揭示出一位感应着时代潮流的清醒的小资产阶级革命知识分子,在努力扬弃旧我、告别旧式伦理维度,并通过融入无产阶级革命集团及其伦理维度获取崭新生命意义,以便创造全新自我过程中的典型情绪情感,故其人生示范效应和革命导向功能都是强大的。惟其如此,殷夫这篇文章的社会影响力才不输于他那首著名的诗歌《别了,哥哥》。

与此同时,殷夫也正是以表现在《写给一个哥哥的回信》一文中那般的政治觉识,外加其天才般的浪漫主义诗歌创作素养,从而为现代左翼浪漫诗坛贡献出包括《在死神未到之前》和《一九二九年的五月一日》等在内的个人抒情主体质变为集团抒情主体的优秀文本。

作为殷夫公开发表的第一首革命诗歌,《在死神未到之前》以序诗加八个诗章共计500多行的宏大篇幅,抒写了少年革命者在"四·一二"事变中首次被捕的人生体验,虽然依据被搜查、软禁、拘捕、押解、审讯、入狱等环节,大致可以串起一个被捕经历的轮廓,用以支撑一首叙事诗的基本框架,但因文本始终交织着主体正负情绪的矛盾与冲突,外加大量直觉、幻觉、联想、想象的掺入,使其呈现出多种心理元素相互激荡的意识流动状态,而代表整个被捕过程之具体环节的存在,既成了激发主体情绪的现实诱因,又在一定意义上框定着左冲右突、散漫无边的意识流动,使其能在貌似总体混沌中显示出一定的情感逻辑脉络。在"直面革命"的左翼浪漫主义诗歌创作上,少年革命者殷夫的这篇尝试之作竟能展露出如此高超诗艺,这绝对是一个奇迹,难怪当年蒋光慈等

---

① 王寰鹏:《左翼至抗战:文学英雄叙事的当代阐释》,齐鲁书社2005年版,第91—92页。

在刊发《在死神未到之前》时要特别强调，“殷夫的一首几百行的长诗，是他去岁在狱中所作，技巧虽然不怎样的成熟，但出于一个十七岁被捕以后的革命青年之手，在我们觉得是最值得纪念的。我们在这一首诗里，可以看到一个革命青年的情绪在当时是怎样的奔进；全诗的情绪虽然带着一点病态，然而没有一点幻灭的调子，在这样的环境之中，有这样的作品，我们觉得是很足以矜持的。”[①]更为重要的是，该诗在现代革命者的主体性建构方面，艰难且可贵地完成了个人主体向阶级主体的转变，这一本质转变集中发生在文本第四、五、六三个诗章中，具体表现为基于自我的抒情主体由入狱时的短暂“迷昏”到逐渐“清醒”，在“五个工人”所代表的革命“同路者”的“可怜的同情”与“无限的欢迎”里彻悟了革命的本质，其间虽也有内心的交战，有如面对“可怕的革命”时弱者的恐惧和眼泪，但其雄强、刚勇的一面立即呈压倒之势、奔涌而来，“朋友，有什么呢？/革命的本身就是牺牲/就是死，就是流血/就是在刀枪下走奔”，继而又很自然地与命运遭际前途相似的狱友在心理上合成为一个群体的“我们”，实现了个人主体向阶级主体的第一次转变，并依托这份群体的力量而彻悟了革命者的命运，“牢狱应该是我们的家庭/我们应该完结我们的生命/在森严的刑场上/我的眼泪决不因恐惧而洒淋”，最后又因“灰白的高墙”的“暗示”而自然地联想到要将狱中的“我们”与狱外正在战斗的“你们”组合成一个更加庞大的无产阶级革命者群体，由此实现个人主体向阶级主体的第二次转变，并依托这一更大的群体发出了更其豪迈、更其英雄主义、更其自信的革命呐喊，“同志们，快起来奋争/你们踏着我们的血，骨，头颅/你们要努力地参加这次战争！”“你们去争回玫瑰的早晨/你们要叫光明的曙曦照临/我们的血，骨，头颅/我们都将欣慰！”经历了两次转变之后的个人主体，实际

① 光慈等：《编后》，《太阳月刊》第4期，1928年4月1日。

已经汇入群体而成为阶级主体的化身，惟其如此，获得集团力量支撑的抒情主体最后才有勇气去直面死亡并且超越死亡，“但是朋友，我并不怕死/死于我象一种诱引/我对之不会战栗/我只觉得我的光明愈近”，只因“死是最光荣的责任/让血染成一条出路/引导着同志向前进行”。总之，殷夫的《在死神未到之前》，让读者见证了革命者如何一步步战胜个体、超越个体、融入群体、并以群体姿态献身理想的心理脉动，从而超越了革命诗歌的个人英雄主义阶段，进入了阶级主体的抒情层面。此外，该诗采用以主体心灵消融或重组物理世界，以主体情绪、意识甚至无意识的流动来推动诗歌进程的方法，又使文本的想象空间广为延展，从而极大地提升了作品的浪漫主义品位。

就题材来说，《一九二九年的五月一日》也是一首将革命斗争生活予以全面主观化与心灵化的叙事诗，因此文本的浪漫质素是显在的。该诗以职业革命者组织、参与“五一”工人罢工及至最后被捕的经历为抒情框架，重点不在于复述罢工的详细过程，而是以抒情主体在罢工前、罢工中、罢工后的情绪反应和心灵变化为核心，结合自己对各阶段“力的旋律”的具体感知和微妙体认，共同推进罢工节奏的起伏式、跳跃式发展，从而凭借联想、想象、直觉、无意识的聚合效应而使文本的能指功能达到最大化。这种以情绪为主导建构虚实相生的抒情框架的做法，以及抒情主体在融入罢工队伍过程中所完成的精神位移，即从个人主体水到渠成地化入阶级主体的事实，都使该诗呈现出与《在死神未到之前》类似的特点，但在整体情感基调方面，《一九二九年的五月一日》显然更为昂扬和振拔，这正是殷夫经历更多革命风暴、拥有更多革命实感之后，无产阶级革命意志及信念更加坚定的表现。

李松岳认为，“殷夫诗歌特殊的艺术追求，即以展示心灵图像为创作的目标。因此，殷夫很少对外在景观作客观描述，而是将一切溶解于心灵之中，进行重组与再塑……善于将外在世界作内心化的转换改造，是殷夫诗作的一大特征，也是能够成为诗人的重要禀赋。”[①]《一九二九年的五月一日》从头至尾满缀着抒情主体的“心灵图像”：第一诗章抒写的是早起的职业革命者，于天明前的街头感受并想象着山雨欲来的革命斗争氛围。由“工厂和机器”幻感到“这儿宇宙是一个旋律——/生动，动的，力的大意”，由墙上的白字标语联想到“创口的膏布条纹”进而展开奇异想象，认为它是“全世界的创伤”和“全世界的内疚”，是“力的冲突与矛盾”之所在，甚至让革命爆发时的血雨腥风场景与伤口被戳破时“红的血与白的脓汹涌奔流”的画面发生天才般的怪异组合。基于这份革命的悲壮，主体还直觉到“高厦”的“颤战”，因为“你底下的泥沙都在蠢爬”，以至感应到“烟煤的旋风”也将化作“袭击”一切的有生力量。第二、三诗章是工人上工的情景，青年工人们默默行走的姿态被主体幻化为一颗“哲学家般地充满思想”且正“思慕着海底的太阳”的“伟大的头脑”，预示着他们成为时代风暴主力军的可能。惟其如此，“我在人群中行走”时的心情是愉悦而激动的，乃至感发出“在袋子中是我的双手/一层层，一叠叠的纸片/亲爱地吻我指头”的兴味。第四诗章呈示的是罢工真正开始的场面，作为全诗的高潮部分，也是抒情主体在情感意绪和精神向度内完成由个体向群体转型的生动演绎。在这一诗章里，主体调动起多方面的心理元素来烘托一种力的“伟大的交响”效果，群众集合时的壮观场面被他想象为“天，似有千万个战车在驰驱/地，似乎在挣扎着震动”，群众游行时的响亮叫喊被他直觉成“这被压迫着的活力/这被囚困着的精神/放着大的号呼了”，而当其“突入人群”兴奋地高呼“我们”时，那些由其散布出去的革命传单则被他幻感为“白的红的五彩纸片/在晨曦中翻飞象队鸽群”，特别是当这些传单引来群众一浪高过一浪的“响应”时，主体灵悟到“我融入于一

① 李松岳：《论殷夫诗歌的精神特质》，《文学评论》，2012 年第 4 期。

个声音的洪流/我们是伟大的一个心灵”，于是，基于自我的个人主体实现了向基于群众的阶级主体的本质性位移，一个立足于阶级本位的全新的抒情主体得以塑型。第五诗章抒叙“我”被逮捕并关入监狱的情形，此时的抒情主体实际已成为集团主体的“我们”，以至于当“一个巡捕拿住我的衣领/但我还狂叫，狂叫，狂叫”，因为“我已不是我/我的心合着大群燃烧”，甚至“黑暗的囚牢”也“没把我心胸占据”，因为“我们的心是永远只一个/无论我们的骨成灰，肉成泥”，而其一再提到的这颗“伟大的心”无疑是无产阶级集团意志与群体力量的象征。骆寒超在评析《一九二九年的五月一日》时指出，“殷夫在这首诗中完成了一场了不起的转化——自我群体化，完成了一场从‘我的’自我表现向‘群的’自我表现的转化；他彻底超越了个体自我本位的革命罗曼蒂克抒情。”[①]依据上文对该诗抒情主体如何从个人立场转向阶级立场所作的层层剖析，骆寒超先生的判断显然是精准并且到位的。

殷夫上述诗歌抒情主体从个体的“我”质变为集团的“我们”的事实，既是作者长期深入地下革命工作而使自己的革命认知、集体意识、全局观念不断得到强化的具体表现，更是诗人擅长以自己的主观想象去改造、重组、变形外部世界，并通过设置富有意味的细节与场景，来消除程序化的革命事件、革命活动本身的诗意匮乏，以达到对革命的整体诗化、心灵化、感性化或虚拟化，从而使包括抒情主体的位移在内的一切变动，在情绪自由流动、想象自由舒张、意识与无意识随意穿梭、联想与幻感随处喷发的世界里，皆成为合乎文本内在情理的可能，因而个体质变为集团非但不显突兀，反而表现得异常自然。殷夫曾说，“我们不否认文艺

---

① 骆寒超：《殷夫论》，《百年殷夫：新感悟、新解读》（骆寒超、王嘉良主编），上海文艺出版社 2011 年版，第 17 页。

的伟大作用，它是诉诸情感与直觉的最有效果的东西。”①正是基于对“情感与直觉”的重视，外加个性化写作的立场，殷夫上述革命题材的诗歌非但没有落入空洞政治宣传的窠臼，反而为我们展现了一个个拥有崇高精神境界和丰富情感世界的革命者主体形象，且具有永恒的艺术魅力。吕家乡也注意到了这一情况，他说“殷夫诗中所呈现的这种情理相溶、物我相契、多种心理元素谐调地相激相荡的状态，已经超越了一般所谓真情实感，而进入了自我沉醉的审美心态；对于读者来说，不仅有思想上的启迪，而且有诱人品味的魅力。”②需要指出的是，尽管殷夫擅长于营构诗意盎然的革命世界，但其笔下集团主体“我们”的形象依然缺乏生命的自在性与自为性，依旧被“我”所架空，于是，人们不禁要问，是否“我们”这一概念真的永远无法自我言说？

第二节　集团个体化的左翼浪漫诗歌

随着个人抒情主体向集团抒情主体转换的完成，第二期中国现代左翼浪漫诗歌的标志性特征，即基于阶级或民族的“我们”成了唯一的言说主体，一切与这个大而无当的“我们”的团体情感相冲突、相背离的所谓私人情感，都被挤出了左翼诗坛，于是，被周扬等视为“社会主义的现实主义”一个“必要的要素”的“革命的浪漫主义”，只能被降格为一种脱离了诗人本真情感体验的空泛的“革命伪激情”，其唯一功能就是为了煽动阶级革命和宣传左翼政治意识形态，唯一表现就是革命乐观主义和革命英雄主义。中国

① 沙洛：《过去文化运动的缺点和今后的任务》，《列宁青年》第2卷第6期，1930年1月1日。

② 吕家乡：《简论蒋光慈殷夫的政治抒情诗》，《安徽教育学院学报》，1990年第1期。

现代左翼浪漫文学的发生受益于文学与政治的有机结合，但他的局限性乃至危险性也恰恰根源于此，尽管“左翼文艺界后来对辛克莱‘文艺宣传论’的反思和批判，可以使革命文学论争更趋向于学理层面而少意气之争，却不足以使左翼文学超越其自身的艺术局限性。”①这，也许就是左翼浪漫主义文学的宿命。

哈罗德·布鲁姆指出，“一个诗人的姿态，他的语词（word），他的想象力的同一性，他的整个存在——所有这一切却必须为他所独有，而且永远为他所独有。否则，他就会死亡，作为诗人死亡，即使他已在诗的肉身中获得了第二次诞生。”②分析第二期那些以集团的“我们”为抒情主体的左翼浪漫诗歌，之所以绝大多数文本归于失败，正是因为创作主体在其作为“诗人”的层面上实际已经“死亡”，即他那为自身所独有的主体性已经丧失。只因1930年代的左翼权威话语并没有给作家提供充裕的时间与空间去了解普罗大众进而获得无产阶级的阶级意识，是故，诗人对异质于“自我”的“我们”并不熟悉，并不了解“我们”究竟是谁，究竟是怎样一个群体，究竟拥有怎样的情感、意志、理想和诉求？即便如此，明显左倾的政治文化语境还是迫使左翼诗人必需站在所谓全阶级的立场上，以集团主体“我们”的姿态抒唱无产阶级革命及其胜利的前景，这样一来，存在于第二期左翼浪漫诗歌中的“我们”，只能是一具具没有血肉或者没有主体性或者是虽有“体”却无“主”的空壳，其符号意义远大于作为生命实体的意义。正如马尔库塞所说，“马克思主义美学即使在其最著名的代表人物那里，都同样低估了主体性，因此，都倾向于把现实主义当成进步艺术的

① 陈红旗：《中国左翼文学的发生（1923—1933）》，暨南大学出版社2010年版，第217页。

② ［美］哈罗德·布鲁姆：《影响的焦虑：一种诗歌理论》，江苏教育出版社2006年版，第72页。

领域，而把浪漫主义贬为纯粹反动的流派，鄙视为‘腐朽的’艺术。”①于是，个人主体性因为被置换为集团主体性而消失，而集团主体性又无法在生命层面得到确立，两重主体性的缺位，导致绝大多数以集团“我们”为抒情主体的左翼浪漫诗歌浪漫性的稀薄，这也是其长期受到人们非议的症结所在。

左翼浪漫诗歌个人抒情主体“我”与集团抒情主体“我们”之间的矛盾纠葛，本质上还是“怎样理解文学”和“怎样理解文学与政治的关系”两个问题所致。在左翼权威话语掌控者看来，文学的本质是宣传，这一界定“表面上强调了形式上的社会政治意味，实际上却在强化文艺工具理性时消解了文艺的审美特质，高估了文艺的革命性作用，加剧了文艺的异化态势，使读者迷恋于在文艺的臆想和虚构中寻求革命的乌托邦”②。针对“文学是宣传”这一实质是要取消文学特殊性的偏激观点，鲁迅早在 1928 年即已指出，“美国的辛克莱儿说，一切文艺是宣传……但我以为一切文艺固是宣传，而一切宣传却并非全是文艺，这正如一切花皆有色（我将白也算作色），而凡颜色未必都是花一样。革命之所以于口号，标语，布告，电报，教科书……之外，要用文艺者，就因为它是文艺。”③而茅盾在 1932 年为华汉《地泉》所作序言中也同样指出，“文艺作品之所以异于标语传单者，即在文艺作品首要的职务是在用形象的言词从感情上去影响普通一般人，使他们热情奋发，使他们认识了一些新的，——或换言之，去组织他们的情感思想。”④尽

---

① [美]赫伯特·马尔库塞：《审美之维》，广西师范大学出版社 2001 年版，第 195 页。

② 陈红旗：《中国左翼文学的发生（1923—1933）》，暨南大学出版社 2010 年版，第 207 页。

③ 鲁迅：《文艺与革命》，《语丝》第 4 卷第 16 期，1928 年 4 月 16 日。

④ 茅盾：《〈地泉〉读后感》，《〈地泉〉五人序》，《中国新文学大系（1927—1937）》（第一集 文学理论集一），上海文艺出版社 1987 年版，第 873 页。

管茅盾的这番言辞留有波格丹诺夫“文学组织生活论”的部分痕迹，但他想要维护文学独立性的意图是与鲁迅一致地。也是在《〈地泉〉读后感》一文中，茅盾总结1928至1930年间革命文学基本失败的原因时，一针见血地道出了这些作品所存在的“缺乏感情地去影响读者的艺术手腕”的致命弱点。以今天的视角去认知，文学的本质当然是“审美”，即不论文学创作是否有功利目的，都应遵循内在的美学原则和艺术规律。当然，文学既可以停留于作家无功利的自足性美学世界里，从而自我娱乐、自我消遣、自我释放乃至自我超越，也可以通过与政治结盟、与革命携手、与商业联姻等各种方式对它的受众施加程度不一的影响，从而使它的社会功利作用发挥最大化。我们并不排斥或者否定文学的社会功能乃至政治宣传功能，然而，这些功能的发挥必须被置放在一个审美的世界中去达成，只因文学毕竟是文学，它拥有属于自己的特质和范畴，如同范伟所说，“文学的本质就在于对现实有限性的克服以实现自由，浪漫主义作为文学思潮的一个支脉，它所采取的策略就是将社会、历史所‘颠覆’了的人的主体再颠覆过来，以审美的方式实现人的解放与自由。”①

20世纪30年代左翼政治文化的强势存在，特别是阶级矛盾、民族矛盾和社会矛盾日益峻急的客观现实的存在，使得在那个崇尚“革命”的年代里，那些纯粹追求审美愉悦或精神超越的文艺作品遭到越来越广泛的贬抑，与之相反，那些追求社会现实效应、政治功利性和宣传革命意识形态的作品，却愈来愈受到读者的欢迎，文学的普遍政治化见证了那个年代社会审美风向的变迁。从这样的时代环境去考察，左翼作家那些一切以政治信仰为中心的行为，包括他们以政治宣传为目的的文艺创作、他们的走向街头、

① 范伟：《革命浪漫主义：对真实性与主体性的双重消解》，《河北学刊》，2001年第5期。

融入革命的普罗大众、从“我”走向“我们”，及至参加实际的革命斗争等等，都可以说是在引领时代风尚的。然而，“我们应该承认，社会环境似乎决定了人们认识某些审美评价的可能性，但并不决定审美价值本身。”①正是在左翼文学的现实功利性被广泛张扬和不断榨取的过程中，文学本身的审美特性非但没有得到相应提升，反而是被挤压甚至被逐渐放逐了，第二期左翼浪漫诗歌集团主体的空洞性即是明证，而由这空洞主体抒出之情必然是模式化的，无非是鼓动处于水深火热中的工农大众(注意：是“我们”鼓动“我们”)团结起来推翻残暴的统治阶级，并且总是乐观地预言最后的胜利必定属于战斗的“我们”，所谓左翼政治意识形态的传声筒便是这样。对此，宋剑华曾指出，“在早期的中国无产阶级革命文学中，我们发现作品的主观抒情呈现出主体审美理想的单一性特征。作者似乎很少借助于客观世界的自然景观作为抒情对象，主体信仰的直接表白往往使作品成为了政治理念的教科书，这无疑极大地削弱了作品文本的艺术感染力。”②文学与政治分属于两个不同范畴，两者都有自己的本质、特点、规律和内在形式要求，因此，政治与文学的结合是有限度的，正如韦勒克所说，“文学并不能代替社会学或政治学。文学有它自己的存在理由和目的。”③文学只能以自己的方式去表现或传达政治理念，而不可能丢掉它自己。马尔库塞指出，“革命和艺术之间的关系，是一种对立的统一，一种敌对的统一。艺术遵从必然性，然又有其自身的自由，这种自由并非革命的自由。艺术与革命在‘改造世界’即解放中，携起手来；但是，艺术在其实践中，并不放弃它自身的紧迫性，并不离开它自身的维度：艺术总是非操作性的东西。在艺术

① [美]韦勒克、沃伦：《文学理论》，江苏教育出版社 2005 年版，第 115 页。

② 宋剑华：《光荣与梦想——论 20 世纪中国革命文学浪漫主义的表现特征》，《中州学刊》，2002 年第 2 期。

③ [美]韦勒克、沃伦：《文学理论》，江苏教育出版社 2005 年版，第 121 页。

中,政治目标仅仅表现在审美形式的变形中。即便艺术家本人是'介入的',是一个革命家,但革命在作品中也许照会付诸阙如。"①就此而论,文学与政治结盟或艺术与革命携手,始终应以对文学(艺术)自身审美维度的坚守为前提和底线,离开了这一维度,非但文学(艺术)表达政治(革命)理念的功能会被削弱,甚至文学(艺术)本身也将得到消解。因此,问题的关键不在于文学是否应当服从或服务于政治,而在于作者能否将试图传递给读者的政治理念、政治信仰、政治诉求和政治前景等信息,以符合艺术内在必然性的审美的方式呈现出来,使读者得以在艺术想象的时空里,于获得审美愉悦之际,润物无声般地接受其隐藏的政治信息,而不是直接的赤裸裸的政治宣教抑或空洞的革命说教。"应当清醒地认识的是,文学观念不等同于具体的文学作品,文学作品不是单纯的理念的表达,而是人的直觉、情感、意志和理性诉求等精神活动的全面艺术化展现;粗俗浅陋的文学作品不但毫无艺术性可言,甚至也不足以深入全面地表达政治理念;而有品位的文学作品不但具有丰富的艺术想象空间,而且可以借此使政治理念更富于生命力和感染力。"②惟其如此,对于第二期中国现代左翼浪漫诗歌来说,即便当集团主体"我们"成了唯一抒情主体,只要创作主体仍然视自己为"诗人",并能自觉地甚或近乎于本能地坚守诗歌的审美维度,从而间接地艺术地表现左翼政治意识形态,继而创作出符合审美规律和艺术原则的左翼浪漫诗歌,这在理论上似乎是可行的。然而,事后看来,这只是一种美好的理想而已,因为正如贾振勇所总结的那样,"许多左翼文人知识分子在文学实践中自觉不自觉地将文学服从革命当作压倒一切的最终目的,以至

① [美]赫伯特·马尔库塞:《审美之维》,广西师范大学出版社 2001 年版,第 164—165 页。

② 贾振勇:《理性与革命:中国左翼文学的文化阐释》,人民出版社 2009 年版,第 216 页。

于很多左翼作品不能较好地将政治要求表现在审美形式的变形中,反而破坏了文学的生态平衡。"[①]究其根源,正是因为绝大多数第二期的左翼浪漫诗人,在他们融入普罗大众的过程中,丢失了自己的"诗人"身份、立场和责任,忽视或者无视自己作为一个"诗人"只能通过惟自己所能创造的"诗歌的方式"去影响社会进而间接改造社会的内在使命,这既是他们对自己安身立命之所的放弃,当然也是对"诗歌"本身的放逐。马尔库塞认为,"艺术真理的根基在于:让世界就像它在艺术作品中那样,真正地表现出来。这种观点意味着,文学并不是因为它写的是工人阶级,写的是'革命',因而就是革命的。文学的革命性,只有在文学关心它自身的问题,只有把它的内容转化成为形式时,才是富有意义的。因此,艺术的政治潜能仅仅存在于它自身的审美之维。艺术同实践的关系毋庸置疑是间接的、存在中介以及充满曲折的。艺术作品直接的政治性越强,就越会弱化自身的异在力量,越会迷失根本性的、超越的变革目标。"[②]

然而,左翼诗人既要融入集团成为其一分子,又要尽可能保持自己独立的诗人身份,这绝对是一道极具悖谬性的诗学难题。众所周知,当个体完全融入群体,当抒情主体从"我"推进到"我们",个人式的情感将为阶级式的情感所同化,随之而来的是以个体方式言说革命的话语空间被无限压缩,在这样的情况下,左翼诗人如何做到既避免被大而无当的"我们"所消解,又能自由舒张阶级的情感和集团的意绪,也就是要以个性化的话语模式传达阶级、群体、集团的感情,这绝对是系统检验和整体考量诗作者诗歌创作技艺的一座山峰。左翼诗歌之所以常常受到诟病,最重要的

---

① 贾振勇:《理性与革命:中国左翼文学的文化阐释》,人民出版社 2009 年版,第 191 页。

② [美]赫伯特・马尔库塞:《审美之维》,广西师范大学出版社 2001 年版,第 191—192 页。

原因就在于很多诗人无法解决“我”与“我们”的关系，或者如蒋光慈那样永远基于自我立场远观革命和“想象”革命，无法传达需要“革命实感”方能获得的真正的阶级情感，或者如中国诗歌会许多诗人那样虽以“我们”的方式言说革命，且传递的也是所谓阶级的情感，但因为这些阶级情感没有转化为自我的生命体验，没有经过自我心灵的浸润和熔炼，所以成了浮泛甚至空洞的情感，从而影响了文本的审美效果。由是可知，能否有效解决“我”和“我们”之间的悖谬关系，实际已经成为横亘在左翼浪漫诗歌发展途程上的一个巨大障碍。那么，面对这一注定无法回避或者绕开的庞大障碍物，左翼浪漫诗人是否真的将束手无策，左翼浪漫诗歌的发展是否只能宿命般地到此为止了呢？要解答这个问题，还需回到文学与政治结盟或称艺术与革命携手的起点处。我们说，艺术之所以可以同革命联姻，是因为两者的终极目标都是为着实现个体的自由和解放，尽管它们在争取人类自由方面所采取的方式方法以及发挥实际效用的领域有着本质差别，但这并不影响它们在特殊历史时期的相互选择和携手并进。于是，在目标一致的情况下，文学知识分子加入革命集团，理论上是可以在集团中继续保持自己清醒且独立的个体样态的，即如马尔库塞所说的“真正的团结和共同体，并不意味着吞没个体，毋宁说，它们的产生，正在于自律性个体的决断，它们是社会化个体（而非芸芸众生）的自由联合。”[①]然而在现实操作层面，个体融入群体极有可能成为的是古斯塔夫·勒庞笔下被集体无意识所操控并推动的没有独立人格意识的“乌合之众”，这也再次证明左翼诗人要在革命群众的集体大合唱中发出自己声音的困难重重。尽管那个存在于马尔库塞理想状态的基于“社会化个体的自由联合”（而不是芸芸众生或

---

① ［美］赫伯特·马尔库塞：《审美之维》，广西师范大学出版社 2001 年版，第216页。

乌合之众）的所谓“真正的共同体”很难出现，但是，虽融入却没有被群体完全吞没的个体则又是可以偶然存在的，第二期中国现代左翼浪漫诗歌中那些集团个体化抒情文本正由他们所开创。这些尚未被群体彻底吞没的自律性个体“我”，之所以能够存留于集团“我们”当中，绝对不是因为左翼诗人对集团规训的有意识抵制，毕竟他们本质上都是无产阶级战士，是故，唯一的可能性便是他们对自己作为“诗人”身份的无意识坚守，正是这份坚守，使得诗人的个人主体性和创作主体性得到一定程度地维护，继而本能地按照审美创造规律和艺术内在必然性去经营诗歌的想象世界，将政治理念和意识形态借助并依托诗歌特有的审美形式获得艺术地表现。符杰祥认为，“革命战士与浪漫诗人的双重身份决定了作家人格结构的两栖性，亦即显性人格、现实人格、社会人格与隐性人格、理想人格、个体人格的双重性，而这种双重性也相应地投射于他们的人生追求与文本世界中。”①毫无疑问，对这些没有被集团全然吞没或消解的左翼诗人来说，无产阶级革命战士的身份是为他们的“显性人格、现实人格、社会人格”，而浪漫主义诗人的身份则是他们的“隐性人格、理想人格、个体人格”，双重身份、两栖人格的合而为一，使他们成为既站在革命风暴当中又超越风暴之上、既隐匿于“我们”中间又超越了“我们”的特殊个体。由于他们是从阶级群体中走出的个体，满蓄着阶级的情感、意志和诉求，所以成了阶级的化身；又由于他们没有完全被集团所吞没，相当程度地保留了个人的主体性，所以又能超越集团之上，进而以清醒者的姿态个性化地抒唱阶级的情感、意志、理想和信念，最终建构起基于阶级本位或民族本位的既有形又无形的亦真亦幻的个人主体形象，所谓集团个体化文本的精髓和美学意味即在于

---

① 符杰祥：《悖谬的和谐——论左翼浪漫主义文学文本的双重性征》，《山东师范大学学报》（人文社会科学版），2002 年第 6 期。

此，这种抒情范式由于相对较好地解决了“我”和“我们”如何共存的美学难题，部分地清除了阻挡在左翼浪漫诗歌发展路上的强大障碍，并且，又是在不触犯、不抵制、不否定强大的集团主体的前提下，在左翼权威政治话语的夹缝中，为诗人的创作主体性乃至精神自由开辟出一条极其珍贵的通道，正是在这个意义上，集团个体化左翼浪漫诗歌的诗学价值是需要高度肯定的。

然而，在第二期的中国现代左翼浪漫诗歌中，真正符合集团个体化抒情范式的文本绝对是稀缺资源，除却殷夫的部分诗歌，似乎再也找不出既拥有基于阶级主体性之上亦真亦幻的个人抒情主体，且文本本身又拥有诱人品位的抒情空间的典型个案，如果定要扩充这个范围，也许只有蒲风的《晚霞》《钢铁的海岸线》和田间的《路》等诗作勉强可以跻身集团个体化抒情的范畴。此处，我们谨以殷夫的《呵，我们踯躅于黑暗的丛林里！》《血字》《意识的旋律》《一个红的笑》《静默的烟囱》《议决》和《May Day 的柏林》等七个诗作的分析，来管窥集团个体化左翼浪漫诗歌的艺术魅力。殷夫的这些作品基本上都以“我们”为抒情主体，但真正的声调显然来自于喧嚣混沌的“我们”之后或之上的清醒的“我”。记得革命诗歌首发者蒋光慈曾经说过，“倘若某一个文艺者有这样的精力，一方面为文艺的创作，一方面从事实际的工作，那的确是为我们所馨香祷祝的事情。但是在事实上，这恐怕是不可能的。”[①]殷夫的存在及其成功，显然是对蒋光慈这一有替自己开脱嫌疑的“论断”的最好驳斥。事实上，正是广泛深入地介入地下革命斗争生活，使得殷夫从一名小资产阶级知识青年彻底转变为坚定的无产阶级战士，并使其左翼浪漫诗歌创作实现了从个人主体性向阶级主体性的位移，也同样是因为在革命大家庭的历练与启示中，殷夫得以获致一份既立足阶级又超越阶级的先锋觉识，并使其左

① 华希理：《论新旧作家与革命文学》，《太阳月刊》第 4 期，1928 年 4 月 1 日。

翼浪漫诗歌写作完成了阶级主体性基础之上的自我型构，从而将中国现代左翼浪漫主义诗歌推向一个瑰丽的境界。吴思敬在评价殷夫时指出，“作为一个革命者，他担负实际的工作；作为一个诗人，他听命于自己的内心。这样殷夫才可能在他的诗歌中，全方位地展现了一个革命者丰富的精神境界和情感世界，在现代诗歌画廊中塑造了一个丰满而多姿的革命诗人的自我形象。”①

《呵，我们踯躅于黑暗的丛林里！》一诗，是殷夫以“我们”写“我”的开端。全诗整体上营构了一个“毒藤缭绕、荆棘遍布”的“黑暗丛林”的抒情空间，是为污浊现实之象征。“我们”这正受着“饥饿与寒冷压迫的一群”，只有一面忍耐苦痛一面“踯躅前进”，并用我们“愤怒的心火”和“反抗的热焰”去“煽起”“世界大同的火灾”，于烧毁这座万恶的“黑暗丛林”的火光中看见“天上旖旎的红霞”。显然，此诗的阶级主体是相对明晰的，展示的是高扬着坚毅反抗精神的乐观团结的革命者群像。但就在这革命者群像的“我们”中，分明又有着“自我”的存在。首先，如果说对黑暗社会现实的感受是一种普泛性的存在，那么主体将其喻为一座“黑暗丛林”则绝对是一份个人式的想象；其次，主体有关“黑暗丛林”种种恐怖景象之描绘明显属于“私人化”的幻想，如“多液的毒藤蔓延着，蔓延着在路旁/带刺的花朵放出可怕的麻醉的浓香/古怪的灌木挂着黝青色的细叶/开放着妖魔的死的光芒的黑色牡丹！”，再如“这儿有刺人灵魂的怪鸟的狂鸣/也有最大最毒的蟒蝎荡着怕人的呻吟/绿的眼睛红的舌尖，这黑暗中也看得分明”；再次，主体关于苦难的丰富体验更显示出一个鲜活个体的存在，无论是“毒藤绕缠着脚胫，荆棘刺痛了手臂”，还是“苦痛和愤恨象蚕一般地吞噬着我们的心灵”，抑或“痛苦象小虫般地吃噬着我们肉体/饥寒象尖刀般地刮刺着我们肌肤”，这些直感式的体验皆有赖于一颗真实而

① 吴思敬：《还原殷夫的艺术个性》，《中国现代文学研究丛刊》，2011年第9期。

敏感的心灵去认知，无法由群体的“我们”去代替；最后，也是最重要的一点，“我们”一直是“手牵着手，肩并着肩”的一群，而不是融合为一体的不可分解物，所以，“苦痛”由一个个的“我”共同分担，“踯躅前进”由一个个的“我”一起脚步整齐地执行，“愤怒的炬火”是在一个个的“我”的心里同时燃起，而表征对革命前程之乐观信念的“天上的红霞”也是在一个个的“我”的憧憬里一起闪烁。概之，“我们”正是由无数的“我”构成的统一体，主体的这种启悟意味着一个融汇在阶级群体中的清醒个体对自我独立价值的可贵坚守，外加其想象现实的个人化姿态——“黑暗丛林”、对丛林恐怖景况的“私人化”幻想以及对多样苦难的真实而丰富的个性化体验，合力推出了一个有血有肉、有痛苦又有反抗、有行动又有理想的生动的自我主体形象。毋庸置疑，这是从阶级的群体中孕生的阶级的个体形象，是建基于阶级主体性之上的全新的个人主体性。殷夫正是以《呵，我们踯躅于黑暗的丛林里！》这样优秀的文本，开启了属于他的“从‘我们’中提纯出‘我’”的新型左翼浪漫诗歌写作之路。

诗作《血字》的最大特色在于殷夫动用其卓越的想象才能，将“五卅”这两个“血液写成的大字”生命化和英雄化，使得“五卅”成为从民族主体特别是阶级主体襁褓中生长起来的时代复仇者。只因两个“血字”是以无数革命先驱的鲜血写成，凝聚着万千精魂在内，因而“五卅”这位英雄是既站在革命风暴当中又超拔于风暴之上的阶级乃至民族的化身，他的命运是以全阶级全民族的命运为保障的，他的仇恨、反抗和力量也就是全阶级全民族的仇恨、反抗和力量，他的确是从阶级解放和民族解放的革命时代浪潮里涌出的一个，站在其身后的是整个已然觉醒的阶级主体和民族主体。惟其如此，当他“立起来，在南京路走！”的时候，才可展现出时代超人的雄姿：“把你血的光芒射到天的尽头/把你刚强的姿态投映到黄浦江口/把你的洪钟般的预言震动宇宙”。从这一巨人的壮阔形象中，读者分明可以感受到整个集团、阶级、民族已经醒来并且要争取解放的时代特征；“今日他们的天堂/他日他们的地狱/今日我们的血液写成字/异日他们的泪水可入浴”，时代超人这份满溢革命豪情和乐观信念的历史预言，显然是依托集团力量的强大支撑而对民族命运、阶级前途所作出的感性启悟和理性研判。如果说文本到此为止，读者所能感知的是隐匿在这位阶级化身抑或民族英雄背后的群体，换言之，是从个体的“我”中发现无处不在的群体的“我们”，即“一的一切”，那么文本的第六、第七两个诗节则为读者提供了一个拥有独特个性且来自于“我们”的“我”的形象，即“一切的一”。“我是一个叛乱的开始/我也是历史的长子/我是海燕/我是时代的尖刺”，四个意象分别从四个方面揭示了这位名为“五卅”的时代英雄的性格特征：最先擎起反抗大旗，意味着他要做革命的先锋；历史的长子，意味着他所肩负的责任与使命是义不容辞和无法推卸的；海燕，象征着他的生命价值只有在永远搏击于革命风暴直至死去的过程里得到尽现；时代的尖刺，象征着英雄的生命力度与质感。当然，这些意象的内涵绝不止于此，它们的存在既显示了主体个性化的社会认知与革命体验，又丰富着英雄的人间本位色彩，使其变得立体而多元，生动而活泛。相对而言，第七诗节的想象空间更为奇异，“‘五’要成为报复的枷子/‘卅’要成为囚禁仇敌的铁栅”，两句诗巧妙利用“五”和“卅”的字形特点展开想象，天才式地完成其作为时代复仇者的自我形象建构；“‘五’要分成镰刀和铁锤”一语，既暗示了中国无产阶级革命力量伴随“五卅”运动而崛起的历史事实，又隐喻主体情系农工、同其生死与共、融为一体的政治立场和阶级意识；而“‘卅’要成为断铐和炮弹”一句，说明主体希望自己化作进攻敌人的武器，表征的是一种坚决的反抗精神和为革命奉献一切的崇高情怀。就这样，经历了从“我”中发现“我们”和从“我们”中凝聚“我”两个抒情阶段，“五卅”这位从无产阶级群体中走出的时代复仇者，才在真正意义上完成了个人主体形象的生动构建。

《意识的旋律》一诗的成功之处在于，殷夫通过将一大一小两条情绪变动线索放置于同一个宏大历史时空中并行推进的方法，在塑造民族主体和阶级主体的过程中，完成个人主体性的创造。牵动一大一小两个主体情绪变动的节奏点是一致的，这就是从"五卅"之前到当下的数年内所发生的重大社会历史事件，包括"五卅"惨案、国共合作下的大革命、国民党背叛革命的"四·一二"事变、共产党奋起抗争的"Dec. 11"广州起义，以及之后一系列可以想见的共产党领导的革命运动，它们的逐一发生实际成了激发和鼓荡社会情绪、民族情绪、阶级情绪以及置身风暴中间之个体情绪的催化剂与导火索，使得群体和个体两条情绪线索皆表现出起伏难平且越推越高的态势。唯因这两条情绪线的振幅、频率是一致的，所以它们之间形成的是一种互嵌互渗又同构的关系。

当然，殷夫更大的天才显示在他把意识的起落和情绪的波动架构在音乐的世界里，以音乐的不同音阶来指涉并配合各类情绪的抒发：为传达"五卅"之前相对平和的时代情绪和个体心境，他以柔和的轻音乐配之；为传递"五卅"惨案发生后的民族恨与个人仇，他让"旋律迫至中央C"；为展现大革命时期从民族到阶级到个人的亢奋情绪，他将声调拔到"高音的节奏"，并使之融汇成一部高音的交响；为说明"四·一二"事变之后陡转急下的悲郁气氛和心灵震颤，他又使旋律降为"短音阶的缓曲"；而为揭示以"广州起义"为重要标志的无产阶级开始独立领导革命运动的意义，特别是由此而使时代情绪从低谷走出、朝着最为高昂的方向不断迈进的事实，他最终奏出了"最高，最强，最急的音节"。就这样，以革命为关键词，一幅中国二十世纪二十年代社会历史变迁的风云长卷，被殷夫以一部扣人心弦且震撼人心的交响乐的方式完美地尽现出来。从这部交响乐里，读者不仅听出了一个阶级如何觉醒、如何抗争、又如何在受挫中快速成长起来、最后要以一种绝大的力量去争取彻底解放的光辉历程，而且还听出了一个强韧的生命个体如何感应着时代的召唤、为着崇高理想与自身所属阶级栉风沐雨、一起成长、一并战斗、乃至以身殉道的动人历程。据此可以认为，此诗的民族主体性并主要是阶级主体性，与个人主体性，是在社会大动荡、历史大变迁的革命征程里同时确立起来的。而且，又因为革命征程本身的复杂与曲折，使得阶级主体与个人主体的确立过程显得异常艰难，这从“意识的旋律”由柔和到中央C到高音到短音再到最高音的大起大落又大起的演绎中已然得到充分映现，一连串高低抑扬的不同音阶象喻着主体情绪的起落消长，而情绪之海的起落消长，又使阶级主体和个人主体在其生命内部的矛盾与交战中，放射出最绚美的光芒。无疑，这是两类主体的浪漫诗性之所在。

《意识的旋律》所拥有的浪漫质素不仅仅体现于阶级主体与个人主体的诗意存在，也彰显于这部伟大交响的某些重要音区。如在起始的柔和音区，有“银灰色的湖光/五年前的故乡/山也清，水也秀/鳞波遍吻小叶舟/平和，惰怠的云/渺茫，迷梦似的心/在波风黑暗的高台/遥望 Milky Way 上的天仙”，这是对平静的田园牧歌生活的温馨想象，也是舒缓的轻乐音所能给予听者的浪漫怀想和诗意图景。待到大革命的高亢音区，又有“《月光曲》的序幕开展/洪大的巨波起落地平线/碧绿的天鹅绒似的波涛/在天边，天边，夹风怒嚎/卷上昆仑的高顶/振动满缀石窟的长城/愤怒的月儿血般地放光/叛逆的妖女高腔合唱”，这是对北伐战争“风起云涌”之壮美宏阔气势的生动幻想，也是对一个民族觉醒并且奋起之际博大气象的灵觉，更是激扬澎湃的高音节所赐予听众的一席满载雄伟乐符的想象盛宴。当然，最摄人心魄的是这部交响乐的高潮及尾声，即它的“最高音区”：“最高，最强，最急的音节！/朝阳的歌曲奏着神力！/力！力！力！大力的歌声！/死！胜利！决战的赤心！/朝阳！朝阳！朝阳！/憧憬的旋律到顶点沸扬/金光！金光！

金光！/手下生出了伟大翅膀/旋律离了键盘/直上，直上天空飞翔，飞翔！飞翔！”，这既是对无产阶级成了历史的推动者与创造者之后，为着憧憬中的“朝阳”与“金光”群情激昂，在对强“力”生命意志矢志不渝地歌吟与张扬中，超越死亡，超越过去与现在，于奔腾不息的战斗里达致灵魂自由、精神澄明的未来世界的纵情想象，也是对一位革命战士在参与无产阶级争取解放的“决战”里不断赢得力量、坚定信念，以至热血沸腾、越战越勇，最后为着熠熠生辉的理想献出生命的深情随想，更是一部伟大的生命交响乐在冲向最高峰的过程里，所展现出来的节奏愈来愈急迫、愈来愈亢奋、愈来愈雄放及至到达顶点时每一个音符都似乎“沸腾”起来的盛况，并在这最后的“沸腾”里想象着为听者推开了一扇通往“金光”世界的大门，又瞬间使听者产生灵魂脱离肉体的幻觉，直觉“生出了伟大翅膀”，偕同已然超离键盘的音符一起“飞翔”在那个金碧辉煌的“天空”里，以灵魂和旋律获得彻底自由的方式定格这曲生命交响的休止符。

还需特别指出的是，《意识的旋律》在现代诗歌节奏的精心布置方面几乎实现了完美，它使诗歌的内在情绪节奏、外在语言节奏和交响乐的节奏以及近十年间社会历史变迁的节奏四者缜密而又和谐地统一在一起，营建了一座诗歌、音乐、历史、心灵四位一体的精密系统。综合所有这些优越特质，我们完全有理由认为《意识的旋律》一诗在二十年代的新诗尤其是左翼诗歌里绝对是一枝不可多得的奇葩。

《一个红的笑》和《静默的烟囱》二诗，分别塑造了“红色的狞笑”和“静默的烟囱”两个主体形象，从其象征性寓意来看，这两个形象都既指涉阶级主体又指涉从群体中凝聚而出的个人主体。“红色的狞笑”内涵相当丰富：“红色”可表征无产阶级革命的意识形态特征，而“狞笑”既可隐喻暴力反抗的意绪，又是乐观信念的展示，于是当殷夫采用破格想象和通感手法使“红色”与“狞笑”联袂而构成一个奇特的本体即“红色的狞笑”时，其喻体的能指空间显然要大于单个成分之和，只因重组后的崭新形象已然拥有了一份独立的生命意识，它可以在自己的时空内自由言说、想象、行动、繁殖、再生乃至不断地自我重构。如此一来，文本的想象空间就被无限放大。从中，我们不仅可以感受到一个把握了历史规律、掌握了自身命运的工人阶级群体如何占有城市并将成为其主人的诗意景象，也可以在工人群体中辨析出那位面露“红色的狞笑”且具有某种超然意味的革命急先锋的神性风采。相对而言，“静默的烟囱”所能提供的想象空间明显要窄，因为它不是一个经由奇异组合而诞生的动态型主体形象，固然也可在其“静默”的世界里自我言说、自我建构，但终究是单色调的。然而，“静默的烟囱”这一主体形象自身所拥有的典型寓意，又在诸如力的象征、意志的象征、生命紧张感的象征和天堂憧憬的象征等方面，较好地完成了对于“斗争时”工人阶级的群体性建构，而“静默的烟囱”傲立世间、俯瞰苍生、与孤独为伴、与清风云霓唱和的绝美身姿，则显然是对立身阶级群体又超拔阶级群体的革命者“我”的理想隐喻。

《议决》与《May Day的柏林》二诗，前者书写革命者开会的场景，后者描述德国柏林无产阶级“五一”革命大暴动的场景，其共同点在于两者都属于心灵化的虚写，而非现场实况的客观记录。《议决》呈现给读者的只是抒情主体开会时的一系列情绪跃动：“在幽暗的油灯光中”因看到众人的影子，便直感“我们是无穷的多”，继而又幻觉我们“享有一颗大的心”；达成决议时由人们的“笑”幻想出“许多疲惫的马”；尔后思绪又跳跃到对于“明日”的憧憬，所谓“我们将要叫了/我们将要跳了”；最后又突兀地想起要交待同志们“今晚睡得早些也很重要”。文本全由大跨度心理活动构成，使得“议决”过程支离破碎，需要借助充分的想象与联想方能建构革命者忘我工作的群像。当然，殷夫的实际意图并不在于复现客观场景，而是为了推出那颗为全体与会者共有的“大的心”，其间那些“笑”“静默”“叫”“跳”等情态，都意在表征这颗“大的心”的生命律动。唯因它荟萃了全体革命者的情感、力量、意志和信念，所以显得朝气蓬勃、活力四射，这是无产阶级职业革命者群体之主体性建构的源泉所在。与此同时，这颗“大的心”由“我们共同地享有”的事实，反向表明个体既依赖群体又保有自身姿态的意味，由无数个体的“小心”熔铸成一颗群体的“大心”，“大心”的存在并不意味着“小心”的必然隐失，这其实是殷夫在思考个人与群体关系上的一种清醒。惟其如此，读者仍能从作品中体察到一位穿梭于文本内外又切实来自于“我们”的革命者的音容笑貌。《议决》写开会的场景的确是太“虚”了点，与之相比，《May Day 的柏林》写战斗场面时却并不是“一虚到底”，当中也添加了许多“实”的成分。众所周知，抒情类文体在描写战争画面时既有优势也有劣势，其劣势在于不适合细致全面地复现战争图景，其优势在于通过提炼战争中人物、环境、气氛甚至富有意味的场景或细节等所彰显出来的精神意绪，达到以神传形、以虚写实、以情绪书写战争心灵史的艺术效果。《May Day 的柏林》的特出正在于殷夫的以神传形和以虚写实：他借革命队伍的外形变化来传递各阶段的战斗信息，从敌人未出现时“我们严肃的队伍”，到敌我对垒时队伍“开始为热烈的波涛冲破”，到迎战时“我们的队伍/为勇于迎敌的热情/开始突破了行列/满街，瞧！都是我们在狂奔”，再到激战时队伍的时而“突进”时而“蜂聚”又时而“袭击”，直到最后总进攻时队伍“没有疲倦”的“攻击，攻击，永远的攻击”。此外作为补充和配合，在队形的变化中又穿插了一条主体情绪变迁的流脉，即从“愤怒”到“热情”到“暴怒”到“狂热”的情绪发展线索。就这样，一场“普罗列搭利亚”与“布尔乔亚”之间声势浩大的战斗，便在革命队伍形神兼备、虚实相生的动态演绎中得到完美呈现，且由此而塑造出革命群体“我们”的主体形象。不仅如此，

《May Day 的柏林》还因为创生了“暴乱的笑容”这一具有“红色的狞笑”般丰富内涵的主体形象，而使文本平添了更大的阐释空间。在“暴乱的笑容”的神异组合中，读者非但可以捕捉到一个阶级在暴力革命中求生存谋解放的群体面影，更可以体悟到一个正在参与战斗又在俯视战斗、正在创造和书写历史又在见证和笑傲历史、正在改变过去和现在又在预言和筹划将来的全知全能式的革命战士的光辉形象。故而，这位从“暴乱的笑容”的想象世界里走出的革命战士，是带有超越性质的某种理想的化身，它既可理解成是对那个在革命漩涡里彻悟了生命真谛，并执意要将自我奉献于神圣的阶级解放事业，以实现其人生最高价值和终极意义的革命者的诗意写照，又可理解为作者对于战士型诗人的理想化注解，当然也可认作是对诗人殷夫自己的理想化注解。惟其如此，这位革命者的形象是唯美而浪漫的，他拥有超越时空的永恒魅力。

行文至此，我们基本明确了殷夫在创作集团个体化左翼浪漫主义诗歌方面的卓越才能。而他所以能够超越同时期大多数左翼诗人，首要原因在于他天然拥有的作为“诗人”的诗美创造禀赋。骆寒超在总结殷夫诗歌才情时指出，“他具有从事物表层透视深层的目光，从社会现实推向历史的觉识，从个体生态展示人类的胸襟。而这一切，对他来说并不是有意为之的，而好像是一种本能行为。正是这一点，大大推动了他对生活作心灵消融、重组这一能力的发挥。所以他的艺术运思是拓展型的，且决定了他总会本能地站在宏观视野的高度去进行抒情。也正是这种对生活作心灵消融的能力，促使殷夫在表现真实世界中习惯于对生活作虚拟式重组。他具有能把常态情思化为幻感显示的潜能，把现实事态变为隐喻传达的智慧，把普通语言转为直觉表述的本领。对他来说这种种做法全像是出于本能的行为，显得很自然，从而使他对生活作心灵化的能力得到了充分的发挥。这种种表明：他的艺术传达有高度现代化的特征,即总是以宽式象征去进行抒情,从而也进一步显示出他对生活作心灵消融的诗美创造本色。"①殷夫对革命斗争生活作"心灵消融"和"虚拟式重组"的处理方法,以及在许多作品中采用"宽式象征"或称"整体象征"的抒情策略,使其左翼诗歌文本的个性主义与浪漫主义美学特质得到强化,这既是对注重客观写实的一般意义的左翼文学的重大突破,也是对激情有余而个性或形象性缺乏的标语口号文学、政治宣教文学的重大突破。

此外,殷夫之所以能够超越同时代大多数左翼诗人,另一个重要原因是作者很早便拥有的孤独生命体验及由此形成的超迈的生死观。以诗集《孩儿塔》为代表的殷夫前期诗歌,为读者呈现了一位性格内倾的敏感诗人,如何挣扎于正负情绪情感的撕扯当中,又如何极力想要突破孤独围困、寻找灵魂出口的过程。正是在与孤独的纠缠、排拒和对抗中,主体对生命、死亡、存在等终极性命题的认知达到了某种超然境界。叶橹指出,"作为殷夫诗歌中一种不容忽视的内在的潜意识表现,是他对死亡的坚执而坦然的面对……死亡意识其实是生命意识的重要内容。所谓'向死而生',并不是一个消极的主题。这是一个如何正确对待生命的'在'与'不在'的话题……殷夫在不同的诗篇中所表达出的对死亡的坦然态度,既体现了他作为诗人的敏悟,也或多或少地证明着他的'生存之境'。"②殷夫对生命孤独本质的过早体认,对死亡与存在的达观和坦然,使其探寻"生存之境"即生命终极意义的内在吁求表现出超越常人的强烈,所以当其后来直面崭新的共产主义世界大同理想时,才会产生灵魂终于获取新生的愉悦和满足。

---

① 骆寒超:《殷夫遗诗校注·序》,王庆祥编,浙江文艺出版社2010年版,第3页。

② 叶橹:《早熟的诗人 夭折的天才——殷夫诗歌浅议》,《百年殷夫:新感悟、新解读》(骆寒超、王嘉良主编),上海文艺出版社2011年版,第57—58页。

唯因革命理想本身的神性与诗意存在是对主体孤独生命体验和死亡意识的最彻底超越，而且只有彻底超越孤独与死亡，方能实现生命的终极价值。诚如王嘉良在评价殷夫《孩儿塔》时所说的那样，“左翼诗人都不是天生的革命者，他们之走向革命，大都经历了感受痛苦、体验忧愤到挣扎抗争的心灵历程。《孩儿塔》诗的忧郁情绪渲染，其间有伤感，有挣扎，也有激愤，真切地记录了诗人这样的心路轨迹，这为他后来义无反顾选择革命作了生动的注脚，在左翼文本中颇有代表性，这也许就是它值得珍视之处。”①而就殷夫后期革命题材的诗歌写作来说，正是由于主体孤独生命体验和超迈生死观的存在，使他得以始终保持一份清醒者的立场和超越者的姿态，即便在那些立足阶级主体的文本中，读者仍能从阶级群像中分辨出那位穿梭于群体内外的全知全能的革命者，这就意味着殷夫较好地解决了左翼诗歌之“我”与“我们”的难题，从而实现了左翼浪漫主义诗歌之阶级主体性与个人主体性互不偏废、交相辉映的最佳形态。黄健认为，“殷夫诗歌中的抒情主人公形象……是一个实实在在、有血有肉和鲜明个性的，融合了自我‘小我’与革命‘大我’的、全新的‘我’和‘我们’——这一独特而崭新的抒情主人公形象：从孤寂的个体反抗开始，背叛自身曾经所属的阶级，走上无产阶级革命道路，最终成为无产阶级革命队伍中的一员，汇入浩浩荡荡的革命洪流之中，实现个人与整个无产阶级的革命理想。”②

总之，殷夫左翼浪漫主义诗歌创作的成功，既得益于他卓尔不群的诗歌写作技艺，又得益于终身困扰他的孤独生命体验，而突破孤独围困的强大动机既是促使殷夫最终完成从小资产阶级

---

① 王嘉良：《〈孩儿塔〉：审视左翼文本的另一种视角》，《百年殷夫：新感悟、新解读》（骆寒超、王嘉良主编），上海文艺出版社 2011 年版，第 141 页。

② 黄健：《论殷夫政治抒情诗的创作个性》，《浙江旅游职业学院学报》，2012 年第 1 期。

革命知识分子一步步向着最为纯粹、最为坚定、最为热忱的无产阶级战士型歌手转型的力量所在，也是导致殷夫诗歌从张扬个人主体性，进到张扬阶级主体性与民族主体性，再进到张扬阶级主体性之上的个人主体性的内在契机。殷夫左翼浪漫诗歌的艺术成就是多方面的，他善于经营恢弘壮阔的革命斗争场面，善于捕捉富有意味的细节和典型素材，善于运用恰当的语言和修辞来配合并强化无产阶级的战斗激情，从而使诗歌的内在情绪节奏与外在的语言节奏发生正相吻合，进而制造出磅礴的气势和急骤的旋律，以至于每一首诗都充满了激越、豪迈、深沉、真挚的情感，具有极大的鼓舞力量。丁玲曾这样评价殷夫的诗，“他的诗……我以为每首都象大进军的号音，都象鏖战的鼓声。我们听得见厮杀的声音，看得见狂奔的人群……我们感得到被压迫的人们的斗争决心，无产阶级团结起来与统治阶级的殊死的斗争。诗人的心是沉重的，是坚定的，是激烈的，诗人的感情是炽热的，它紧紧的拥抱着抗争的人们，他用力的握着真理……他是新的诗人……一个最健康，最坚强，最懂得爱，最富有生命的灵魂。”①殷夫左翼浪漫诗歌所描绘的无产阶级革命者形象，在中国现代左翼诗歌发展史的形象系列中具有开创性意义。潘颂德认为，“自五四至二十年代后期众多的进步的、革命的诗人中，还没有哪一位诗人象殷夫这样直接地抒写工人阶级与革命者的革命斗争活动，还没有哪一位诗人象殷夫这样在诗歌创作中倾注全力塑造无产阶级战斗集体的形象而又取得如此成功的艺术效果。”②事实上，殷夫诗歌不仅成功塑造了阶级群体的形象，更其可贵的是天才性地创造了基于阶级群体又超拔于阶级群体的个人主体形象，近乎完美地解决了

---

① 丁玲：《序——读了殷夫同志的诗》，《殷夫选集》，开明书店 1951 年版，转引自《殷夫集》（丁景唐、陈长歌编），浙江文艺出版社 1984 年版，第Ⅱ—Ⅲ页。

② 潘颂德：《论殷夫的诗》，《六盘水师专学报》（社会科学版），1996 年第 3 期。

左翼浪漫诗歌之“我”与“我们”的美学难题，正是这后一点才使殷夫的左翼浪漫诗歌在其同时代乃至以后较长一个时期内鲜有匹敌者，从而确立起自己在中国现代左翼浪漫主义诗歌体系中的巅峰位置。

第四章　左翼浪漫主义诗歌的首发者——蒋光慈

蒋光慈(1901—1931),又名蒋光赤,是为中国革命文学的早期倡导者和实践者,其文学成就涉及诗歌、小说、散文、文学评论、翻译等多个方面,并主要以小说与诗歌创作影响最大。几十年来,学术界对蒋光慈的研究主要集中于他的小说创作,而对其包括诗歌在内的其他文本关注不够,这在一定程度上制约了对蒋光慈整体文学成就的评价,也影响了中国现代左翼文学史特别是左翼诗歌史的研究。是故,对几乎伴随蒋光慈整个文学生涯的革命诗歌写作进行系统考察,尤其是将这些诗歌放置于中国现代左翼诗歌发展史的链条中予以观照,理性揭示蒋光慈革命诗歌的精神世界与整体风貌,无论是就客观衡估蒋光慈诗歌的文学史、诗歌史意义,还是就恢复和完善蒋光慈本人的文学形象,甚或为其小说研究提供新的视角,都是大有助益的。蒋光慈先后出版诗集有《新梦》(1925 年出,收录 1921 至 1924 年留苏期间的作品)、《哀中国》(1927 年出,收录 1924 年回国后至 1926 年的作品)、《乡情集》(1930 年出,收录 1927 至 1929 年的作品)等,它们为中国现代左翼诗坛留下了最早一批的探索果实,虽然青涩,其开拓之功自不可磨灭,特别是这些诗歌的出现对助推中国革命文学运动的全面兴起,及至推动中国无产阶级革命运动的蓬勃开展,都贡献了其作为鼓呼者与呐喊者的作用。蒋光慈的革命诗歌因其始终基于个人主体性的立场言说与想象革命，融自身多样的情感色彩于革命的宏大叙事当中，使其关于革命的书写呈现出鲜明的私语化、个性化、情绪化和浪漫化特征，显示了草创期中国现代左翼浪漫主义诗歌的基本风貌。与此相对应，蒋光慈的革命文学理论，尽管内涵驳杂，且多有相互龃龉之处，但一经细密梳理，其作为典型浪漫文人的革命文学观即可映现。当然，蒋光慈的革命诗歌写作在前，革命文学理念建构在后，但两者之间的互动、互渗与互溶关系亦不容漠视，也可以说，蒋光慈的革命浪漫文学观与他的革命浪漫主义诗歌写作是一个问题的两个方面，故而，对其革命文学思想之浪漫质素进行理性爬梳，无疑将有助于对其左翼浪漫主义诗歌的研究与定性。谢昭新则从苏俄文学对蒋光慈的创作影响出发，认定“蒋光慈的文学理论与文学创作，均受到俄苏文学理论和文学作品的影响，初期的政治抒情诗《新梦》、《哀中国》以浪漫抒情的革命抒唱，呈现十月革命后的苏维埃诗人的革命情调……勃洛克式的罗曼谛克，支持了他对浪漫主义的坚守”[①]，这为我们界定蒋光慈革命文学思想及其革命诗歌的浪漫性质提供了别样视角与他类佐证。

第一节　个性化的革命文学思想

蒋光慈作为中国现代革命文学的倡导者和实践者，无论是其写于 1924—1925 年间的以《无产阶级革命与文化》《现代中国的文学界》《现代中国社会与革命文学》等为代表的文艺评论，抑或是 1925 年 1 月出版的诗集《新梦》、1926 年 1 月出版的小说《少年漂泊者》，都可谓关于革命文学的最先一批文字，对五四落潮期整

① 谢昭新：《论俄苏文学对蒋光慈文学创作的影响》，《江淮论坛》，2010 年第 2 期。

体低迷、彷徨的文坛来说，不啻为空谷足音。的确，“他开拓了中国文艺运动最先的路……许多的青年，因着他的创作的鼓动，获得了对于革命的理解；走向革命。”①蒋光慈革命文学思想的形成颇为复杂，安徽五中时期开始接受新文学和新思想的熏陶，对《新青年》《每周评论》等刊物兴趣浓厚，并大量阅读了无政府主义的有关著作，甚至还与钱杏邨等人组织过无政府主义倾向的“安社”（“安”即“安那其”的简称），崇尚个人英雄主义与豪侠作风。当然，对蒋光慈革命文艺思想形成影响最大的，是其1921—1924留学苏联时期系统学习的马克思列宁主义革命理论，苏俄革命文学作家如布洛克、白德内依、马雅可夫斯基等的作品，以及因掌握俄语进而接触到的欧美文学（包括拜伦、雪莱等浪漫诗人），尤其是当时苏联文化界正盛行着的无产阶级文化派、“列夫派”、“拉普”前期“岗位派”和托洛茨基等的理论思想，这些都成为型构蒋光慈前期革命文艺思想的重要资源。回国之后，在革命文学创作的同时，蒋光慈撰写了多篇影响较大的文艺评论，鼓吹革命文学，并与后期创造社、太阳社诸成员一道使“革命文学”这一新生事物迅速唱响1920年代后期文坛。蒋光慈以自己对于文学、革命、革命文学家等切身命题的独特理解与言说，而使其无产阶级革命文学理论在最初建构时呈现出明显的个性化特征。

与所有革命文艺工作者一样，蒋光慈的革命文学理论所要解决的核心课题同样是文学与政治的关系问题。然而，蒋光慈对这一命题的理解与言说之个人性，乃在于视革命、文学与罗曼谛克三者为一个相辅相成的整体，其现实对应物则是所谓的“从革命的浪潮里涌出来的新作家”，无疑，这样的理解本身是简单化、浪漫化、理想化与主观化的。

---

① 方英：《在发展的浪潮中生长　在发展的浪潮中死亡》，《文艺新闻》第27期，1931年9月15日“追悼蒋光慈专号”。

1. *以情绪为核心的革命文学观* 从蒋光慈的大量论述可以见出，将革命与文学嫁接、整合在一起的不是钱杏邨所说的“革命党人生活及第四阶级生活的深刻的描写”[①]，而是革命情绪。他说，“诗人，文学家是代表社会情绪的，同时也是鼓动，启发，开导社会情绪的……倘若我们不是弱者啊，我们最低的限度要喊一生‘反抗’！”[②]，又说“文学是社会生活的反映，一个文学家在消极方面表现社会的生活，在积极方面可以鼓动，提高，奋兴社会的情趣……文学家是代表社会的情绪的，并且文学家负有鼓动社会的情绪之职任，我们听见了文学家的高呼狂喊，可以证明社会的情绪不是死的，并且有奋兴的希望”[③]，两段话语之公共关键词正是“情绪”。在谈到文学之所以落后社会生活时，他说“这是因为没有革命情绪的素养，没有对于革命的信心，没有对于革命之深切的同情”[④]，所关注的依然是“情绪”及其相近概念。反过来，从革命影响文学的情况看，蒋光慈实际所注意的也还是“情绪”。他说，“诗人总脱不了环境的影响，而革命这件东西能给文学，或宽泛地说艺术，以发展的生命；倘若你是诗人，你欢迎它，你的力量就要富足些，你的诗的源泉就要活动而波流些，你的创作就要有生气些。否则，无论你是如何夸张自己呵，你终要被革命的浪潮淹没，要失去一切创作的活力”[⑤]。甚至，当他界定革命文学的概念，即指出“谁个能够将现社会的缺点，罪恶，黑暗……痛痛快快地写将出来，谁个能够高喊着人们来向这缺点，罪恶，黑暗……奋

① 钱杏邨：《蒋光慈与革命文学》，《现代中国文学作家》(一)，《阿英全集》(第二卷)，安徽教育出版社2003年版，第103页。

② 蒋光赤：《现代中国的文学界》，《民国日报》副刊《觉悟·文学专号》第1期、第2期，1924年11月16日、23日。

③ 光赤：《现代中国社会与革命文学》，《民国日报》副刊《觉悟》，1925年1月1日。

④ 蒋光慈：《现代中国文学与社会生活》，《太阳月刊》第1期，1928年1月1日。

⑤ 蒋光慈：《十月革命与俄罗斯文学·死去了的情绪》，《蒋光慈文集》(第四卷)，上海文艺出版社1988年版，第57—58页。

斗,则他就是革命的文学家,他的作品就是革命的文学”[①],并规定“革命文学的内容：是以被压迫的群众做出发点的文学！第一个条件是具有反抗一切旧势力的精神！是反个人主义的文学！是要认识现代的生活,而指示出一条改造社会的新路径!”[②]时,突出的乃是文学的“高喊”与鼓动功能、出发点、反抗精神、指示意义等,这恰又是对于“革命的反抗情绪”的张扬。最后,在谈及革命文学的题材这一最需客观性的要件时,蒋光慈的认知也是以“情绪”为指归的,他说“问题不在于题材的种类,而在于作者用什么态度,用什么眼光,以何社会团做立足点,来描写这些种类不同的题材”[③],而“无产阶级艺术的内容,是劳动阶级的全生活,即劳动者的世界观,人生观,对于实际生活的态度,以及希求和理想等等。只有这是新艺术家不可不表现的题材。”[④]总之,对革命情绪即由无产阶级立场所激发的反抗情绪始终如一的强调与高扬,正是蒋光慈革命文学观的浪漫质素所在。

与此相关的是,在蒋光慈的革命文艺理论体系中,非但革命与文学可由情绪作为中介实现两者在精神层面的深度契合,即便“罗曼谛克”也可以在情绪的向度内完成与革命以及文学的融合。据郭沫若回忆,“但我却要佩服光慈,他在‘浪漫’受着围骂——并不想夸张地用‘围剿’那种字面——的时候,却敢于对我们说:‘我自己便是浪漫派,凡是革命家也都是浪漫派,不浪漫谁个来革命呢? ……有理想,有热情,不满足现状而企图创造出些更好的什

① 光赤:《现代中国社会与革命文学》,《民国日报》副刊《觉悟》,1925 年 1 月 1 日。

② 蒋光慈:《关于革命文学》,《太阳月刊》第 2 期,1928 年 2 月 1 日。

③ 华希理:《论新旧作家与革命文学》,《太阳月刊》第 4 期,1928 年 4 月 1 日。

④ 蒋光慈:《十月革命与俄罗斯文学·无产阶级诗人》,《蒋光慈文集》(第四卷),上海文艺出版社 1988 年版,第 123 页。

么的，这种精神便是浪漫主义。具有这种精神的便是浪漫派。’”① 可见，蒋光慈认定革命与浪漫的相通之处，正在于所谓“理想”“热情”“企图”“精神”等皆可归入“情绪”框的元素。在《十月革命与俄罗斯文学》一文中，蒋光慈更是将“革命、文学、罗曼谛克”理解成一个“三位一体”的同质概念，他说“在现在的时代，有什么东西能比革命还活泼些，光彩些？有什么东西能比革命还有趣些，还罗曼谛克些？……说起来，革命的作家幸福呵！革命给与他们多少材料！革命给与他们多少罗曼谛克！他们有对象描写，有兴趣创造，有机会想象，所以他们在继续地生长着”②，“革命就是艺术，真正的诗人不能不感觉得自己与革命具有共同点。诗人——罗曼谛克更要比其他诗人能领略革命些！罗曼谛克的心灵常常要求超出地上生活的范围以外，要求与全宇宙合而为一。革命越激烈些，它的怀抱越无边际些，则它越能捉住诗人的心灵，因为诗人的心灵所要求的，是伟大的，有趣的，具有罗曼性的东西……布洛克是真正的罗曼谛克，惟真正的罗曼谛克才能捉得住革命的心灵，才能在革命中寻出美妙的诗意，才能在革命中看出有希望的将来。”③革命因“活泼、光彩、有趣”而与罗曼谛克相类，而革命又等同艺术，真正的诗人又是真正的罗曼谛克，是故，所谓革命、文学（诗人）、罗曼谛克三者形成相互同构的和谐关系与理想状态，而将三者系于一端的与其说是艰苦卓绝的革命行动，毋宁说是激情澎湃的革命理想或革命情绪。惟其如此，存在于蒋光慈理念形态中的革命文学，应是“由置身于革命当中的真正的罗曼谛克诗

① 郭沫若：《创造十年续篇》，《学生时代》（沫若自传·第二卷），《郭沫若全集》（文学编第十二卷），人民文学出版社 1992 年版，第 268 页。

② 蒋光慈：《十月革命与俄罗斯文学·死去了的情绪》，《蒋光慈文集》（第四卷），上海文艺出版社 1988 年版，第 62、65 页。

③ 蒋光慈：《十月革命与俄罗斯文学·革命与罗曼谛克——布洛克》，《蒋光慈文集》（第四卷），上海文艺出版社 1988 年版，第 68、71 页。

人所创造的，跃动着革命的心灵、闪烁着革命的诗意并寄寓着革命的有希望的将来的文学”。显然，这样的认知比较其在《关于革命文学》《十月革命与俄罗斯文学》等文论中对“革命文学”或“无产阶级艺术”的内涵界定，共同点都是对革命情绪的强调。只是他将“革命、文学、罗曼谛克”视为同构关系的做法，使得原本复杂而又危险的革命具有了浪漫诱惑和诗意美丽，成了“被想象的革命”，而离革命的现实形态愈发遥远。蒋光慈以情绪而非实践为主导建构革命的革命文学观，是其浪漫特质之一。

2. “想象”革命的革命文学家　蒋光慈革命文学思想的个性化表征，除了高举“情绪”大旗，坚持只要拥有“革命情绪”便可制作“革命文学”之外，还体现为对文学家身份的执守，而后一点又是全体左翼作家需要共同面对的身份选择问题，即革命作家究竟是战士还是作家的问题。当然，自“革命文学”论争以后，左翼政治已然为其文化工作者规约了理想姿态，这便是所谓“既是作家又是战士”的双重身份。事实上，蒋光慈也深知“革命作家”双重性质的重要性与必要性，但在他的具体言说中，所给予我们的又是一位善于“想象”革命的“革命文学家”。早在 20 世纪 40 年代就有论者指出，“我们要认识蒋光慈，首先要知道他并不是一个意识行动完全相符的人，而是一个憧憬着曙光的，并绝对同情着劳苦阶级的‘作家’。近来在文坛上所流行的两句：(I am not a fighter. But I am a Writer.)(我不是一个战士，而是一个作家。)，大可为光慈所吟。”[①]联系蒋光慈有关革命作家的内涵界说，外加其对于自身的角色定位，这样的评价是基本公允的。

蒋光慈对革命作家身份的思考，集中于他对所谓“新旧作家”的区分与判定方面。相对于鲁迅、茅盾等“五四”一代“旧作家”，

---

① 杨剑花：《关于蒋光慈》，《蒋光慈研究资料》，知识产权出版社 2010 年 1 月版，第 87 页。

他表现出理所当然的自信乃至自负，而支撑其这份自信与狂傲的，正是以他为代表的自认为是“从革命浪潮里涌现出来”的“新作家”对于革命年代社会生活的天然诠释资格与言说权力。故而，他信心满满地说，“倘若我们对于旧的作家，要求他们认识时代，了解现代的社会生活，要求他们与革命的势力接近，那吗，我们对于这一批新的作家，这种要求却没有必要了。这是因为这一批新的作家被革命的潮流所涌出，他们自身就是革命，他们曾参加过革命运动，他们富有革命情绪，他们没有把自己与革命分开……换而言之，他们与革命有密切的关系，他们不但了解现代革命的意义，而且以现代的革命为生命，没有革命便没有他们了。”[①]由此可见，较之所谓“旧作家”，“新作家”的优势乃在于他们与革命相等同，他们对于革命拥有真切的实感，他们是“以革命为生命”的作家，而这正是“旧作家”所天然不可能具备的条件，因而“振兴中国文坛的任务，不得不落到这一批新作家的身上来了”[②]。

当然，隐藏在新旧作家之争背后的，其实是关于革命话语解释权的争夺。如果说，从苏联取得革命“真经”归来的蒋光慈都无法代表革命文学，究竟谁更有资格呢？然而，有趣的是，自认为拥有革命实感、因而最具革命文学写作资格的蒋光慈，却在回复茅盾所提出的“文艺的创造者与时代的创造者”问题时，充分显露了其对于所谓革命文学家的个性化理解。首先，他认为“倘若某一个文艺者有这样的精力，一方面为文艺的创作，一方面从事实际的工作，那的确是为我们所馨香祷祝的事情。但是在事实上，这恐怕是不可能的”[③]，这就意味着革命的文艺创作者需要与革命的实际工作者有不同的职责分工；其次，他说，“文艺的创造者应认

① 蒋光慈：《现代中国文学与社会生活》，《太阳月刊》第1期，1928年1月1日。
② 蒋光慈：《现代中国文学与社会生活》，《太阳月刊》第1期，1928年1月1日。
③ 华希理：《论新旧作家与革命文学》，《太阳月刊》第4期，1928年4月1日。

识清自己的使命，应确定自己的目的，应把自己的文艺的工作，当做创造时代的工作的一部分。他应当知道自己的一支笔为着谁个书写，书写的结果与时代，与社会有什么关系。倘若一个从事实际运动的革命党人，当他拿手枪或写宣言的当儿，目的是在于为人类争自由，为被压迫群众求解放，那吗我们的文艺者当拿起自己的笔来的时候，就应当认清自己的使命是同这位革命党人的一样。若如此，所谓实际的革命党人与文艺者，不过名稍有点不同罢了，其实他们的作用有什么差异呢？所谓文艺的创作者与时代的创造者，这两个名词也就没有对立着的必要了。”[①]意即文艺的创造者虽与实际的革命党人分工不同，然二者在演绎时代的创造者的功能上是一致的，因而文艺的创作者也同样是时代的创造者。如此一来，长期困扰革命作家的“战士抑或文学家”的身份难题得到了感性层面的轻松解决。但问题是，无需直接从事革命运动的文艺创作者的革命实感如何取得，并依靠什么持续保持对于革命的言说权力？蒋光慈的回答显得力不从心，他说“所谓作家要有实感，并不是说艺术品的创作要完全凭本身的经验，因为这是不可能的，而且照这种理论做去，那艺术的范围将弄得太狭小了……实感的意义可分三层：第一，作者对于某种材料要亲近，因为亲近才能有观察的机会；第二，作者要明白某种材料是什么东西；第三，有了上两层，作者应确定对于某种材料的态度”[②]，可见其对革命实感的认知不外乎自己所一再强调的“革命情绪”。而依据革命情绪得以存在的所谓“革命实感”，毋庸置疑将一再导向“革命想象”，所以茅盾曾说“我们看了蒋光慈的作品，总觉得其来源不是‘革命生活实感’，而是想象……有价值的作品一定不能从

① 华希理：《论新旧作家与革命文学》，《太阳月刊》第4期，1928年4月1日。
② 华希理：《论新旧作家与革命文学》，《太阳月刊》第4期，1928年4月1日。

‘想象’的题材中产生，必得是产自生活本身。”①

蒋光慈一方面否认革命的文学创作者可同时扮演革命的实际工作者，一方面又为文学创作者身兼时代创造者的姿态辩护，其根本目的是要强调自己作为“新作家”身份的合法性与先锋性，并获得对于革命年代文学的永续阐释权。有论者指出，“‘革命文学家’对蒋光慈而言是个极富诱惑的身份，这身份同时容纳了文学身份与革命身份的优长，使他暂时超越了二者的两难之境……‘革命文学家’的身份使他滑动于‘革命’与‘文学’之间，对于革命的行动者而言，他是文学家；而对于文学家而言，他又是革命家，这无疑又是一个极其暧昧的身份。”②而在这极其暧昧的双重身份背后，存在的正是革命年代知识分子的身份焦虑与言说焦虑，而蒋光慈为自己身份所作的全部辩解，特别是其将文学创作的功能等同于实际革命工作的观点，又恰恰证实了他首先是一个文学家，而不是革命者，其唯一的最后的坚守地是在文学而不是革命。王智慧认为，“郭沫若、钱杏邨、蒋光慈等人都曾说过文艺创作一样是武器，一样可以为革命服务。这种‘武器论’，的确道出了一部分真理，但在某种意义上它更是在为作家割舍不下的文学创作找寻一个合理性借口，以慰藉自己激烈冲突、斗争着的心。如果他们心底里更偏好实际斗争的话，这种冲突也就不会如此强烈了……他们本质上是文学家而不是革命家。所以，即使他们所从事的文学创作与实际的革命斗争之间存在多么激烈的冲突，他们最终的选择也只能还是文学。”③况且，蒋光慈在其很多作品中皆表示过自己的“文学家”而非“政治家”或“革命党人”理想，最典型

① 朱璟：《关于创作》，《北斗》创刊号，1931 年 9 月 20 日。

② 李跃力：《个体性革命话语生产的困境与失败——再论“蒋光慈现象”》，《现代中国文化与文学》，2009 年第 2 期。

③ 王智慧：《在创作自由与集团规戒之间——从蒋光慈看革命作家的精神困境》，《中国现代文学研究丛刊》，2012 年 7 期。

的是他与妻子宋若瑜的通信集《纪念碑》和他的诗歌。蒋光慈对文学家身份的坚守,对文学家兼革命党人之必要性与可能性的否定,使其对实际的革命运动、无产阶级或革命者的实际生活产生一定程度的疏离,在言说“革命”时处于一种旁观的乃至想象的姿态,纵然他也一再强调革命作家需要具备足够的革命实感,但正如上文已经指出的那样,他的所谓革命实感之内核还是一种革命情绪,凡此种种,都导致他对革命的文学言说的私人化、主观化甚至虚拟化和幻想化,这一方面为其文学作品最终招致左翼革命文学阵营内部的批评与否定埋设了伏笔,另方面也使其文学与政治保持了一定的距离,从而部分维护了文学创作的独立性。

至此,蒋光慈的个性化革命文学思想可以表述为,由所谓“从革命浪潮里涌现出来”(实际乃置身革命行动之外)的“革命作家”以笔为旗,以“革命情绪”为动力与灵感,去捕捉“想象”中的革命的“心灵”“诗意”与“有希望的将来”。这一革命文学思想的浪漫质素正在于由对情绪的张扬而导致的对革命的文学想象,是故,蒋光慈本质上是一位诗人,而非真正的革命者或行动家,其笔下的革命也将因真正“革命实感”的缺位而导向主观与虚幻,无疑这样的革命书写本身是理想的、浪漫的。

第二节 《新梦》:灵魂新生者的激情高歌

1925 年 1 月,蒋光慈的诗集《新梦》出版,这是诗人留苏期间的心灵记录,“实在的,中国的革命诗歌集,是没有比这一部再早的了,这简直可以说是中国革命文学著作的开山祖。”[①]唯因十月

① 钱杏邨:《蒋光慈与革命文学》,《现代中国文学作家》(一),《阿英全集》(第二卷),安徽教育出版社 2003 年版,第 89 页。

革命后新生的苏俄在社会生活各方面所展现的蓬勃朝气，给与了诗人从身到心的巨大冲击，使得这位从“沉沦的中国”走出、肩负探求革命真理重任的雄心勃勃的青年，以一份灵魂获得新生的激动，开始了他热情而又虔诚的异域歌吟，由此奠定了诗集《新梦》亢奋的情绪基调。在《新梦・自序》中，诗人豪情满怀地说，“我生适值革命怒潮浩荡之时，一点心灵早燃烧着无涯际的红火。我愿勉力为东亚革命的歌者！俄国诗人布洛克说：‘用你的全身，全心，全意识——静听革命啊！’我说：‘用你的全身、全心、全意识——高歌革命啊！’”[①]诗集《新梦》的问世，首次以文学文本的形式给1920年代的中国社会带来了苏俄十月革命之后的美丽图景，这对于个性已然觉醒却又苦于找不到出路的“彷徨期”知识青年来说，其意义正在于为他们指涉了一条经由“无产阶级革命”实现启蒙与救亡的金光大道，而因伟大的十月革命焕然一新的苏俄便是成功典范。是故，钱杏邨指出，“《新梦》的产生，‘不啻是一颗爆裂弹’！这颗爆裂弹带来了不少的关于‘世界革命’的消息！这颗爆裂弹，惊醒了许多左倾的青年，把他们从沉梦中拖了转来！这颗爆裂弹告诉我们，只有‘世界革命’是我们的唯一的出路！”[②]

作为一部创生期的左翼浪漫诗集，《新梦》的浪漫质素取决于抒情主体在获取灵魂新生过程中的个人情绪体验，伴随其间的是漂泊的生命个体对于理想的永恒诉求，特别是拥抱理想所在时主体的生命愉悦及由此而产生的对于理想世界的由衷抒唱，以及主体灵魂为之一新后对于强力生命意志的张扬和行动力量的欢呼，而这一切都使诗集《新梦》焕发出左翼浪漫文本高昂亢奋的情绪色彩。

---

① 蒋光慈：《蒋光慈文集》(第三卷)，上海文艺出版社1985年版，第256页。

② 钱杏邨：《现代中国文学论绪章・第一章》，《现代中国文学论》，《阿英全集》(第一卷)，安徽教育出版社2003年版，第540页。

1. *漂泊主体的寻梦之旅* 诗人都是梦想家，诗人也都是流浪者。漂泊、流浪，已然成为中外诗人带有宿命意味和原罪色彩的生命状态，即便革命诗人也不例外。蒋光慈的漂泊生命体验非常强大，这固然与其人生经历相关，也同样是其诗人气质的呈现。在与宋若瑜的书信集《纪念碑》中，他反反复复地向恋人宣布自己的漂泊者姿态，如"我颇感觉得我的前途是流浪的，是飘零的。但我并不怨恨这个，惧怕这个。我是一个诗人，古今来的诗人，特别是有革命性的诗人，没有不飘零流浪的。我对于人类，对于社会，怀抱着无涯际的希望，但同时我知道我的命运是颠连的。我倒愿意这样，否则我就创造不出来好诗了"①、"我现在无所谓抱悲观抱乐观，不过仅感觉到诗人的生活一定是要飘零流浪的，我或者将飘零流浪以终生。但我并不以这个为苦，这个正或者将助成我为一伟大的诗人。"②、"况且我终身立志从事于文学，——文学家的生活，你是晓得的，大约都是漂泊潦倒的多，难免我将来要连累你。"③、"我曾屡次同你说过，我是一个革命诗人，我是一个反抗者，我将来的生活大约总是漂泊流浪。"④、"我本一漂泊诗人，久置家庭于不顾"⑤。综此表述，在蒋光慈意识里，漂泊既是诗人命定的状态，也是成就诗人特别是革命诗人的苦口良药与精神炼狱，故而诗人应当享受漂泊以及伴随漂泊而来的无边孤独与寂苦。

---

① 蒋光慈：《纪念碑·下卷》，《蒋光慈文集》(第三卷)，上海文艺出版社 1985 年版，第 178 页。

② 蒋光慈：《纪念碑·下卷》，《蒋光慈文集》(第三卷)，上海文艺出版社 1985 年版，第 180 页。

③ 蒋光慈：《纪念碑·下卷》，《蒋光慈文集》(第三卷)，上海文艺出版社 1985 年版，第 191 页。

④ 蒋光慈：《纪念碑·下卷》，《蒋光慈文集》(第三卷)，上海文艺出版社 1985 年版，第 203 页。

⑤ 蒋光慈：《纪念碑·下卷》，《蒋光慈文集》(第三卷)，上海文艺出版社 1985 年版，第 234 页。

蒋光慈对于漂泊的认知与体验，已然达致审美的境界，虽如此，无论是逃避抑或前行，漂泊者皆需执著找寻缓释、排遣漂泊焦虑的出口，最终演绎成诗集《新梦》的漂泊主体之寻梦之旅。

当然，置身异域的抒情主体探寻生命皈依的途程绝不如某些论者所说的"只是向上的，革命的歌调；只是热烈的，震动的喊叫……没有悲愁的创作，没有失意的哀喊，只是希望中国也有这样光明的一日，精神是异常的震动而咆哮"[①]，而是多种情绪色调混杂，又总体呈现积极明朗的复杂形态。对身心皆处漂泊无依的青年蒋光慈来说，其寻梦路上既有莫名的困惑，有如《无穷的路》《我应当怎样呢?》《梦中的疑境》《月夜的一瞬》等；也有对于温情的渴望，有如《听鞑靼女儿歌唱》、《病魔》、《小诗》(1923. 12. 12)、《与一个理想的她》、《〇〇〇》(1924. 2. 4)、《与安娜》等表达的是理想爱情的期待，而如《接到第一封家信之后》《秋日闲忆》《柳絮》等抒发的则是亲情、友情的念想。集中展示抒情主体寻梦途中多愁易感与积极反抗情愫交织融合的诗歌文本，是《我的心灵》与《小诗》(1925. 2. 25)，两首诗都是抒情主体的心灵剖露。《我的心灵》纯然以个体情绪流的方式展示自己难以琢磨的"心灵"：它既有"花果的蜜汁"一般的"缠绵而温情"，又有"哭笑的音流"一样的"热烈而深沉"；既有"慷慨歌声"，又有"徘徊低吟"；既能应和"宇宙的琴流"，又能"与那全人类的心灵同化"；既因痛苦者的哭声"颤动着不已"而流下热泪，又因强暴者的笑声"热跳着不已"而生出厌恨；既追慕为自由而歌的拜伦，又追惋多虑而哭泣的海涅。主体的心灵始终徘徊于两极情绪的激荡与共鸣之中，虽形似对立，却又难以拆分，合力型构着革命浪漫诗人丰富而多元的精神世界，而依托多面心灵所构筑的张力系统，诗作的想象空间得以

---

① 钱杏邨：《蒋光慈与革命文学》，《现代中国文学作家》(一)，《阿英全集》(第二卷)，安徽教育出版社 2003 年版，第 89 页。

广泛拓展，文本的浪漫性随之确立并强化。此外，抒情主体最后所流露的崇尚拜伦自由侠魂、倾慕赤色革命的情绪，则又使诗作最终导向积极浪漫主义的一极。与《我的心灵》的抒情范式相类，《小诗》(1925.2.25)采用心灵独白的方式，用12个存有一定跳跃性的情绪片段，连缀起一部有关革命诗人寻梦的心灵简史。从善感生命的神秘到有时莫名的忧伤，这些诗人式的多情终在勇敢的战斗中得以荡涤，主体战胜了自己，坚信自我的力量，心系群众的悲苦，敢于深渊中预见光明，甘为群众牺牲自我，更有反抗绝望的勇毅，拒绝后退，寄望将来，以至献身革命洪流，抒情主体在其慢条斯理又间或跳跃的情绪剖露过程中，呈现给读者的是一段漂泊者心灵苏生的艰苦行旅，其以12种情绪断断续续、一唱三叹、九曲回肠的形式抒叙自我的事实本身，便是漂泊主体寻梦路上各种正负情绪相互纠缠、互相抗斗、难解难分又不得不分的生动写照。由此可见，漂泊主体寻找精神家园的痛苦，非但是家园存不存在的问题，也是自我能否不断战胜自我的问题，相对于前者，存在于主体心灵内部的交战与蜕变显得更加悲壮而惨烈，这既是对作为家园的"新梦"所具备的现实感召力的考量，更是对漂泊主体之生命意志的集中检验，而这样的考量与检验无疑将终身伴随左翼浪漫诗人的寻梦之旅。

2. 漂泊主体的新生之歌　李欧梵在评析蒋光慈时指出，"虽然十月革命的热忱早已减退，列宁温和的新经济政策也正在推行之中，但是对于一个来自中国的青年激进分子来说，苏俄大地仍然回荡着布尔什维克革命的余音。"①革命诗人探寻理想栖居的途程是艰苦备尝的，而一旦梦想中的期待化为可视可感可触的生动现实，随之而来的便是漂泊主体的浪漫吟唱，借以密集呈示主体灵魂新生的激动与喜悦。又由于主体处身异域，因而其新生之歌

---

① 李欧梵：《中国现代作家的浪漫一代》，新星出版社2005年版，第207页。

也就很自然地分作“红光国”歌吟与“新我”舒唱两个板块。总体而言，有如《十月革命纪念》《莫斯科吟》《昨夜里梦入天国》《十月革命的婴儿》等作品属于“红光国”系列，而如《新梦》、《西来意》、《自题小照》等文本属于“新我”系列。

依据常理，欣欣向荣的苏联社会生活可在多方面提供抒情主体以各类诗意素材，抒情主体也可凭借其捕捉生活诗意或称“革命的心灵”的敏感与天赋，将自己在崭新世界“红光国”所获得的切身体验转化为源源不断的诗情，在以诗歌的方式思考并建构新生苏俄的同时，真正完成自己的本体新变。遗憾的是，蒋光慈即便直面了新世界、亲历了新生活、感受了新气象，也还是没能做到这一点。他那些直接歌吟“红光国”的诗篇，尽管情感真挚，但在捕捉有意味的具象元素方面，常常显得力不从心。吕家乡认为，诗集《新梦》的“主要缺陷是：作者的真情还没有提升为诗情”[①]。究其原因，可能还是蒋光慈自身诗歌艺术修养的不足。已故台湾旅美学者夏济安指出，“作为一个诗人，蒋的致命伤是缺少观察能力，视而不见……他为激情所控制，而这种激情未能用妥当的语言加以解析。”[②]《十月革命纪念》一诗，试图表达十月革命乃自由神降生的标志这层信息，至于自由神降临之后在社会生活的哪些方面发生了本质性变化，却无有观照，留下的只是“红旗飘扬/红光闪烁”“鼓乐喧天/万人声里”等空泛场景的白描；《莫斯科吟》一诗，除了把雪中的莫斯科描绘成水晶宫，把莫斯科的红旗想象为“浓醉的朝霞”，并交待兴奋的“我卧在朝霞中/我漫游在水晶宫里/我要歌就高歌/我要梦就长梦”之外，所余内容可以说与作为“赤都”的莫斯科基本无关，即便末尾整一节对十月革命伟大意义进行了

① 吕家乡：《简论蒋光慈殷夫的政治抒情诗》，《安徽教育学院学报》，1990年第1期。

② 夏济安：《蒋光慈现象》，《现代中文学刊》，2010年第1期。

抒唱，但也不是“莫斯科吟”所必需之素材，可以说，全诗真正能够表征“赤都”莫斯科独一无二之个性特征的经典符号无从存在，因而这样的莫斯科最终也是空泛以至虚幻的、不真实的；至于《昨夜里梦入天国》，抒情主体更是将苏联喻为鸟语花香的“乌托邦”世界，这里“男的，女的，老的，幼的，没有贵贱/我，你，他，我们，你们，他们，打成一片/什么悲哀哪，怨恨哪，斗争哪……/在此邦连点影儿也不见/也没都市，也没乡村，都是花园/人们群住在广大美丽的自然间/要听音乐罢，这工作房外是音乐馆/要去歌舞罢，那住室前面便是演剧院”。如此夸张的浪漫想象，除了标明自己的终极理想以及置身“理想国”的愉悦之外，无论是就了解真实的苏联社会生活，还是了解其现实指示功能，抑或提升自己的革命认知，以及锤炼诗歌写作技艺，都是没有意义的。相对而言，《十月革命的婴儿》在摄取与开掘诗意素材方面比较合理，唯因其择取了“皮昂涅儿”——共产主义的童子军这一新生事物，借以抒发对于“红色俄罗斯”的赞诵。“东方的青年诗人”在与这些十月革命孕育下从“新土”中长出的“美丽的花木”——“皮昂涅儿”的亲密接触中，精神受到洗礼，既有的“红光国”理想更加坚定，乃至于决定要让“巴拉半”的歌声响到中国去，从而一新故国的气象。全诗在“巴拉半”欢快有力的节奏中飞腾想象，升华题旨，使读者也深深感染了“红色俄罗斯”的朝气与活力，这无疑会对所有憧憬“将来自由的世界”的人们产生强大的激励，故而，此诗在抒情主体之新生歌吟这一先在主题之外，也具备了作为一首相对成功的红色鼓动诗的优长。当然，对于“皮昂涅儿”过于理想化的书写，也使得《十月革命的婴儿》带有了“部分失真”的缺陷。

如果说，《十月革命纪念》《莫斯科吟》《昨夜里梦入天国》《十月革命的婴儿》等诗，以比较浮泛但又绝对真诚的情绪传达了漂泊主体的“红光国”印象，其诗思路径主要是由内而外的话，那么，《新梦》《西来意》《自题小照》等作品的诗思路径则是由外而内，它们侧重于表现抒情主体因了“红光国”的洗礼，漂泊者的心灵终获新生，以及偕同新生而来的亢奋与激越。相对于描绘苏联崭新生活的诗意特征，蒋光慈也许更加擅长剖露自我的内质新变，是故，《新梦》《西来意》《自题小照》等诗作，在揭示主体如何受环境感染而重燃信念、继而高扬反抗精神与强力意志的心路历程方面，换言之，即在怎样重塑“革命诗人”的自我主体性方面，基本达到了预期效果。《新梦》中的抒情主体因“贝加尔湖的清水”而“心灵洗净”、因“乌拉山的高峰”而“眼界放宽”、因“莫斯科的旗帜”而“血液染红”，“生命之花”随之绽放，“司文艺的女神”开始眷顾，“美丽的将来”于对岸招手，于是，在“爱力”的“鼓动”与“引导”下，“诗人”告别了往日的“沉闷”与“失望”，对自己的使命与责任有了新的认知，既要表现“宇宙的欢欣”，更要使自己的“眼泪”化为“安慰被压迫人们的甘露”“刷洗恶暴人们的蜜水”和“撞醒昏聩人们的血钟”，在聆听“催逼人们前进”的历史脚步里，坚定信念，放眼未来，以使重生的灵魂“永在这春光灿烂的空间里飞跃”，这是一份“生命之歌”唱响时刻的大喜悦与大满足。必须指出的是，由于缺乏统摄全诗的核心意象，或无法营造一种整体象征的氛围，《新梦》的思绪显得异常散乱，如同情绪的随意流淌，这一定程度上增加了主体建构的难度，也减弱了抒情主体的质感。《西来意》一诗创造性地塑造了“革命取经人”的形象，使漂泊主体历尽千辛万苦探寻革命真理的行为具有了神性的光芒。“俄罗斯好似当年的印度/你我好似今日的唐僧”，印度之于唐僧有如俄罗斯之于你我，这既是革命者崇高人格的隐喻，也是其追求革命信仰本身之浪漫性所在。而一旦置身“圣地”俄罗斯，主体便难掩重生的喜悦，他以兴奋的笔调歌抒“哈哈！现在我的心灵活泼了/时润将来希望的温柔雨/我的心肠清净了/且谢谢这赤浪红潮/将我全身的灰尘一洗”，更以豪迈的气势宣示“从今儿我更不悲观了/觉悟到人生的意义是创造的/从今儿我更高歌狂啸/为社会，为人类/为我的兄弟姊妹”，只因“将来东方普照的红光”已然“成为今日取经人的心影”，所以只能向着前路的“自由美丽之神”勇进，勉力充当刷新“阴沉中国”的“宇宙波流中的推轮”，最终完成历史的推动者与时代的创造者的个人主体性建构。“革命取经人”的象征功能是强大的，读者也定将在这一由当代普罗米修斯所盗革命圣火的照耀下，在革命先行者伟岸人格的感召下，洞悉生命的价值与真谛，乃至奋勇而前行，左翼浪漫主义诗歌的魅力即在于此。如果说，《新梦》与《西来意》的抒情主体建构侧重于新生的生命个体对于创造时代的独立价值，那么跃动于《自题小照》中的抒情主体则已经意识到新生的生命个体只有在融入群体的实践中，方能实现个体心灵的第二次蜕变。尽管其在创造时代时仍可能以个体的形式出现，但经过两次新变而来的那“一个真我”，已然获得了“群体”所赋予的觉悟和力量，故而，其对于推动历史、创造时代的价值已超越个体的“独立”意义，而具有了群体化身的特征。当然，个体融入群体，并不意味着个体必然的消隐，为此他又这样歌吟，“追随那滚滚茫茫/细听那奔腾音乐/这心弦的滴滴娇弹——/软响芳声/同那万丈波涛——轰——冬——相和”，即要在群体的宏大音流中依然可以辨析出个体的声符，及至产生个体音响与群体音响交相应和的理想格局。《自题小照》一诗有关漂泊主体心灵两度新生的情绪路径相对清晰：“赤城中——/听惯了风雨声/红旗下——/常作了自由行”是为第一次新生的宣言，随即开始“狂歌革命/啊！跑入那茫茫的群众里/诅咒那贪暴的、作恶的/歌咏那痛苦的劳动兄弟”，而“从那群众的波涛中/才能涌现出来一个真我”是为第二次新生的宣告，并最终进入“人生之曲、宇宙之歌”的抒唱。诗人已然认识到个体既要融入群体，又需坚持自身的独立性，并以自己的音调发出声音，因此，这一两度新变而来的抒情主体，实际成了个人主体性与阶级主体性先整合后共存的产物。毋庸置疑，适值中国现代左翼文学孕育期，《自题小照》对个人主体性的思考竟达到如此深度，实在难能可贵。需要指出的是，此诗关于个体与群体之关系的认知与定位，所体现的其实是蒋光慈作为知识分子的独立意识，因为其最终坚守的仍然是其心心念念的诗人立场，即"革命的诗人/人类的歌童"身份，革命只是成就诗人的通道抑或方式而已，是故，因了作者对于自身文学家身份的坚守而使《自题小照》对主体性建构的思考达到相当的高度，而不是由于自身在革命浪漫诗歌写作方面有了显著进步，这一点也将为其之后的诗歌写作所一再证明。

3. 漂泊主体的英雄礼赞　蒋光慈中学时代的国文教师高语罕指出，"《新梦》作者光赤，是我数年前一个共学的朋友。那时，他是一个无政府主义者。后来，他留学苏俄共和国，受了赤光的洗礼，竟变成红旗下一个热勃勃的马克思主义的信徒。"[①]这段评述再次为我们揭示了寻梦者灵魂新生的奥秘。马克思主义在苏联的成功实践，特别是赤浪红潮下苏联社会生活所展现出来的青春气息，更其坚定了诗人的革命意志，更其纯化了诗人的革命信念，也更其具象了诗人的革命理想。于是，真情礼赞苏俄革命英雄，从英雄的崇高形象获得生命启示，反过来作为丰富和发展自我主体人格的资源，以期完成个人主体性在更高层面的确立。事实上，这也是漂泊主体另类形态的新生之歌。诗集《新梦》涉及漂泊主体之英雄礼赞的代表性文本，主要有《哭列宁》《临列宁墓》《劳动的武士》《怀拜轮》等。

《哭列宁》一诗适逢列宁刚刚去世，抒情主体围绕对"全世界无产阶级革命的首领"的敬仰与哀悼、对"劳动阶级的敌人"的仇恨与诅咒和决心"继续列宁的未竟之志"等三种情绪来表达"哭列宁"的主题，情真意切，感人肺腑。文本虽以"哭"为核心，然却无

---

① 高语罕：《新梦》诗集序，《蒋光慈文集》（第三卷），上海文艺出版社 1985 年版，第 241 页。

有绝望、消极、悲观之感。主人公对列宁英雄形象的虔敬礼赞深入人心，在他的意识中，列宁是“伟大的红星”、“光亮的明灯”、“俄罗斯劳农的救星”、“全世界无产阶级革命的导师”、“全人类解放运动的领路人”、因“送给了人类不可忘的礼物”而“将与日月以同明”的“一个空前伟大的个性”。而列宁的这些丰功伟绩又何尝不是抒情主体勉自励己的目标所在，所以，他才得以在巨大的悲痛中说出如此豪壮之语，“死的是列宁的肉体/活的还是列宁的主义”，只因“我们是列宁的学生”。与《哭列宁》的主题相似，《临列宁墓》也是对列宁的赞美、哀痛与歌吟，只是后者的情绪显得更加沉郁而深挚。除了礼赞列宁为“光明闪烁的浪花”“今古无比的伟人”“有改造世界的天能”“光荣如经天的红日”之外，抒情主体还动用奇异浪漫的想象，将“克里母宫”城下沉睡的列宁幻想为依旧在“远观世界革命的浪潮，近听赤城中的风雨”，更把列宁墓喻为“人类自由的摇篮”，而其对于未来“自由乡”的诉求与歌吟，则又使文本增添了革命乌托邦色彩。总之，从个人主体性建构角度着眼，《哭列宁》与《临列宁墓》二诗，都是以作为革命巨人与超级英雄的列宁为原型，以列宁的伟大生命意志为参照，启示抒情主体在与英雄列宁的精神对话中兴发感动，以此实现漂泊主体的灵魂新生。

《劳动的武士》一诗，纯然是对苏联红军战士之革命英雄主义精神与行为的深情赞歌。“劳动的武士”的不朽功勋表现在，他们既是“打破旧世界、创造新世界”的英雄，也是为人类争取“自由公道的天使”。而“劳动的武士”在高耀的革命红火之映照下，俨然举起宝刀“斩尽一切黑暗的魔鬼”，将“苏俄”从“强人的手里”夺回并“保护得安稳”的形象塑造，固然是抒情主体的浪漫想象，但同时也是革命诗人崇尚行动、张扬生命强力的表现，因而在某种程度上，“劳动的武士”正是抒情主体对于自身的理想期待。虽然如此，也正如王智慧所言，“知识分子本质上是思想着的哈姆莱特，而不是讲求行动的堂吉诃德，所以在根本上他们是不能做社会斗士的。”[①]显然，《劳动的武士》只是表露了诗人对英雄的革命战士之“歌咏和赞美”，其根本目的是要使“劳动的武士”所具有的英雄品质转化为自身的主体人格，以打造更加完美的“革命诗人”的主体形象。

无论是“列宁”还是“劳动的武士”，他们都首先是“革命者”，抒情主体对他们英雄伟业的礼赞，主要不是成为如他们一般的“革命者”，而是为着更好地成为一个“革命诗人”，这当中正体现着蒋光慈一以贯之的身份坚守。惟其如此，只有在面对英雄的革命诗人“拜轮”时，抒情主体方得以在时空穿越里实现与诗人英雄从心灵到身份的同构，《怀拜轮》一诗之于个人主体性建构的价值正在于此。众所周知，拜伦在近现代中国的接受史实质也是一部选择史，即以中国现代化进程的两大课题“启蒙”与“救亡”为要求而展开，所以，在现实功利思维指导下诞生的中国版拜伦英雄形象一般只包括两个层面，即其作为争取个性自由解放的英雄与作为援助弱小民族希腊革命运动的英雄。蒋光慈对于革命英雄拜伦的认知虽没有超越这一普遍模式，但其又从“革命诗人”的自我身份定位出发，对拜伦所拥有的诗人兼革命英雄的双重身份表示了高度认同，“尤其重要的是蒋光慈对拜伦以及他自己的定义：不单是一个英雄，还是一个‘旅居’的人，而且因为所拥有的诗歌创作天才而注定要受苦一生——这是一种既熟悉又非常浪漫的姿态。”[②]在抒情主体的想象里，十九世纪的拜伦既是遍尝身世飘零之苦的寻梦者，又是“黑暗的反抗者”“上帝的不肖子”“自由的歌者”和“强暴的劲敌”，外加其天才诗人的独特存在，这一切皆与

① 王智慧：《在创作自由与集团规戒之间——从蒋光慈看革命作家的精神困境》，《中国现代文学研究丛刊》，2012 年第 7 期。

② 李欧梵：《中国现代作家的浪漫一代》，新星出版社 2005 年版，第 212 页。

"二十世纪的我"发生了身与心的正相契合，于是彼此之间形成了历时空的"二而一"的"共生关系"："百年前你哀吊希腊的不振/百年后我今乃悲故土的沉沦""你挺身保障捣毁机器的工人/我高歌全世界无产阶级的革命""我们同为被压迫者的朋友/我们同为爱公道正谊的人们""我们——永远/反对凶残的强盗/反对无耻的富人/反对作恶的上帝/反对一切遮蔽光明的黑影"。据此可以说，相对于《哭列宁》《临列宁墓》《劳动的武士》，《怀拜轮》一诗在同样礼赞英雄的过程中，抒情主体所收获的不仅是革命英雄伟大生命意志的感召，更重要的也许是怎样成就一名杰出革命诗人的启悟，而这后一种收获显然更其符合漂泊主体蒋光慈礼赞英雄之本意。

总体而言，诗集《新梦》是一段漂泊生命个体在异域他乡的寻梦之旅，也是一曲抒情主体灵魂新生之歌，它继续了五四时代个性解放的主题，并开创了革命文学的先河，在张扬生命原力与创造精神的过程中，散发出青春文化的逼人光芒，是为狂飙突进时代主体扩张的典型样本，其情感至上的浪漫主义特征是显著而一贯的。惟其如此，李欧梵指出，"几乎可以说，蒋光慈在苏俄生活的诗集是《女神》的小复制品，虽然当中加入了一些政治色彩。"①正是这"一些政治色彩"的存在，又使得《新梦》成了苦于找不到出路的中国时代青年终于燃起革命信念的"福音"，这从它一俟问世便连印三版的热销事实中已然得到证明。对此，作为作者好友的钱杏邨认为，"蒋光慈的这一部《新梦》……在工人阶级刚刚形成而开始生长的时候，在'五卅'时代，在文艺运动中却是一个主要的动力，转变当时文坛的空气的主要动力，对于才开始的普罗革命运动，也给予了不少的推动。这一部诗集在当时的产生，不亚于送出了'世界革命'的信号，使左倾的青年能以把握得一条光明的出路。《新梦》出版了以后，它是如此的完成了它的任务，这是

---

① 李欧梵：《中国现代作家的浪漫一代》，新星出版社 2005 年版，第 209 页。

当时的旗帜最鲜明的一支文艺上的主力军。"①

第三节　从《哀中国》到《乡情集》：孤独生命个体的悲愤绝唱

1924年初夏，蒋光慈由莫斯科回国，此后除了1929年8月至11月赴日本短期疗养以外，其余时间都在国内，且长期以上海为居住地。从天堂般的"红光国"跳到"粪堆"（蒋光慈语）般的中国，现实环境的巨大反差，使得"取经"回来的蒋光慈既深味了黑夜中国的外患与内忧，也感受了新生革命力量崛起的希望与前景，以其喑哑的歌喉唱出了孤独者满溢哀愁与激愤的生命之曲。蒋光慈的"孤独"姿态有其作为漂泊主体的深层心理积淀，也与其一贯的文学家立场相关，同时也与他小资产阶级知识分子的思想意识有联系，可以说是三方面共同作用的结果。李欧梵指出，"蒋光慈的小资产阶级个人主义的根，是他和郭沫若，以及1920年代初许多其他萌芽'诗人'所共同拥有的——一种英雄式的和情感上的渴望。"②如同诗集《新梦》所揭示的那样，经过赤浪红潮的洗礼且已然走向灵魂新生的漂泊主体，真正确立的是他革命意识与反抗精神空前高涨的个人主体性，所以，当其身临与直面暗夜沉沉的中国社会现实时，最有可能选择的依然是个人英雄主义的孤独反抗路径。他曾屡次向爱人宋若瑜感叹，"上海为中国资本主义最发达之地，为帝国主义压迫中国民众表现最明显之区，金钱的势力，外国人的气焰，社会的黑暗……唉！无一件不与我的心灵相

---

① 钱杏邨：《现代中国文学论绪章·第一章》，《现代中国文学论》，《阿英全集》（第一卷），安徽教育出版社2003年版，第544页。

② 李欧梵：《中国现代作家的浪漫一代》，新星出版社2005年版，第210页。

冲突！因之，我的反抗精神大为增加了”[1]，“诗人的伟大在于他能够反抗一切的黑暗。帝国主义者对待中国人真是黑暗极了！我反抗，我一定要反抗……”[2]，“我永远不甘屈服于环境！我将永远为一反抗，为一赞诵革命之诗人！”[3]，理想与现实的强烈冲突，致使漂泊革命诗人蒋光慈最终祭起孤独反抗的旗帜。其次，蒋光慈志在做一个文学家而非革命者，尽管其一再强调文学家与革命者在创造时代的使命和价值方面是一致的，然脱离实际革命运动的结果必然会使其脱离无产阶级与革命者的真实生活，导致他所认为的服务对象即无产阶级与革命同仁对他的不了解，从而陷入实际的孤独状态。事实上，蒋光慈也曾经为此而深深苦恼。同在《纪念碑》中，他还向宋若瑜抱怨，“我觉得茫茫人海没有一个爱我的，虽然我对于那些多数的穷人们或有希望的人们怀着无限的同情”[4]、“我现在的确是寂苦烦闷！在这样冷酷而混沌的世界中，象我这种人是应该过寂苦烦闷的生活的……我虽然对于群众运动表充分的同情，但是我个人的生活总是偏于孤独的方面。我不愿做一个政治家，或做一个出风头的时髦客，所以我的交际是很少的。”[5]用茅盾的话说，参与实际革命斗争进而获取革命实感，“这不是主观上愿不愿的问题，而是客观上作家们的生活能否普罗列塔利亚化的问题”[6]，而蒋光慈恰因为不愿参与普罗列塔利亚的实

① 蒋光慈：《纪念碑·下卷》，《蒋光慈文集》（第三卷），上海文艺出版社 1985 年版，第 179 页。

② 蒋光慈：《纪念碑·下卷》，《蒋光慈文集》（第三卷），上海文艺出版社 1985 年版，第 185 页。

③ 蒋光慈：《纪念碑·下卷》，《蒋光慈文集》（第三卷），上海文艺出版社 1985 年版，第 234 页。

④ 蒋光慈：《纪念碑·下卷》，《蒋光慈文集》（第三卷），上海文艺出版社 1985 年版，第 178 页。

⑤ 蒋光慈：《纪念碑·下卷》，《蒋光慈文集》（第三卷），上海文艺出版社 1985 年版，第 184、185 页。

⑥ 朱璟：《关于创作》，《北斗》创刊号，1931 年 9 月 20 日。

际斗争生活，结局必然是孤独的。最后，蒋光慈性格中挥之不去的小资产阶级知识分子根性，又使其在直面革命的反复与艰困时，容易滋生一种生命的悬浮感、空虚感与无力感，习惯退回自我内心，在咀嚼孤独中自怜自艾、自伤自悼，且无时无刻不期待着心灵出口的眷顾，有如爱情、亲情、艺术都可能成为其疗救灵魂创伤、排遣孤独的解药。对此，夏济安以为，“然而尽管他（指蒋光慈）虚张声势作拜伦状，并大喊大叫‘杀人放火’，骨子里却是一个软弱的人。他硬把‘爱情’放进关于革命的书里其出发点在于满足自己的情感需要。他渴望的乃是大多数‘小布尔乔亚’家庭似乎享有而他似乎不能享有的那种挚爱和温暖。这是导致他自怜的原因之一。”①

诗集《哀中国》与《乡情集》，正是蒋光慈这位拥有社会良知与改造社会的热情，自认为已把握“革命的心灵”、实际却疏离革命的革命知识分子，在中国无产阶级革命运动日益兴起的年月，用自己的方式刻写的一段孤独生命个体的心灵流浪轨迹。两部诗集的创作时间跨度自 1924 年诗人回国至 1929 年底，期间正值中国现代文学从文学革命到革命文学的转换期，文学与政治的关系、文学承载意识形态的功能、文学作为宣传工具的价值等日趋受到重视，在这样的背景下，蒋光慈的这些诗歌因一贯突出忧患意识与政治责任，某种程度上实现了文学与政治的融合而使其切合乃至一度引领革命文学的初期路向，但又因作者对个人化革命话语的坚守而使其诗歌文本保持着与主流政治话语的一定距离，而没有全然沦为政治意识形态的附庸。诚如李跃力所说的那样，“正是在革命与文学的交错中，蒋光慈的‘革命文学’成了一种‘不彻底’的革命文学。所谓‘不彻底’，是说他虽然不追求文学独立而纯粹的艺术价值，但也不将文学完全视作政治的工具和革命的

① 夏济安：《蒋光慈现象》，《现代中文学刊》，2010 年第 1 期。

宣传，他在一定程度上无意识地坚守着文学的底线。”[①]甚至，蒋光慈自己也认为，“当着无聊的时候，惟有艺术的幻想可以安慰我们。我从事文学一半为着社会，可是一半也是为着自己要在文学的国度里找点安慰。”[②]既如此，诗集《哀中国》与《乡情集》的浪漫质素就在于：首先，是抒情主体置身革命外沿呼唤且“想象”革命；其次，是心灵孤独的漂泊主体对永恒精神家园的探求；最后，是以时代创造者自命的雄心勃勃的革命诗人，在内忧外患的现实情境中所遭遇的理想难以实现的悲哀、忧虑、痛楚、愤怒、诅咒、反抗、焦虑、挣扎乃至撕裂，这虽是一场发生于抒情主体内部的没有硝烟的战争，但其惨烈程度绝不亚于革命现场。毫无疑问，最后一种浪漫质素是最撼人心魄的，唯因它是对个人主体性更深层面更高意义的探索与建构，也是左翼浪漫主义诗歌的巨大魅力所在。此外，需要说明的是，与诗集《新梦》一样，《哀中国》与《乡情集》也是以抒情主体的情绪流动来结构文本，但较之《新梦》，后两部诗集在情绪的控制与组织上有明显改善，这是诗作者写作技艺不断提升的表现。同为个体生命之歌，如果说《新梦》的总体情绪色彩是为高昂与亢奋，那么，《哀中国》与《乡情集》的总体情绪则是悲郁与激愤。

1. 期待并“想象”革命的个人英雄　蒋光慈诗歌文本关于革命的描述，基本都不是从敌我双方血与火交迸的惨烈现场、或工人罢工、农人起义的风云际会落笔，而习惯于站在革命运动的边缘，社会活动的外沿，甚至是坐在书斋里，按照自身对于革命的固定理解来布置几近雷同的革命模式，并且，又定然会将“革命”组织进抒情主体的私人情感阈限，使得其笔下的“革命”既是被想象

① 李跃力：《个体性革命话语生产的困境与失败——再论“蒋光慈现象”》，《现代中国文化与文学》，2009 年第 2 期。

② 蒋光慈：《纪念碑・下卷》，《蒋光慈文集》(第三卷)，上海文艺出版社 1985 年版，第 188 页。

的，又是为“我”而存在的，从而失却了作为客观存在的“革命”本身理应拥有的能指与所指。李跃力指出，蒋光慈“对‘革命文学家’的身份定位限制了他对革命的理解，致使他看不到革命内部风云诡谲的变幻，革命斗争的复杂性、艰苦性，以及革命所展现出的前所未有的秩序颠覆和生存状态的大变动。他描绘‘革命’，多从个人的视角出发，将革命纳入个体认知与情感的樊篱，‘革命’事实上成了附属品。”[①]惟其如此，抒情主体对于革命的期待、呼唤与主观想象，最初目的可能是为着煽动群众的革命情绪，然最后结果（当然不是全部）却导向了革命诗人之个人意志与主体性的建构。诗集《哀中国》与《乡情集》中，有如《我们所爱者一定在那里》《诗人的愿望》《我是一个无产者》《过年》《〈鸭绿江上〉自序诗》等作品，是为这一类型的代表。

《诗人的愿望》只是在抒情主体的“愿望”里完成了改天换地的革命任务，这是一“想象革命”的极端个案，意在确立那个誓以自己的“心血”洗净人间、照亮大地、唤醒人类、温暖人心的诗人主体。《我是一个无产者》一诗，高扬“破坏——彻底的破坏”与创造的精神，主张“要联合全世界命运悲哀的人们/从那命运幸福的人们之宝库里/夺来我们所应有的一切”，这些语言上的革命与脑海里的风暴，显然难以减弱文本“想象革命”的色彩。与之对照的是，作为无产诗人“我”的形象倒是清晰完整的，“手能运动飞舞的笔龙/口能做狮虎般的呼吼”“我的笔龙能为穷人们吐气/我的呼吼能为穷人们壮色”，为穷人写作、替穷人呐喊，特别是其那份彻底破坏、彻底创造的豪迈气势，在在体现出积极反抗的浪漫主义情怀。这是一位高扬革命乐观主义信念、崇尚意志与行动的诗人英雄，有浓郁的理想色彩，是抒情主体阳刚、强健一面的写照，虽然

① 李跃力：《个体性革命话语生产的困境与失败——再论“蒋光慈现象”》，《现代中国文化与文学》，2009 年第 2 期。

不是“从群众革命运动的浪潮里涌出”的一个，而只是以革命先觉者的身份在为革命鼓与呼，但其情感与人格仍然具有强大的感染力与鼓动性。《诗人的愿望》与《我是一个无产者》二诗实际确立的是一位兼具“反抗”与“赞诵革命”两重责任的个人英雄形象，并且又是一位单面化的诗人英雄，但在《过年》一诗中，这位期待并“想象”着革命的诗人英雄则因表露了自身的多面心理而显得更加真实与生动。《过年》是为“天涯飘零着”的新年祈愿，抒情主体借助四次举杯祝福巧妙地袒露了自己多面化的精神世界，这里既有对“亲爱的父母”的眷念，又有对“悲哀的祖国”“重兴复振”的寄望，更有对“全世界穷苦的兄弟”的革命期待与想象，“穷苦而受压迫的兄弟呀/祝你们莫要屈服，祝你们革命/世界应为我们所占有了/来！来同我打破这黑暗的囚城”，当然还有漂泊诗人的谆谆自勉，“祝你飘零流浪，祝你狂吟/你要把你的血液喷成长江大海/你要将你的声音变为响雷怒霆”。此诗的个人主体性，正是在其坚守漂泊、品尝孤独、眷恋亲人、忧心祖国、悲悯同胞的多样化心理组合中，在对未来乌托邦世界的展望中，尤其是在对大破毁、大创造的革命期待与想象中，以及在将自我膨胀为时代风雷与长江大海的意志扩张中，最终得以确立起来的。而历经如此繁复的聚合产生的抒情主体，定然会充溢罗曼谛克的光彩。

《〈鸭绿江上〉自序诗》的创作时间显示为1926年10月28日，正值国民革命军挥师北伐且节节获胜的革命高潮期，抒情主体为革命浩荡之势深深感染，字里行间弥漫着革命欲来风满楼的情绪氛围。同样，此诗也是通过孤独生命个体之主体性的刷新来期待与想象革命的，也就是将“粗暴”“十字街头”“魔鬼”“光明”“凯旋”等表征革命的语汇，组织进一个具社会良知和使命感的诗人如何于革命年代勉力求取新生的历程中，在丰盈并建构孤独漂泊者个人主体性的同时，间接完成宣传革命与张扬革命精神的目标。事实上，该诗也在一定意义上为其读者诠释了抒情主体理想中的革命诗歌与革命诗人：革命诗歌不是象牙塔中诞生的美妙诗章，而是适用于十字街头助革命者“为光明而奋斗的鼓号”；革命诗人也不是在幻美国度里漫吟低唱的逃避者，而是反抗“魔鬼”、颂赞“革命”的“粗暴的抱不平的歌者”。不仅如此，他还表示“当你们得意凯旋的时候/我的责任也就算尽了”。概之，抒情主体对革命诗歌的认知，重视的是文本的实际行动力，这正是左翼浪漫主义诗歌的内在吁求；而其对革命诗人的定位，则又再次暴露了他那“站在革命风暴外围观照革命”的一贯立场。《我们所爱者一定在那里》近似一首象征主义诗歌：“到处都密生着荆棘！”“遍地都堆着粪泥！”，此为现实之隐喻；只因“我们所爱者”藏埋在“荆棘”与“粪泥”里，所以我们应当不辞“痛苦”与“羞辱”，“努力把粪泥扫除/努力把荆棘砍去”，如此才能找到“我们所爱者”。此诗尽管未曾明确提及“革命”，但其象喻功能足可将读者导向对于“革命”的认同与期待。而“扫除粪泥、砍去荆棘”的行动倡议，显示的是革命先锋的生命意志与创造力量，此外，抒情主体从“我”到“你”再到“我们”的迁移，又表明诗人从认可个人奋斗到选择群体奋斗的转变，这些都是左翼浪漫主义诗歌的重要特征。

2. *探寻理想家园的孤苦灵魂*　蒋光慈短暂的一生，始终伴随着深刻的漂泊体验，这一体验已然成为诗人的生命密码而进入形而上领域。如果说，三载留苏，漂泊者在异国他乡暂时找到了灵魂寄居的理想家园，孤独的心灵得以一定程度的抚慰，那么，待其回归长夜漫漫的故国，在环境的巨大落差里，特别是在当时革命形势尚不足以指示人们某种希望的时刻，诗人深味了理想家园的遥不可及，漂泊无依的孤独感以更加强大的力量再次俘获了主体的心灵，直至其英年早逝，都没有摆脱这份命定的孤苦。有论者指出，“蒋光慈的一生是漂泊的一生，革命的一生。‘漂泊’是其人生和文学的重要特征。民族的乃至人类的‘原泊’意识、心理积淀和个体漂泊的特殊生活与情感体验积淀，内化为蒋光慈创作的潜在模式。共同决定了其作品的漂泊性表现，使其文学成为漂泊的文学。”①

在诗集《哀中国》与《乡情集》里，直接展露漂泊生命个体孤苦心灵的文本有如《我本是一朵孤云》《海上秋风歌》《朋友》等。《我本是一朵孤云》的核心意象是“孤云”，其“徘徊在广漠的天空里”的无根状态拥有极强的能指，正相照应了那位“既失望于过去、又迷惑于将来”的漂泊主体的生命悬浮感受。其中所谓“矛盾的结晶”的自我定位，真实且形象地道出了抒情主体的心灵痛苦，这是以漂泊自命的个人反抗者在曙光未现的革命前夜普遍拥有的时代零余者的悲哀，既有一种看不到前路、在时代面前不知以何立身的焦虑与纠结，又有一份不愿随波逐流以求保全自身但又无法逃避自身使命与良心拷问的紧张与彷徨。此诗向读者揭示了流浪诗人主体性之另一侧面，唯因它是抒情主体真性情之自然流露，故其形象具有动人的艺术魅力。《海上秋风歌》一诗营构了“衣衫单薄之游子置身秋风劲吹的海上”这一独特抒情空间，其无家可归的凄凉感、四围茫茫的惶惑感、“哀祖国之飘零”的悲怆感，合力导向生命的无常与无力以及宿命的悲剧意味。此诗再次传达了作为“矛盾的结晶”的抒情主体于特殊时代的人生感受，而其意识深处具有原旨意味的漂泊体验，无疑是支撑整一抒情空间进而使个人主体性得到确立的核心密码。诗中“吹薄了游子之衣”“吹颤了我的诗魂”“到处都是冷乡”等极富张力的语句使用，大大丰富了文本的诗思空间，表明作者诗歌技艺的进步。《朋友》的抒情主体仍旧是一“矛盾的结晶”：“前进无力、后退不愿”的纠结，现实的“哀感”与“幻想的遥远”的烦恼，“抛却这烦忧的人间”与“我的心呵，它只是烧”的矛盾，正是在两极情绪的长期分裂、对抗、纠

① 杜修志：《流浪的人生　漂泊的文学——论蒋光慈的漂泊审美特质》，《山东师范大学学报》（社会科学版），1995 年第 2 期。

缠与搏斗过程中，使漂泊诗人体会到心灵焚烧般的极端痛苦，所以他才会一再哀叹“朋友，我真苦，苦得不堪言！”《朋友》属于典型的分裂式抒情，在主体两极人格的对立统一中确有其震撼人心的力量。

当孤单无助的漂泊主体浸淫于心灵焚烧的巨大痛苦时分，爱情本应成为其疗伤的精神鸦片，然而诗人的痛苦太深重了，即便想象爱情也总是与忧伤并行。诗集《哀中国》与《乡情集》中也有对女性温情的渴望，譬如《怀都娘》《单恋之烦恼》《给——》《也或者你太过于丰艳了》《牯岭遗恨》等，但又总是以悲剧收场，这恰与诗集《新梦》里总体健康明朗的爱情诗风，构成了某种对照。正因如此，《哀中国》与《乡情集》中的爱情歌吟，除了表达常规意义上青年男子对于女性温存的向往之外，更其重要的是为着孤苦无依的灵魂找寻理想的精神家园，而逐一失败的爱情又分明提示人们，主体在探寻理想家园途中所遭遇的是一次不成功的尝试。

《怀都娘》中的“都娘”分明是一位集温柔多情与深明大义于一体的理想女性，她的存在不但可以抚慰漂泊者孤独的心灵，更可以其天性的乐观康健激励革命诗人投身火热的战场，只可惜“都娘”远在异国，而“我”也只能“空向那渺无涯际的云天怅望”。《单恋之烦恼》《给——》与《也或者你太过于丰艳了》，三首诗同为抒情主体单向度爱情的心灵剖露，或者因自己是一个“弱者”而不敢示爱，或者是未得到姑娘的“允许”而不敢告白，又或者是姑娘“过于丰艳”而自觉无“福气”拥有，与之相伴的则是单恋者无尽的烦恼、怅惘、憔悴、难过与隐痛。比较而言，《也或者你太过于丰艳了》最富浪漫抒情的兴味，有如“惹人的春风总是缓缓地吹/我的心儿总是跃跃地动/姑娘，我虽愿意忘记你/但是我怀着无涯的隐痛”“夕阳还是恋着芳草的柔情/朝霞也得在海波中遗留片影/但是我在你的心中啊/是否也曾印了一点儿斑痕”，其情可叹可哀，缠绵悠长，韵味无穷。抒情主体的这份温柔的情愫待到创作《牯岭遗恨》

时，所展现的不仅是其爱情诗写作的最高状态，更是其对于爱情与革命两者融合为一的最深刻也最动人的思考。当此亡妻宋若瑜去世两周年的忌日，诗人“不能前来墓前祭奠”，只能“遥隔千里的云山”托付庐山的云雾与明月带去自己深深的忆念。漂泊主体痛失爱人后那份“永世的悲哀”与“无涯的孤寂”是催人泪下的，“若说人生是痛苦的/为什么我此生也有过一番的遭遇？/若说人生是快乐的/为什么她就这样短促地死去？”这些如同天问一般的诗句，句句指向命运的终点。只因爱情是漂泊者孤独心灵的慰安，“我该有多少话要向你说/我是如何地需要你的安慰与扶助”，而剥夺了爱情就等于剥夺了诗人灵魂栖居的家园，“我与你此生不能相见/这乐与苦，这辛与酸……/姑娘啊，你怎能来和我分一半？”失魂落魄的主体形象清晰可辨。更需注意的是诗人为着纪念爱人而谨守的“誓语”，“我的诗要歌吟着民众的悲欢/纵然我是漂泊，颠连/但是我的心愿永不变”，从而让读者更进一步明晰了抒情主体的本真情态，只因“我为着你总是深深地伤悼/又活活地为着祖国的悲哀所笼罩”，以至于“勇敢的歌吟”，也总是“一半为着你，一半为着革命”，它提醒我们，“爱情”与“革命”同在拯救漂泊灵魂的指涉功能上是接近抑或等值的。如果说理想“爱情”最终给予漂泊主体的是情感的自由，而“革命”成功最终回馈漂泊主体的则是其作为现代公民的自由，那么，要实现“爱情”与“革命”的最终统一，也只有在导向生命自由这一最为纯粹也最为根本的目标上达成。蒋光慈基于自身长年漂泊的孤独生命体验，以探寻理想家园的方式憧憬爱情、追求革命，并使两者在“主体自由”这一浪漫主义的核心价值观上完成统一，这应该是其意想不到的一份特殊贡献，但问题是《牯岭遗恨》的爱情却早已消逝，这似乎又预示着“革命”与“爱情”和谐共存的左翼浪漫诗人理想精神家园的遥不可及。

3. 冲出幽暗心网的悲愤主体　诗集《哀中国》与《乡情集》中

还有一类文本，它们既有漂泊者孤苦灵魂的展示，也有革命诉求的表达，最重要的是这些诗歌让我们见证了，抒情主体之所以如此狂热而矢志不渝地鼓呼革命，其身后所拖曳的那段无比漫长且无比痛苦的自我心灵的搏斗史。惟因社会现状与主体期待在多重方面发生尖锐冲突，从而使得天性正直倔强又兼有诗人式敏感清高、又于苏联经受革命“圣光”改造而自视甚高、且一心要做文学家而又缺乏深刻社会体验的抒情诗人，在面对“黑暗的铁屋子”时所可能感受到的悲哀、愤恨、焦虑乃至熬煎将几何倍于常人，而由现实与理想相冲突所产生的不同类型的正负情绪，又实际编织起一张覆盖主体心灵世界的网络，将主体困守其中，使其如鲁迅般“艰于呼吸视听”，显然，这是一张厚重而幽暗的心灵之网，而主体努力呼唤革命的行为，与其说主要是为着民族解放、阶级解放等宏大命题，倒不如说是为着冲破自编心网而完成自救的过程。两部诗集中，总体体现悲愤主体想要冲破幽暗心网高歌革命的代表性文本，有如《哀中国》《哭孙中山先生》《血花的爆裂》《在黑夜里——致刘华同志之灵》《血祭》《我应当归去》和《写给母亲》等。

《哀中国》通过设置多组触目惊心的对比来传达主体对“悲哀的中国”的忧虑：江山原本锦绣与江山而今失色、“外邦人气焰猖狂”与“中国人萎靡颓唐”、军阀政客涂炭生灵与中华民族长此沉默、“民族本有反抗力”与“而今全国无声息”，面对“中国将沦于万劫而不复”的现实，主体随即产生“爱与恨”“悲与愤”“羞与怒”“寒与烈”“愧与怨”等多重极端组合的情绪体验，而每一重组合都代表一对相反的力，将主体置于不同方向拉力的撕扯当中而使其痛苦不堪。于是，为着拯救自己几近撕裂的心灵，主体发出如此浩叹，“我愿跑到那昆仑之高巅/做唤醒同胞迷梦之号呼/我愿倾泻那东海之洪波/洗一洗中华民族的懒骨”，而这正是其想以“革命”实现“保国”的另类宣告，并以最后“我不相信你永沉沦于浩劫/我不相信你无重兴之一日”两句故作慷慨的断语来缓释心灵的阵痛。

全诗在抒情主体“为中国命运放悲歌”的沉痛叹息中，可谓思接千古、意牵中外，有纵横捭阖之想象，有博大雄浑之气势，如同一支时代交响能久久激荡读者思绪，故其作为一首左翼浪漫主义诗歌在唤醒大众、导向革命方面的功能是显著的。此外，全诗以节为单位依次换韵的处理方法以及对整饬的古典诗词句法的适当借用，亦使文本体式得以维持在张扬却不松散、奔放又有所克制的格局当中，这对以沉郁、哀痛、悲愤为基调的情绪表达是恰当且有效的。最后，就主体性来说，此诗最终建构的是抒情主体的个人英雄主义形象，也就是那位早已获得主体认同的“拜伦式的英雄”。

《哭孙中山先生》与《在黑夜里——致刘华同志之灵》二诗，皆以歌哭革命领袖与英魂为主旨：前者既以第四、五节的两组对比来突出孙中山的丰功伟绩，又以“创业未半而中道崩殂”来指涉民族导师孙中山逝世之大不幸与大损失，更通过想象“民众痛哭与恶魔欢腾”的对照画面，合力营造着一张融抒情主体之悲恸与义愤、惋惜与崇敬、失落与期待、死亡与重兴等多组正负情绪为一体、同时又浸淫了“中华民族命运的悲哀”的幽暗心网，并最终引出革命的指向；后者的标题本身既是当时社会环境的象征、又是抒情主体心境的象征，而织就这张主体幽暗心网的材料，正是作为工人运动杰出领袖的刘华所拥有的全部高尚品质与黑暗势力所存有的全部反动性质之间的对立与冲突，并终以刘华的牺牲宣告“阴云遮蔽了光明的太阳”的沉痛事实，由此而使主体激发出巨大的悲愤，更加深信革命的力量。

《血花的爆裂》与《血祭》都以五卅惨案为抒情对象，高扬主体反抗与斗争的意志和诉求。一边是帝国主义杀戮中国工人与学生的暴行，一边是迷梦未醒的悲哀的祖国(《血花的爆裂》)，一边是革命先驱深沉海底的冤魂(《血祭》)，于是，主体心灵在铺天盖地的悲痛和羞愤中战栗、挣扎、撕裂，两诗皆真实再现了一位期待民族新生的文学知识分子，在尚不能深刻理解处身时代、亦不能真正洞悉革命态势前提下的灵魂熬煎。所以，尽管他期待民众觉醒、民族解放的情感是无比真诚的，但他对实际革命斗争的想象只能导向简单化、片面化甚至血腥化一极，有如“杀罢/杀罢/尽量地杀罢/我中华民族的健儿呀/我中华民族的勇士呀/不自由无宁死呵/杀，杀，杀，杀，杀……”（《血花的爆裂》），“顶好敌人以机关枪打来，我们也以机关枪打去！”“我欲拿起剑来将敌人的头颅砍尽，——/在光荣的烈士墓前高唱着胜利的歌吟”（《血祭》），而从个体性角度分析，这种迫切要求革命、竭力煽动血腥与暴力的情绪，又正是几近窒息于幽暗心网的悲愤主体极力寻求突围的外在表现，是故，文本越是高扬反抗、赞美暴力，就越是证明主体想要冲出心网围困的急不可耐。

就文本标明的时间来看，《我应当归去》应是蒋光慈最晚创作的一首诗，当时他正旅居日本养病，故以海外游子的身份抒发自己的爱国之情与报国之志。此诗扣人心弦之处，仍在于抒情主体为自己设定的结网与破网的情感历程，而组成这张幽暗心网的正负对立情绪主要有“异国的美好和祖国的不好”“流浪异国和回归祖国”“祖国而今黑暗如地狱和光明神终有一日会降临”“诅咒那凶狠的刽子手和祝福那反抗的贫苦者”“祖国也许不了解我的效劳和总有一日会将我想到”“名誉敬礼和尽自己一点能力”“个人毁誉和在祖国自由史上溅下心血的痕迹”等，在如此密集的心灵网络中，主体承担着前所未有的精神受难，这份受难不仅表现为常规意义上在黑暗与光明之间的站位，也表现在明知可以逃避但仍然选择战斗的过程里，更表现在同一阵营乃至祖国对自己一片赤诚的不甚了解却仍然愿意奉献自己所有的决心里。背负多重精神磨难终于挣脱而出的漂泊主体，不仅其作为诗人英雄的人格内涵得到空前丰富与提升，而且其对于革命的思考也随之进入崭新境界，“归去，归去，我应当归去/重新回到祖国的怀抱里/在群众痛苦和反抗的声中/我将找到所谓伟大的东西”，意即主体只有积极汇入整个无产阶级争取解放的壮丽事业中，才能实现个体生命价值的最大化，也才能洞悉生命的最高意义。此诗无论是漂泊主体人格的建构抑或是作为左翼浪漫文本鼓动革命功能之发挥，都可以说是成功的。

曾以《哭诉》为题发行过单行本的《写给母亲》，是蒋光慈全部诗作中内容最为驳杂的一首，抒情主体将自己同母亲分别七年来的人生遭际与体验以跳跃性方式呈现出来，如同一部粗糙的自叙传，而母亲则成了这部自叙传想象的倾听者与对话者。全诗从始至终都是一个“织网”的过程，虽然思绪显得凌乱，读者仍旧可以顺利捕捉到这张幽暗心网的核心网结，那就是主体面对“残忍与横暴”通行和“正义与人道”缺位的焦虑、心愿大和能力小的焦虑、做一个诗人还是一个战士的焦虑、生存抑或死灭的焦虑、埋没山水抑或继续飘零的焦虑等等，而隐匿在诸种焦虑后面的则是主体对沉沦祖国的悲悯、对故土亲人的眷念、对穷苦大众的同情、对牺牲兄弟的伤悼、对不平世道的愤怒、对食人魍魉的仇恨、对黑暗现实的诅咒、对诗人无用的忧愁和对苟偷人世的羞愤，所有这些情愫偕同以焦虑形态存在的各组正负情绪，东奔西突、激荡澎湃在主体的方寸之心间，然后又一起转化成以大悲愤与大忧愁为底色的心灵的焚烧，使主体深陷“疯狂”状态。此诗为读者复现了一颗心灵如何在无边炼狱中左冲右突、挣扎不休却还是无果而终的历程，而在主体试图突破重重围困而终于失败的动态演绎中，使我们间接懂得了革命低潮期知识分子所遭遇的内心苦闷为何既可摧毁一个生命个体又可成就一个生命个体的原因所在，惟因这是一场发生在灵魂内部的无比惨烈的战争，是对人的主体性在更深层面的开掘与探索，尽管最后成就的是一个“荷戟独彷徨”的悲剧英雄形象，但依旧不能遮蔽此诗作为左翼浪漫主义优秀文本的特征及风采，特别是它所拥有的浪漫质素几乎达到了作者诗歌写作的最高值，而此诗的抒情主体也就成了左翼文学史上一个不可多得的个人英雄形象。无疑，这位诗人英雄是孤独的，尤其是在他的爱情早已消逝的情况下，属于他自身的忧愁痛苦只能选择向"母亲"倾诉，此时的母亲显然已经成为主体心灵的唯一慰安，如同革命一样。诚如夏济安所言，"蒋作为一个儿子的感觉最露骨地表现在 1927 年 10 月完成的自传性长诗《哭诉》里……诗中的母亲只是个理想女性，她的慈爱一如革命理想，也是蒋终生追求的目标。我认为这是蒋的'浪漫主义'的本质。"①

综上所述，蒋光慈作为中国现代左翼浪漫主义诗歌的首发者，无论是他的革命文学理论，还是居核心位置的诗歌创作，都展示出对于个人主体性始终如一地坚守，即便在革命文学已经取得实际话语权、左翼文化阵营正极力倡导革命文学创作向着阶级主体性位移的时刻，诗人仍旧不改其初衷。蒋光慈的这份"固执"，使他的朋友钱杏邨深表遗憾，"他虽然开拓了中国文艺运动，而又努力的使这一运动不断的展开；可是，他也就死在这发展的浪潮之中，因为自一九二八年以后，他自己却是逐渐的停滞了。他的强固的个性，使他不能更深入的理解一切……"②然而，通过对蒋光慈革命文艺思想以及他的革命诗歌的分析，我们明白了他的这份"固执"后面，既有早期无政府主义与个人英雄主义思想的遗留，也有留苏时期所接触的革命文学理论以及拜伦与布洛克的影响，也有主体长期漂泊所致的心灵积淀与沉痛体验以及将漂泊视为革命诗人既定生命形态的独特认知，更有其对于文学家身份的终身坚守以及对自身作为正统革命文学作家的深信不疑与高度

① 夏济安：《蒋光慈现象》，《现代中文学刊》，2010 年第 1 期。

② 方英：《在发展的浪潮中生长　在发展的浪潮中死亡》，《文艺新闻》第 27 期，1931 年 9 月 15 日"追悼蒋光慈专号"。

认同,这些都合力促成了蒋光慈始终站在革命运动之外围言说革命的个体性革命话语立场。事实上,蒋光慈诗歌文本的价值与启示皆在于他对个体性革命话语立场的“固执”。

蒋光慈的革命诗歌写作使我们“发现”了左翼浪漫主义诗歌创生期的真实样态,那是以“个人主体性”而非“阶级主体性抑或民族主体性”的最终确立为指归的革命诗歌,故而,这类诗歌的革命导向功能显然不是借助已然集团化或正在集团化的抒情主体对革命运动规律及其发展趋势的理性认知和精准判断来实现,也不是借助展示在文本中的实际革命形态自身所拥有的丰富能指与所指来实现,而是通过努力塑造一个个情感上虽倾向革命却又置身实际革命运动之外(至少没有真正融入)的诗人英雄形象,并以其所拥有的巨大人格暗示力量得以引导、感召和鼓动读者向往且投身革命的,因而这是一种个性化的左翼浪漫主义诗歌,而蒋光慈自然也就成了执著于个体的“革命的歌者”。惟其如此,从正统的左翼文学角度来看,蒋光慈的革命诗歌还算不上真正的左翼诗歌,“即使是一位老练的马克思主义批评家,也会发现蒋光慈的‘政治’诗是天真的英雄式的,而不够政治性”①,只因其对革命的描绘与理解总是依赖想象而非“实感”,致使许多原本属于“革命中心”的主题最终被架空乃至变成“个人中心”的主题,革命成了确立个人的外套或必要附件,而这正是长期以来蒋光慈备受争议的原因所在。此外,就蒋光慈左翼浪漫诗歌的整体写作水准来看,尽管他真诚有余、激情泛滥,但作为一名诗人的观察力显然不足,尤其是对有意味的诗歌素材的发现力比较缺乏,有些时候仅仅凭借满腔情绪的肆意流淌来组织文本,尽管这也实际成就了蒋诗浪漫性的个人风格,但他又不太懂得如何操控情绪之流而使其导向散漫无边,这既影响了个人主体性的有效建构,也导致了诗

---

① 李欧梵:《中国现代作家的浪漫一代》,新星出版社 2005 年版,第 210 页。

歌外形的粗糙与内韵的凌乱，外加抒情主体对于实际革命运动的不够了解，最终出现了经常性自我重复的怪圈。夏济安在谈到蒋光慈诗歌时指出，“他对中国的爱大概是真诚的，爱得很热烈，克服了他的漫游癖；但只是这么向全世界宣布自己爱中国，爱劳动大众和平生认识的几个女子，却不能成其为诗。他的爱、恨或爱恨同其他成分交织的较复杂情感——例如对中国的情感——需要更仔细地探究，更积极地掌握其内容。”[①]纵然如此，蒋光慈左翼浪漫诗歌创作的成绩和缺陷，都将成为中国现代左翼浪漫主义诗歌发展史上的一笔珍贵遗产。

① 夏济安：《蒋光慈现象》，《现代中文学刊》，2010 年第 1 期。

结　语

钱理群先生说过，知识分子天然具有双重性格，他们天生地有着追求群体（人类）平等的人道主义倾向，又本能地对个体精神自由、个性发展持有特殊的热情与敏感。中国现代左翼浪漫主义诗人尽管总能以大无畏的精神置身革命风暴的中心，但在本质上他们永远首先是精神界之战士，而非本真意义上的职业革命者。即便如瞿秋白这样坚定的马克思主义者，都在临终之际吐露了最最隐秘的“多余的话”，承认自己生来就是一个浪漫派，有着个人主义和英雄主义的自我表现的根性。因而，锁定中国现代左翼浪漫主义诗歌中那些立足于个人主体的抒情文本进行研究，除了要揭示其所拥有的突出的浪漫质素，并为这类诗歌的浪漫主义特性正名这一既定目标之外，也是为了揭示知识分子在融入革命、融入群体、从书斋走向十字街头、以及在其对无产阶级进行革命启蒙时接受启蒙对象的“反启蒙”的过程中，实际所发生着的心灵裂变和由裂变产生的灵魂之痛。

左翼浪漫主义诗歌的个人主体时而忧郁时而激愤又时而奔进的情绪情感世界，足以说明知识分子走向革命、融入大众的艰难与曲折，只因他们始终被自身的两重人格困扰着、分割着，他们的情感与理智时时处于矛盾与交战状态。左翼浪漫诗歌抒情主体的二重性具体表现为：作为经受左翼政治话语洗礼的革命战士，他们深知否定小资产阶级根性的必要，深知获得无产阶级意识形态的重要，然而作为沐浴着“五四”雨露而成长起来的个性意识强大的知识分子，他们又深知心灵自由的可贵和神圣不可侵犯。但是，革命作为一项复杂而又危险的集团性事业，必然会要求其整个机器上的所有部件都能方向一致地发挥效用，而绝不允许有任何异质成分来破坏它的统一性，故而，左翼浪漫诗人要想在左翼政治话语之内长期保有自身的主体性和情感表达的自由性，本就是一种天真的奢望，于是在他们经历了左翼政治和浪漫主义两套话语未及全面整合时个人主体相对自由的抒唱这一转瞬即逝的春天之后，必然会迎来这样的结局：要么放弃写作而专事革命，要么退出左翼文学界而改弦易辙，更多的则可能是隐失个体“小我”而汇入群体“我们”并开始为集团进行情感浮泛地歌唱。左翼浪漫主义诗歌的命运多舛，既是因为左翼政治和浪漫主义的本质差异，也与左翼知识分子两重人格调和的困难性有关，故其昙花一现随即进入长期休眠或者走向伪浪漫的结局似乎是注定的。

然而，殷夫却是一个永远的例外，似乎也只有他能够在阶级群体中始终保持清醒者的姿态，既扮演着最为纯粹的无产阶级革命战士的形象，又本能地坚守着自己作为“诗人”的身份和天职，从而将知识分子两重人格的纠葛调整到最平和的状态。从殷夫留给我们的全部诗歌里，可以真切地感受到一位敏感多情的温柔少年，如何在风雨飘摇的革命战争年代，一步步成长为最为坚定也最为热忱的无产阶级战士型歌手或无产阶级歌手型战士的精神历程，而这，也正是知识分子不断承受两重人格矛盾与交战之痛的过程，犹如凤凰只有在火中完成涅槃一样，能够在长期的心灵煎熬中实现自我华丽蜕变的人，才是真正的强者。殷夫，正是这样的强者。唯有强者才能在貌似不可能的地方创造出可能，亦如在集团的合唱中发出自己比合唱更加嘹亮更加悦耳更加动人的歌声。我们说，任何时代，真正缺乏的都是天才！所以，当 1931

年2月7日深夜,那颗罪恶的子弹夺去殷夫21岁年轻生命的时候,它夺去的绝不只是一位普通的革命者,它真正夺去的是一位浪漫主义诗歌写作的天才。所谓天妒英才,也许,大概就是这样吧?!

参考文献

一、作品、资料类：

1. 蒋光慈：《蒋光慈文集》，上海文艺出版社 1988 年版；
2. 周扬：《周扬文集》，人民文学出版社 1984 年版；
3. 黄大地、张春丽编：《黄药眠诗全编》，人民文学出版社 2010 年版；
4. 周良沛：《中国新诗库·王独清卷》，长江文艺出版社 1988 年版；
5. 王独清：《独清自选集》，乐华图书公司 1933 年版；
6. 阿英：《阿英全集》，安徽教育出版社 2003 年版；
7. 郭沫若：《郭沫若全集》，人民文学出版社 1986 年版；
8. 周良沛：《中国新诗库·穆木天卷》，长江文艺出版社 1988 年版；
9. 蒲风：《蒲风诗选》，作家出版社 1957 年版；
10. 杨西北编：《杨骚选集》，厦门大学出版社 1989 年版；
11. 田间：《田间诗文集》，花山文艺出版社 1989 年版；
12. 田间：《田间诗选》，人民文学出版社 1983 年版；
13. 吴子敏：《〈七月〉、〈希望〉作品选》，人民文学出版社 1986 年版；
14. 胡风：《胡风全集》，湖北人民出版社 1999 年版；
15. 《中国新文学大系（1927—1937）》第十四集（诗集），上海文艺出版社 1985 年版；
16. 丁景唐、陈长歌编：《殷夫集》，浙江文艺出版社 1984 年版；
17. 冯宪章：《梦后》，上海紫藤出版部 1928 年版；
18. 王琳编：《柯仲平诗文集》，文化艺术出版社 1984 年版；
19. 高永年编：《中国现当代文学作品精选》（修订本），凤凰出版社 2011 年版；
20. 陈雪虎、黄大地：《黄药眠美学文艺学论集》，北京师范大学出版社 2002 年版；
21. 陈惇、刘象愚：《穆木天文学评论选集》，北京师范大学出版社 2000 年版；
22. 饶鸿兢等编：《创造社资料》（上、下），福建人民出版社 1985 年版；

23. 方铭编:《蒋光慈研究资料》,知识产权出版社 2010 年版;
24. 王训昭等编:《郭沫若研究资料》,知识产权出版社 2010 年版;
25.《中国新文学大系(1927—1937)》第一集(文学理论集一),上海文艺出版社 1987 年版;
26.《中国新文学大系(1927—1937)》第二集(文学理论集二),上海文艺出版社 1987 年版;
27.《中国新文学大系(1927—1937)》第十九集(史料·索引一),上海文艺出版社 1989 年版;
28.《中国新文学大系(1927—1937)》第二十集(史料·索引二),上海文艺出版社 1989 年版。

二、理论著作类:

1. 骆寒超:《骆寒超诗学文集》,人民文学出版社 2009 年版;
2. 丁帆:《文化批判的审美价值坐标: 中国现当代文学思潮、流派与文本分析》,北京师范大学出版社 2009 年版;
3. 丁帆、王世城:《十七年文学:"人"与"自我"的失落》,河南大学出版社 1999 年版;
4. 朱晓进:《政治文化与中国二十世纪三十年代文学》,人民出版社 2006 年版;
5. 朱晓进:《中国现代文学史研究的视阈》,人民文学出版社 2008 年版;
6. 朱晓进等:《非文学的世纪: 20 世纪中国文学与政治文化关系史论》,南京师范大学出版社 2004 年版;
7. 朱晓进:《中国现代文学现象研究》,百花文艺出版社 1994 年版;
8. 杨洪承:《文学社群文化形态论: 现代中国文学社团流派文化研究》,安徽文艺出版社 1998 年版;
9. 杨洪承:《现象与视阈: 20 世纪中国文学研究纵横》,吉林教育出版社 2003 年版;
10. 杨洪承:《文学边缘的整合: 文学与文化研究初探》,海天出版社 1998 年版;
11. 高永年:《中国叙事诗研究》,江苏教育出版社 2002 年版;
12. 谭桂林:《本土语境与西方资源: 现代中西诗学关系研究》,人民文学出版社 2008 年版;
13. 谭桂林等:《二十世纪中国文学的中西之争》,百花洲文艺出版社 2006 年版;
14. 何言宏:《中国书写: 当代知识分子写作与现代性问题》,中央编译出版社 2002 年版;
15. 何言宏:《介入的写作》,上海三联书店 2007 年版;
16. 贺仲明:《一种文学与一个阶层: 中国新文学与农民关系研究》,人民出版社 2008 年版；
17. 贺仲明：《理想与激情之梦(1976—1992)》，广东教育出版社 2009 年版；
18. 朱栋霖、丁帆、朱晓进：《二十世纪中国文学史》，台湾文史哲出版社 2000 年版；
19. 谢昭新：《理念、创作与批评：20 世纪中国文学综论》，安徽教育出版社 2004 年版；
20. 黄淳浩：《创造社：别求新声于异邦》，社会科学文献出版社 1995 年版；
21. 黄人影：《创造社论》，光华书局 1932 年版；
22. 黄人影：《郭沫若论》，光华书局 1932 年版；
23. 卜庆华：《郭沫若研究新论》，首都师范大学出版社 1995 年版；
24. 丁帆：《多元视野中的中国现当代文学研究》，南京大学出版社 2011 年版；
25. 罗钢：《浪漫主义文艺思想研究》，陕西人民出版社 1986 年版；
26. 陈国恩：《浪漫主义与 20 世纪中国文学》，安徽教育出版社 2000 年版；
27. 中国社科院外国文学研究所：《卢卡契文学论文集》，中国社会科学出版社 1980 年版；
28. 文艺报编辑部：《论革命的现实主义和革命的浪漫主义相结合》，作家出版社 1958 年版；
29. 田文信：《论浪漫主义》，文化艺术出版社 1988 年版；
30. 邓程：《论新诗的出路——新诗诗论对传统的态度述析》，中国社会科学出版社 2004 年版；
31. 中国社科院外国文学研究所：《欧美古典作家论现实主义和浪漫主义》(一)，中国社会科学出版社 1980 年版；
32. 中国社科院外国文学研究所：《欧美古典作家论现实主义和浪漫主义》(二)，中国社会科学出版社 1981 年版；
33. 朱寿桐：《情绪：创造社的诗学宇宙》，上海文艺出版社 1991 年版；
34. 宗白华、田汉、郭沫若：《三叶集》，安徽教育出版社 2006 年版；
35. 刘若端：《十九世纪英国诗人论诗》，人民文学出版社 1984 年版；
36. 刘锋杰：《蜕变与回归：中国现代文学中的文化对抗》，国际文化出版公司 1989 年版；
37. 范文瑚：《外国浪漫主义文学三十讲》，贵州人民出版社 1986 年版；
38. 吴立昌：《文学的消解与反消解：中国现代文学派别论争史论》，复旦大学出版社 2004 年版；
39. 杨江柱、胡正学：《西方浪漫主义文学史》，武汉出版社 1989 年版；
40. 乐黛云、王宁：《西方文艺思潮与二十世纪中国文学》，中国社会科学出版社 1990 年版；
41. 邹纯芝：《想象力世界：浪漫主义文学》，海南出版社 1993 年版；
42. 刘静：《新诗艺术论》，中国文史出版社 2004 年版；

43. 王佐良:《英国浪漫主义诗歌史》,人民文学出版社 1991 年版;
44. 萧功秦:《与政治浪漫主义告别》,湖北教育出版社 2001 年版;
45. 张旭春:《政治的审美化与审美的政治化: 现代性视野中的中英浪漫主义思潮》,人民出版社 2004 年版;
46. 蔡守湘:《中国浪漫主义文学史》,武汉出版社 1999 年版;
47. 贾植芳:《中国现代文学的主潮》,复旦大学出版社 1990 年版;
48. 杨义:《中国现代文学流派》,人民出版社 1998 年版;
49. 殷国明:《中国现代文学流派发展史》,广东高等教育出版社 1989 年版;
50. 刘炎生:《中国现代文学论争史》,广东人民出版社 1999 年版;
51. 陈安湖:《中国现代文学社团流派史》,华中师范大学出版社 1997 年版;
52. 刘增杰等:《中国现代文学思潮研究》,河南大学出版社 1996 年版;
53. 吴中杰:《中国现代文艺思潮史》,复旦大学出版社 1996 年版;
54. 龙泉明:《中国新诗的现代性》,武汉大学出版社 2005 年版;
55. 龙泉明:《中国新诗流变论》,人民文学出版社 1999 年版;
56. 章亚昕:《中国新诗史论》,山东教育出版社 2006 年版;
57. 杨匡汉:《中国新诗学》,人民出版社 2005 年版;
58. 李庆本:《20 世纪中国浪漫主义美学》,现代出版社 1998 年版;
59. 殷国明:《20 世纪中西文艺理论交流史论》,华东师范大学出版社 2000 年版;
60. 范伯群、朱栋霖:《1898—1949 中外文学比较史》,江苏教育出版社 1993 年版;
61. 张剑:《艾略特与英国浪漫主义传统》,外语教学与研究出版社 1996 年版;
62. 张大明:《传播与碰撞: 西方文学思潮在现代中国的传播史》,四川教育出版社 1999 年版;
63. 卢莹辉:《诗笔丹心: 任钧诗歌文学创作之路》,文汇出版社 2006 年版;
64. 李怡:《七月派作家评传》,重庆出版社 1999 年版;
65. 叶德浴:《七月派: 新文学的骄傲》,中国文联出版社 2001 年版;
66. 王丽丽:《在文艺与意识形态之间: 胡风研究》,中国人民大学出版社 2003 年版;
67. 范际燕、钱文亮:《胡风论: 对胡风的文化与文学阐释》,湖北人民出版社 1999 年版;
68. 陈建华:《"革命"的现代性: 中国革命话语考论》,上海古籍出版社 2000 年版;
69. 艾晓明:《中国左翼文学思潮探源》,北京大学出版社 2007 年版;
70. 孙正甲:《政治文化》,北方文艺出版社 1992 年版;
71. 朱立元编:《当代西方文艺理论》,华东师范大学出版社 1997 年版;
72. 张林杰:《都市环境中的 20 世纪 30 年代诗歌》,中国社会科学出版社

2007 年版；
73. 孙玉石：《中国现代主义诗潮史论》，北京大学出版社 1999 年版；
74. 王泽龙：《中国现代诗歌意象论》，中国社会科学出版社 2008 年版；
75. 俞兆平：《浪漫主义在中国的四种范式：鲁迅、沈从文、郭沫若、林语堂》，广西师范大学出版社 2011 年版；
76. 旷新年：《1928：革命文学》，山东教育出版社 1998 年版；
77. 赵新顺：《太阳社研究》，中国社会科学出版社 2010 年版；
78. 钱理群：《精神的炼狱：中国现代文学从“五四”到抗战的历程》，广西教育出版社 1996 年版；
79. 宋剑华：《前瞻性理念：三维视角中的中国现代文学史论》，文化艺术出版社 2005 年版；
80. 贾振勇：《理性与革命：中国左翼文学的文化阐释》，人民出版社 2009 年版；
81. 陈红旗：《中国左翼文学的发生(1923—1933)》，暨南大学出版社 2010 年版；
82. 王寰鹏：《左翼至抗战：文学英雄叙事的当代阐释》，齐鲁书社 2005 年版；
83. 汪介之：《回望与沉思：俄苏文论在 20 世纪中国文坛》，北京大学出版社 2005 年版；
84. 白嗣宏：《无产阶级文化派资料选编》，中国社会科学出版社 1983 年版；
85. 温儒敏：《新文学现实主义的流变》，北京大学出版社 1988 年版；
86. [日]厨川白村：《苦闷的象征》，百花文艺出版社 2000 年版；
87. [英]玛里琳·巴特勒：《浪漫派、叛逆者及反动派：1760—1830 年间的英国文学及其背景》，黄梅、陆建德译，辽宁教育出版社 1998 年版；
88. [英]利里安·弗斯特：《浪漫主义》，李今译，昆仑出版社 1989 年版；
89. [美]克里斯托弗·考德威尔：《浪漫主义与现实主义：对英国资产阶级文学的研究》，薛鸿时译，北京三联书店 1988 年版；
90. [美]欧文·白璧德：《卢梭与浪漫主义》，孙宜学译，河北教育出版社 2003 年版；
91. [德]马克思、恩格斯：《马克思、恩格斯论浪漫主义》，人民文学出版社 1958 年版；
92. [丹麦]勃兰兑斯：《十九世纪文学主流：德国的浪漫派》，刘半九译，人民文学出版社 1981 年版；
93. [丹麦]勃兰兑斯：《十九世纪文学主流：法国的浪漫派》，李宗杰译，人民文学出版社 1982 年版；
94. [美]李欧梵：《现代性的追求：李欧梵文化评论精选集》，北京三联书店 2000 年版；
95. [美]李欧梵：《中国现代文学与现代性十讲》，复旦大学出版社 2002 年版；

96. [美]李欧梵:《中国现代作家的浪漫一代》,新星出版社 2005 年版;
97. [美]M. H. 艾布拉姆斯:《镜与灯:浪漫主义文论及批评传统》,北京大学出版社 2004 年版;
98. [美]韦勒克、沃伦:《文学理论》,江苏教育出版社 2005 年版;
99. [美]弗雷德里克・杰姆逊:《后现代主义与文化理论》,唐小兵译,北京大学出版社 1997 年版;
100. [德]恩斯特・卡西尔:《人论》,上海译文出版社 1985 年版;
101. [美]丹尼尔・贝尔:《资本主义文化矛盾》,三联书店 1989 年版;
102. [美]佛朗・霍尔:《西方文学批评简史》,南京大学出版社 1987 年版;
103. [美]阿尔蒙德、鲍威尔:《比较政治学:体系、过程和政策》,上海译文出版社 1987 年版;
104. [法]罗贝尔・埃斯卡皮:《文学社会学》,浙江人民出版社 1987 年版;
105. [英]乔治・奥威尔:《政治与文学》,译林出版社 2011 年版;
106. [英]以赛亚・伯林:《浪漫主义的根源》,译林出版社 2008 年版;
107. [英]以赛亚・伯林:《浪漫主义时代的政治观念——它们的兴起及其对现代思想的影响》,新星出版社 2011 年版;
108. [美]汉娜・阿伦特:《论革命》,译林出版社 2011 年版;
109. [美]汉娜・阿伦特:《人的境况》,上海人民出版社 2009 年版;
110. [法]古斯塔夫・勒庞:《乌合之众——大众心理研究》,广西师范大学出版社 2007 年版;
111. [美]哈罗德・布鲁姆:《影响的焦虑——一种诗歌理论》,江苏教育出版社 2006 年版;
112. [美]费正清编:《剑桥中华民国史:1912—1949 年》(上卷),中国社会科学出版社 1994 年版;
113. [美]费正清、费维恺编:《剑桥中华民国史:1912—1949 年》(下卷),中国社会科学出版社 1994 年版;
114. [美]赫伯特・马尔库塞:《审美之维》,广西师范大学出版社 2001 年版;
115. [德]恩斯特・卡西尔:《国家的神话》,浙江人民出版社 1988 年版。

图书在版编目(CIP)数据

中国现代左翼浪漫主义诗歌研究/韦良著. —上海：上海三联书店，2020.6
ISBN 978-7-5426-7044-1

Ⅰ.①中… Ⅱ.①韦… Ⅲ.①左翼文化运动-浪漫主义-诗歌研究-中国-现代 Ⅳ.①I207.25

中国版本图书馆 CIP 数据核字(2020)第 076947 号

中国现代左翼浪漫主义诗歌研究

著　　者 / 韦　良

责任编辑 / 杜　鹃
装帧设计 / 一本好书
监　　制 / 姚　军
责任校对 / 张大伟

出版发行 / 上海三联书店
(200030)中国上海市漕溪北路 331 号 A 座 6 楼
邮购电话 / 021-22895540
印　　刷 / 上海惠敦印务科技有限公司

版　　次 / 2020 年 6 月第 1 版
印　　次 / 2020 年 6 月第 1 次印刷
开　　本 / 890×1240　1/32
字　　数 / 180 千字
印　　张 / 6.875
书　　号 / ISBN 978-7-5426-7044-1/I·1633
定　　价 / 39.00 元

敬启读者，如发现本书有印装质量问题，请与印刷厂联系 021-63779028